KB216882

기기묘묘 방랑길

박혜연 장편소설

기기묘묘 방랑길

디설
책방

목차

一.

금두꺼비의 행방

새까만 밤이었다. 손에 든 등불마저 없었다면 한 치 앞도 보이지 않을 정도의 어둠. 평소 앞마당을 밝게 비추던 달빛도 구름 뒤로 모습을 감춘 지 오래였다. 간간이 울려 퍼지는 짐승의 울음소리에 등불을 든 갑석의 손이 저도 모르게 덜덜 떨려왔다. 최씨 집안에서 일한 지도 거의 20년이 다 되어가건만 요즘처럼 흉흉한 때가 없었다.

요 몇 주 동안 밤만 되면 무언가가 집 안을 돌아다닌다는 소문이 계집종들의 입에 오르내렸다. 처음 그 소문을 들었을 때 갑석은 계집종들을 불러 면박을 주었다. 괜한 헛소문이라도 대감마님 귀에 들어갔다간 큰 사달이 날지도 모를 노릇. 계집종들은 갑석의 타박에 억울한 표정으로 예에, 하고 고개를 푹 숙일 뿐이었다.

그 후로 몇 주가 지났다. 스윽스윽 하고 몸을 움직이는 소리, 그러고는 이곳저곳으로 발걸음을 옮기는 듯한 소리에 이제는 갑석마저 잠에서 깨곤 했다. 가끔은 펄쩍펄쩍 뛰는 소리도 들렸는데 다 큰 어른의 움직임이라 하기엔 어딘가 부족했다. 굳이 따지자면 어린아이가 낼 법한 작고 가벼운 소리였다. 하지만…….

'이 집에 어린아이라곤 없지 않은가.'

그나마 제일 어린 이라곤 열 살 먹은 계집종이 고작이었다. 하지만 그 아이가 오밤중에 집 안을 돌아다닐 리 만무했다. 생각을 마친 갑석의 낯빛이 더욱 어두워졌다. 계집종들을 입막음하긴 했지만 언제 어떤 문제가 생길지 모른다. 갑석은 긴장한 얼굴로 침을 꼴깍 삼켰다. 제가 먼저 처리해야만 했다. 갑석은 결심한 듯 작게 고개를 끄덕였다. 그리하여 이 새까만 밤에 홀로 등불을 들고 그 소리의 정체를 찾아 나서게 된 것이다.

이리저리 등불을 비추며 마당을 살피던 갑석의 귀에 익숙한 소리가 들려왔다.

스윽— 스윽—

분명 그 소리였다. 저를 잠에서 깨웠던 의문스러운 소리.

"거, 거 누구요."

긴장한 탓에 목이 메어 목소리가 잘 나오질 않았다. 갑석이 목을 가다듬고는 소리가 나는 쪽으로 등불을 비추었다. 아무리 등불을 움직여 보아도 눈에 보이는 것이라곤 맨바닥뿐이었다.

'대체 어디서…….'

긴장과 공포로 등줄기에 땀이 흘러내렸다. 그렇게 겨우 발걸음을 옮기던 중 대청마루 아래에서 뭔가 작게 반짝이는 것이 갑석의 눈에 들어왔다.

"저게 무어……."

수상한 물건에 등불을 가져다 댄 바로 그때였다.

꽤괙—

그 반짝이던 것이 이상한 소리를 내뱉고는 펄쩍 뛰어 갑석의 어깨를 밟고 더 높이 튀어 올랐다. 그러고는 어느새 담장을 넘어 대문 밖으로 모습을 감추었다. 너무 놀라 비명조차 내지르지 못한 채 그대로 바닥에 털썩 주저앉은 갑석은 얼빠진 표정으로 사라져 가는 그것을 바라보고만 있었다.

"어, 어찌 저것이……."

갑석이 놀란 가슴을 부여잡고 격하게 숨을 내쉬었다. 그도 그럴 것이 저를 밟고 사라진 건 갑석 또한 익히 알고 있는 것이었다. 무엇보다 스스로 움직여 이 집을 떠나리라곤 상상조차 할 수 없는 존재. 그것은 다름 아닌 최씨 가문의 보물, 금두꺼비였다.

❧

원래 기상 시간보다도 한참은 이른 시각, 효원은 저절로 눈이 떠졌다. 평소와는 달리 밖이 매우 소란스러웠던 탓이었다. 검고 짙은 눈썹에 커다란 눈망울이 오늘따라 더욱 빛났다. 무언가 재미난 일이 생길 것만 같은 예감이 들었다. 커다란 몸을 부리나케 일으키고는 옷매무새를 정돈한 뒤 방문을 열어보았다. 밖은 아직도 컴컴한 새벽. 하지만 무슨 일이 나긴 한 것인지 집안사람들은 저들끼리 숙덕이며 이리저리 움직이고 있었다. 궁금한 마음에 몸이 단 효원이 밖을 오가던 하인을 불러 세웠다.

"무슨 일인가?"

효원의 질문에 난감한 듯 머뭇대던 하인이 추궁에 못 이겨 결국 입을 열었다.

"최 대감댁 금두꺼비가 사라졌다 합니다."

"금두꺼비가?"

금두꺼비라 함은 최씨 가문에 대대로 내려오는 가보였다. 그런데 그것이 사라졌다니. 이 모든 소란이 이제야 이해되기 시작했다.

"예에, 그것이 도망갔다 합니다."

"말이 되는 소리를 해야지. 그게 어찌 도망간단 말이냐."

"정말입니다요. 그 집 갑석 아재가 어젯밤에 그것이 펄쩍펄쩍 뛰어 담장을 넘는 광경을 직접 보았다고…….."

효원이 눈을 동그랗게 뜨며 흥미롭다는 듯 제 턱을 어루만졌다.

"최 대감댁은 우리 집안과도 인연이 깊으니…….."

하인은 제 주인이 또 괜한 일에 끼어들까 싶어 서둘러 말을 이었다.

"아, 아무래도 금방 찾지 않겠습니까. 그 귀한 것을 잃어버렸는데 가만있진 않겠지요."

"최 대감댁에 들러야겠다."

"예?"

"이대로 가만있을 순 없지. 나라도 도와야 하지 않겠느냐."

"도, 도련님."

"가자."

어딘가 신이 난 듯한 효원의 뒤를 걱정스러운 표정의 하인이 따랐다.

호방한 성격을 지닌 효원은 마을 이곳저곳에 끼어들지 않는 일이 없었다. 작게는 사람들끼리의 다툼에서 크게는 절도 사건에 이르기까지, 도저히 참견하지 않고는 못 배기는 성격 탓이었다. 세도가인 윤씨 집안 막내아들인 데다 어딘가 미워할 수 없는 구석이 있는 터라 마을 사람들은 마지못해 그의 오지랖을 받아들이곤 했다. 때로는 그의 오지랖이 좋은 결과를 낳기도 했으니 더더욱.

"도련님, 오늘 하셔야 할 일이 있지 않으십니까?"

"괜찮다. 그깟 책 읽기 따위."

하인의 염려에도 효원은 특유의 호탕한 말투로 대답했다. 힘찬 발걸음이 그의 마음을 대변해 주는 듯했다.

"아버지도 늘 내게 말씀하지 않으셨느냐. 건강하게만 자라다오, 라고."

"도련님……."

그거야 도련님께서 어린아이셨던 시절의 이야기 아닙니까. 하인은 목까지 올라온 말을 애써 삼켰다.

열일곱이라 보기 힘들 만큼 건장하고 키가 육 척에 달하는 효원과 달리 큰형이었던 낙원은 열다섯의 나이에 병으로 허무하게 세상을 떠났다. 둘째 제원 또한 공부에만 열중한 탓인지 몸이 그다지 튼튼하지 못했다. 아무래도 연약함이 집안 내력인 모양이었다. 그러니 윤 대감의 말버릇이 '건강하게만 자라다오'가 된 것은 당연했다.

막내 효원은 어려서 죽을 위기를 한 번 넘긴 뒤로는 윤 대감의 바람대로 건강하게 자라났다. 그것도 매우.

"나는 이리 돌아다니며 사람들을 만나 여러 이야기를 듣는 게 즐겁다. 즐거운 일을 하는 것이 응당 건강에도 좋지 않겠느냐. 형님처럼 집에 앉아 책만 읽는다고 생각하면 이렇게 가슴 한구석이 답답한 것이⋯⋯."

말을 마친 효원이 보란 듯 제 가슴을 움켜쥐고 기침을 해댔다. 능글맞은 효원의 모습에 하인이 질린 듯 고개를 절레절레 저었다. 윤 대감의 눈에는 효원이 여전히 어린아이로 보이는지 무얼 하든 그저 기특하고 장하게 여겼다.

하지만 효원을 가장 가까이서 모시는 하인의 눈을 속일 순 없었다. 작고 약하던 그 아이는 이미 온데간데없었다. 제 앞에는 그저 천하대장군처럼 커다란 덩치의 남자가 보일 뿐이었다.

"이리 오너라!"

최 대감댁 앞에 선 효원이 냅다 소리를 질렀다. 한시라도 빨리 제 오지랖을 펼칠 기회를 얻고 싶은 모양이었다. 효원의 목소리에 굳게 닫혀 있던 최 대감댁의 대문이 스르르 열렸다. 슬쩍 열린 문 사이로 갑석이 얼굴을 빼꼼 내밀었다.

"효원 도련님 아니십니까. 예까진 무슨 일로."

"금두꺼비 이야기 들었네. 내가 도울 일은 없겠는가."

효원의 말에 갑석이 곤란한 표정을 지었다. 효원의 오지랖이 상대를 향한 애정에서 비롯한다는 사실을 알고 있었지만 이번만큼은 그 애정마저 피하고 싶다는 게 갑석의 생각이었다.

"관련해서는 무조건 함구하라는 명이 있어⋯⋯ 죄송합니다, 도련님."

갑석이 고개를 꾸벅 숙이고는 서둘러 대문을 닫았다. 그 앞에 황

당한 얼굴을 한 효원이 덩그러니 남겨졌다. 지형과 효원은 죽마고 우 사이. 그런 효원조차 이리 문전박대를 당하다니 유례가 없던 일 이었다.

효원의 하인 또한 당황하긴 마찬가지였다.

"도, 도련님."

하인이 효원의 눈치를 살피며 슬며시 말을 걸었다. 하지만 걱정 과는 달리 효원의 눈빛은 더욱 빛나고 있었다.

"분명 뭔가 있네."

"예?"

"나에게까지 비밀로 해야 할 정도로 엄청난 일이 숨겨져 있는 게 틀림없단 말이야."

갑석의 박대가 오히려 제 주인의 의지를 더욱 불태운 것만 같아 하인은 불안해졌다. 그런 효원의 옆으로 한 사람이 다가왔다. 또 다 른 친우인 오윤이었다.

오윤 또한 어려서부터 함께 자란 사이로, 둘째가라면 서러운 호 사가였다. 어린 시절부터 아버지의 애정 섞인 감시 아래 제 뜻을 다 펼치지 못한 효원과 달리 오윤은 이곳저곳을 돌아다니며 재미난 이 야기를 듣고 효원에게 전해주곤 했었다. 그런 부분에선 특히나 뜻 이 맞아 함께 크고 작은 사고를 치기도 했다.

"효원 자네, 또 못 참고 예까지 온 게로군."

그러니 금두꺼비 이야기에 몸이 단 효원의 마음을 모를 리 없었 다. 오윤은 주변을 살피더니 효원에게 작게 손짓했다. 효원이 오윤 에게 가까이 다가갔다.

"금두꺼비가 제 발로 뛰어갔다니 아무래도 보통 일이 아닌 듯 싶네."

"내 말이 그 말일세!"

효원이 신이 난 목소리로 소리쳤다. 그러자 오윤은 장난스레 웃어 보이고는 말을 이었다.

"얼마 전 약선의 집에서 하인 여럿이 원인 모를 병에 걸렸던 것 아는가?"

"그럼, 알다마다."

참견하기 좋아하는 효원으로선 참을 수 없을 정도로 궁금한 일이었지만, 그 주변에도 가지 못했다. 가뜩이나 건강에 예민한 아버지의 불호령이 떨어졌던 탓이었다.

"그게 알고 보니 한 하인 놈이 그 집에 원한을 품고 고독(蠱毒)으로 염매를 만들어 집 안 곳곳에 숨겨놓았다니 뭔가."

"세상에……."

그렇게 흥미진진한 일에 끼어들지 못했다니. 효원은 아쉬움을 감출 길이 없었다.

"하여튼 그때 그 일을 해결해 준 자가 아직 마을에 있다기에 이번 일도 그에게 물어볼까 하는데…… 내 공사다망하여 말이야."

"고, 공사가 다망하다면야 내 대신 물어봐 줄 수도 있네."

오윤의 말에 효원은 설레는 목소리로 대답했다. 마침 좋은 핑곗거리가 생겼다는 표정이었다.

"그래준다면야 고맙지. 우리 성격에 이런 걸 그냥 넘어갈 순 없지 않은가. 게다가 친우의 일이기도 하고."

마치 제 마음을 읽은 듯한 오윤의 말에 효원은 감동한 표정으로 계속해서 고개를 끄덕였다. 그런 이상한 일을 해결해 준 자라니. 효원의 궁금증은 계속해서 커져만 갔다.

"뭐 하는 자라 하던가?"

"글쎄…… 이름이 사로라 했던가."

기억을 떠올리듯 오윤이 눈을 가늘게 뜨고 대답했다.

"더 재미있는 건 말일세."

오윤은 효원의 귓가에 대고 속삭였다.

"여우의 자식이라 하더군."

"여, 여우의 자식!?"

효원이 놀란 듯 큰 소리를 내고는 저도 놀라 두 손으로 입을 가렸다. 그 모습에 오윤이 소리 내어 웃었다.

"여우의 자식이라 하니 그런 쪽에는 방통하지 않겠는가. 꺼림칙하기는 하나 이런 이상한 일에는 그만한 자가 필요한 법이니 말일세."

말을 마친 오윤이 효원을 바라보니 효원의 눈동자는 평소 이상으로 반짝이고 있었다. 그도 그럴 것이 호기심이라면 이 나라에서 다섯 손가락 안에 꼽힐 효원이었다. 여우의 자식이라니, 설사 헛소문이라 해도 만나지 않고서는 못 배길 터였다.

"그자를 한번 만나볼 수 있겠는가."

오윤은 그럴 줄 알았다는 듯 빙그레 웃어 보였다.

"그럼 자네에게 부탁하겠네."

앞산에서 길이 난 곳을 따라 중간까지 올라가다 보면 커다란 느티나무가 나오네. 거기서 원래 난 길을 따르지 말고 낙엽이 쌓인 곳으로 가다 보면 인적이 드물고 땅이 축축한 곳이 나와. 그대로 걸어가다 나무에 묶인 빨간 천이 보이면 소리 내어 그를 부르면 되네.

오윤의 말을 떠올리며 효원은 부지런히 발걸음을 옮겼다. 앞산은 제 집안 소유의 땅이었다. 그런데 그곳에 사람이 살고 있다는 이야기는 금시초문이었다. 게다가 설명도 어딘가 찝찝했지만 그대로 따르는 것 외에는 방법이 없었다. 커다란 느티나무를 지나 낙엽이 쌓인 곳이 보였다. 쌓인 낙엽은 발목까지 푹푹 빠졌다. 그 구간을 지나자 일순간에 낙엽이 줄어들고 축축한 냄새가 나는 땅이 나왔다.

크다고 할 수 없는 앞산에서 벌써 몇 번이고 풍경이 바뀌었다. 제가 알던 앞산이 아닌 것만 같아 효원은 정신을 똑바로 차리려 애썼다. 자칫 잘못하다간 뭐에 홀리기라도 할까 겁도 났다.

'나왔다!'

드디어 빨간 천이 묶인 나뭇가지가 보였다. 효원은 발걸음을 멈추고 천천히 숨을 골랐다. 그러고는 아랫배에 힘을 주어 점잖은 목소리를 냈다.

"이리 오너라."

효원이 말을 마치자, 조용한 앞산엔 바람 소리만 스산하게 울려 퍼졌다. 아무래도 제 소리가 작았나 싶어 효원은 크흠, 헛기침을 하고는 다시 큰 소리로 외쳤다.

"이리 오너라!"

바로 그때였다.

"내 이름은 이리 오너라가 아니오만?"

누군가의 목소리가 맞은편에서 들려왔다. 놀란 효원의 눈앞에 목소리의 주인공이 갑작스레 모습을 드러냈다. 호리호리한 체형에 새하얀 얼굴, 길게 묶어 내린 붉은 머리까지. 듣던 대로 범상치 않은 모습이었다. 여우의 피를 물려받았다는 소문이 참말일지도 모른다. 효원이 긴장한 듯 침을 꿀꺽 삼켰다.

"그, 그대가 사로란 자인가?"

효원의 말에도 사로는 시큰둥한 얼굴로 기다란 제 머리를 만지작댔다.

"뭐 그리 부릅니다만. 내 이름보다는 윤가네 도련님이 왜 여기까지 행차하셨는지가 더 중요하겠지요?"

소개를 하기도 전에 저를 알아보다니. 효원은 역시 사로가 보통 사람이 아닐 거란 확신이 들었다. 위아래 없이 무례한 말투는 지금 중요하지 않았다.

"금두꺼비 말일세."

효원이 급하게 말을 내뱉었다. 하지만 사로는 효원의 말에 전혀 관심이 없다는 듯 이번엔 제 손톱을 만지작대고 있었다.

"예예, 소식은 들었습니다."

사로가 무신경한 말투로 대답했다. 하지만 효원은 사로가 그 소식을 알고 있다는 것만으로도 괜한 기대감이 차오르기 시작했다.

"혹시, 함께 찾아줄 수 있겠나."

그제야 흥미가 생긴 듯 사로가 고개를 들어 효원의 얼굴을 마주 보았다. 순간 햇빛에 비친 사로의 눈동자가 황금색으로 빛났다. 잘못 본 게 아닌가 싶어 효원이 눈을 손으로 비비고는 다시 사로를 쳐다보았다. 제 착각이었는지 다시 바라본 사로의 눈동자는 옅은 갈색을 띠고 있었다.

"도련님과요?"

효원이 눈을 껌뻑이다 정신을 차리고 대답했다.

"그래, 자네가 약선을 도왔다는 이야기를 들었네. 평범한 일이 아니었다지."

사로는 별다른 대답 없이 효원을 빤히 쳐다볼 뿐이었다.

"이번 일도 그렇다는 생각이 들어. 금두꺼비가 스스로 움직였다니 보통 일이 아닐세."

그리 말하는 효원의 얼굴은 상기되어 있었다.

"그 댁과는 인연이 깊어 어떻게든 도움을 주고 싶은데…… 내 힘으로는 역부족이지 않겠는가."

사로는 여전히 무심한 얼굴 그대로였다. 그러자 안달이 난 효원이 다시 입을 열었다.

"필요한 게 있다면 뭐든 해주겠네."

"뭐든 말입니까?"

"그래, 뭐든."

효원의 말에 사로가 위아래로 그를 훑었다. 평생 말도 섞을 일 없을 천한 자가 저를 그리 훑는다는 게 불쾌할 만도 하건만, 효원의 간절한 눈빛에는 변함이 없었다.

"재미있는 양반이시군요."

사로가 입꼬리를 길게 올리며 히죽 웃었다. 그 웃음의 의미를 알리 없는 효원은 사로의 입에서 나올 말만을 기다리며 침을 꼴깍 삼켰다.

"뭐, 심심하던 참이니 마침 잘됐습니다. 뭘 받아낼지는 차차 생각해 보도록 하지요."

"고, 고맙네! 고마워."

마침내 입에서 나온 승낙의 말에 효원이 사로의 두 손을 덥석 잡고는 커다란 몸을 숙여가며 연신 인사를 해댔다. 그를 내려다보는 사로가 웃는 것도, 찡그리는 것도 아닌 묘한 표정을 지었다.

"그럼 뭘 하면 되겠나."

"우선은."

효원이 사로의 입에 온 신경을 집중하며 그다음 말을 기다리던 그때.

"쉬고 싶으니 돌아가십시오."

궁금함에 몸이 달아 있던 효원에게 가장 받아들이기 어려운 요구였다.

다음 날, 새로운 소식이 들려왔다. 최 대감댁 열다섯 먹은 계집종이 사라졌다는 것이었다. 금두꺼비가 사라진 직후 보기 좋게 모습을 감춘 계집종이라니. 혹시나 하는 마음은 영악한 계집종이 갑석과 짜고 함께 금두꺼비를 어디론가 빼돌린 게 아니냐는 소문이 되었다. 소문은 점점 그 크기를 더해 둘은 그렇고 그런 사이였고, 애초에 최 대감댁 재물을 노리고 그 집에 들어가게 된 것이라고까지 부풀었다.

"사로, 사로!"

소문을 들은 효원이 아침 댓바람부터 달려온 곳은 바로 앞산이었다. 사로를 만난 곳에서 열심히 그를 불렀건만, 사로는 반대편에서 모습을 나타냈다.

"사로! 사…… 아니, 어찌 그쪽에서 나오는 겐가."

"그만 좀 부르십시오, 아침부터."

부스스한 머리에 겨우 뜬 눈을 보니 막 잠에서 깬 게 분명했다. 다급해 보이는 효원과 달리 사로는 그저 귀찮은 듯 뒷머리를 긁적였다.

"미안하네. 그런데 급한 소식이 있어서."

"뭐가 말입니까."

새로운 소식에 흥분한 효원이 최 대감댁 계집종의 이야기를 하자 사로의 눈썹이 꿈틀댔다.

"기어이……. 질 나쁜 짓을 하셨습니다."

사로가 아랫입술을 깨물며 중얼거렸다.

"내, 내가 말인가?"

사로는 효원을 잠시 빤히 쳐다보았다가 작게 헛웃음을 쳤다.

"아닙니다. 그 집에선 뭐랍니까."

효원의 집안만큼이나 세도가인 최 대감댁을 '그 집'으로 칭하는 대담함 때문에 사로가 더욱 비범해 보였다.

"아무래도 갑석과 짜고 금두꺼비를 빼돌린 게 아니냐더군.“

"도련님도 그렇게 생각하십니까?"

“…….”

효원이 입을 꾹 다물고 생각에 잠겼다. 갑석 또한 효원과 오래 봐온 사이였다. 집안사람들을 잘 모시던 성실한 일꾼이라 갑석이 그랬으리라고는 상상하기 어려웠다. 게다가 제대로 된 증거도 없이 갑석을 한순간에 관아로 넘겨버린 지형의 처사도 잘 이해되지 않았다.

생각에 빠진 효원을 바라보는 사로의 눈빛이 진지했다. 효원은 그를 의식하며 말을 이었다.

"하지만 너무 딱 맞아떨어지지 않는가. 금두꺼비와 함께 사라진 계집종이라니."

"바로 그겁니다."

사로의 눈빛이 번뜩였다.

"너무 딱 맞아떨어지지 않습니까. 저라면 그 집을 상대로 그런 허술한 도둑질은 하지 않을 겁니다."

“…….”

효원은 또 한 번 입을 꾹 다물었다. 쭉 찜찜하게 여기던 것을 사로가 지적했기 때문이다.

"무엇보다 금두꺼비는 누구 마음대로 옮길 수 있는 그런 평범한 금붙이가 아닙니다."

"그럼 뭐란 말인가."

"영물입니다."

예상치 못한 사로의 말에 효원의 입이 떡 벌어졌다.

"여, 영물!?"

"그것이 도망을 갔다면 그에 걸맞은 이유가 있겠지요."

효원이 벌린 입을 겨우 다물고 사로의 말뜻을 이해하려 애썼다.

"아무래도 윤 대감댁 막내 도련님껜 그 의미가 와닿지 않는 모양이군요."

어엿한 존대였지만 어딘가 비꼬는 듯한 말투였다. 찜찜해진 효원이 뭐라 대답하기 전 사로가 먼저 말을 이었다.

"갑석이란 자의 이야기를 들어보지요, 그럼."

효원은 격하게 고개를 끄덕였다. 그토록 기다리던 행동 개시였다. 둘은 함께 관아로 향했다.

❦

"갑석이란 자는 어디 있습니까."

관아를 지키던 나졸들은 귀찮은 표정으로 저리 가라는 듯 휘휘 손짓했다. 그도 그럴 것이 사로의 외양은 어찌 봐도 떠돌이 이방인 그 자체였다.

"갑석을 만나러 왔다 했습니다."

사로는 그에 밀리지 않고 눈을 부릅뜨며 재차 말했다. 나졸들은 눈짓을 주고받더니 사로의 팔을 붙잡은 뒤 밖으로 끌고 나가려 했다. 그러자 사로의 눈동자에 금빛이 감돌기 시작했다.

사로의 재빠른 걸음을 따라잡지 못한 효원이 뒤늦게 모습을 드러냈다.

"그만들 하게!"

효원은 나졸들을 막아서며 소리쳤다. 사로의 눈동자를 보자 무슨 일이 날 것만 같은 불안감이 들었기 때문이다. 효원을 본 나졸들은 몸을 똑바로 세우고 예의 바른 인사를 올렸다.

"아니, 도련님께선 어쩐 일로."

나졸들이 몸에서 손을 떼자 사로의 눈동자는 다시 원래대로 돌아왔다. 그것을 확인한 효원이 안도의 한숨을 내쉬었다.

"갑석은 어디 있는가."

"그것이……."

나졸들은 어째 쭈뼛대기만 할 뿐 서로 할 말을 미루고 있었다.

"어서 말하지 못하겠나!"

수령보다 더한 권세를 지닌 윤씨 집안이었다. 효원은 집안이 지닌 권력을 잘 알고 있었기에 늘 조심하는 편이었다. 하지만 지금만큼은 그 힘을 이용해야 할 때였다. 평소답지 않은 효원의 불호령에 나졸들은 허둥대며 효원을 갑석에게 안내했다.

나졸들을 따라가자 낡은 감옥이 나왔다. 좁고 악취가 나 근처에서 있기만 해도 고통스러웠다. 효원은 여러 칸의 옥 안을 살피며 갑석으로 보이는 사람을 찾으려 애썼다.

"꼴이 이게 뭔가!"

갑석을 발견한 효원이 놀라 소리쳤다. 눈앞의 갑석은 몰골이 말이 아니었다. 퉁퉁 부은 눈엔 멍 자국이 가득했고 입 주변은 피가 터져 있었다. 머리는 산발이 된 데다 힘없이 벽에 기대어 앉아 있는 모양새였다.

"효원 도련님……."

갑석이 눈물을 흘리며 효원을 바라보았다.

"아니, 이게 대체……."

생각지도 못한 갑석의 모습에 효원은 아무 말도 할 수 없었다. 갑석이 금두꺼비를 훔쳤다는 소문만 있을 뿐, 아직 물증은 없던 터. 그럼에도 관아에서는 이미 갑석을 죄인으로 낙인찍은 모양이었다.

효원과 달리 차분한 얼굴을 한 사로가 입을 열었다.

"계집종과 짜고 금두꺼비를 빼돌렸다던데."

갑석이 억울한 듯 사로를 노려보았다가 닫았던 입을 겨우 뗐다.

"저는, 저는 아닙니다! 도련님, 저를 아시잖습니까!"

제게 몸을 틀어 간절히 외치는 갑석의 모습에 효원은 가슴이 아파왔다. 저 또한 갑석이 그랬을 리 없다고 생각했을 정도로 갑석은 평소 믿음이 가는 사람이었다. 효원의 눈동자가 흔들렸다.

"훔친 게 아니다……."

"예, 예에. 그렇습니다."

사로가 마치 혼잣말을 하듯 중얼거리자 갑석이 고개를 사로 쪽으로 돌리며 대답했다.

"그럼 그 계집종은 왜 사라졌을까요."

갑석이 움찔했다.

"말씀대로 금두꺼비가 스스로 도망간 것이라면 그 계집종은 왜 사라졌냔 말입니다. 그것도 때마침."

말을 마친 사로가 눈을 번뜩였다.

"그, 그 아이는……."

갑석이 말을 잇지 못하고 우물쭈물했다. 옆에서 바라보던 효원이 갑석을 재촉했다. 저 또한 그 부분이 마음에 걸렸던 터였다. 정말로 갑석이 한 짓이 아니길 바랐다. 하지만 갑석의 목격담은 도무지 믿기지 않는 이야기였다.

"혹시 그 계집아이를 감싸기 위해……."

"그 아이는, 금두꺼비와는 상관이 없습니다."

갑석의 목소리가 눈에 띄게 어두워지더니 시선이 감옥 밖을 향했다. 그때 문틈으로 누군가의 기척이 느껴졌다. 그러자 갑석은 겁에 질린 듯 고개를 아래로 떨구고는 입을 꾹 다물었다. 중요한 순간에 입을 닫은 갑석이 답답한지 효원은 제 가슴을 쳤다.

"끝까지 말을 해보게! 그 계집아이는 그럼 왜……."

"그 집 사람과 관계가 있나 보군요."

사로가 팔짱을 끼며 확신에 찬 목소리로 말했다. 갑석은 그저 눈치만 살필 뿐 받아치지 못하고 있었다.

"이자를 더 추궁해 봐야 소용없을 듯합니다."

하지만 이 상황을 이해하지 못한 효원은 그저 답답할 노릇이었다.

"왜 말을 않는 겐가!"

끝까지 입을 다문 갑석의 모습에 효원이 분을 참지 못하고 등을 돌려 걸어 나갔다. 사로도 몸을 돌리려는 순간, 옥 안에 있던 갑석이 재빨리 기어와서는 사로의 옷자락을 잡았다.

'손이…….'

상처투성이인 갑석의 손이 덜덜 떨리고 있었다. 그를 통해 전해

온 두려움과 간절함. 사로가 그 위에 제 손을 겹쳐 잡고는 갑석의 눈을 바라보았다. 그 순간 사로의 눈동자가 금빛으로 변했다.

"사로?"

사로의 뒤로 효원의 모습이 나타났다. 금세 저를 뒤따라올 줄 알았던 사로가 나오지 않자 되돌아온 모양이었다.

"최지형."

사로가 싸늘한 눈빛으로 중얼거렸다. 그 이름 한 마디만으로 무언가가 전해진 듯 갑석이 손을 맞잡은 채로 연신 고개를 끄덕였다.

그 이름이 어딘가 불길하게 느껴져 효원은 긴장한 얼굴로 침을 꼴깍 삼켰다. 갑석의 손을 놓고 돌아선 사로가 효원을 보며 말했다.

"최지형에게 전하십시오."

"무, 무얼 말인가."

"지금도 늦지 않았으니 자백하라. 그리 전하십시오."

효원은 무언가에 머리를 얻어맞은 듯 멍한 표정을 지었다.

"설마 지형을 의심하는 겐가. 지형은 내 오랜 친우일세. 부친께서도 덕망이 높으시고."

말은 그렇게 하면서도 사실 효원 또한 어딘가 찜찜한 구석이 있었다. 갑석이 그럴 자가 아닐뿐더러 사로의 말대로 수상할 정도로 잘 맞아떨어지는 사건이었기 때문이다. 하지만 지형을 의심하는 건 단순히 친우 간의 믿음을 저버리는 것을 넘어 최씨 가문의 권위에 대한 도전하는 일이 될 수도 있다.

"그런 건 제 알 바 아닙니다. 중요한 건 그 집안의 영물이 한 번 떠났다는 거지요. 여기서 수습하지 못해 그것이 완전히 떠나게 되면 더 큰일이 닥칠 겁니다."

사로의 단호한 태도에 효원의 눈동자가 흔들렸다. 사로는 말을 이었다.

"도련님, 눈에 보이는 게 다가 아닙니다. 어려서부터 귀하게 자라셨으니 모르실 수밖에 없겠지만."

효원의 표정이 굳기 시작했다. 안 그래도 신경 쓰고 있는 부분이었다. 모두가 말로는 도련님, 도련님 하면서 저를 몸집만 큰 어린아이 대하듯 하고 있다. 제 집안 탓이었다. 효원을 더 힘들게 하는 건 저 또한 어느새 그런 대접에 익숙해졌다는 사실이었다.

잠시 분한 마음이 든 효원은 반박하고 싶었으나 사로의 말이 틀린 것도 아니기에 입을 꾹 다물 수밖에 없었다. 기분이 상해 굳어버린 효원과 달리 사로는 요란스레 기지개를 켰다. 그러고는 효원을 흘끗 쳐다보았다.

"제가 할 일은 여기까지입니다. 그럼."

사로가 대충 꾸벅 인사하고는 발걸음을 옮겼다. 효원은 멀어져 가는 사로의 뒷모습을 가만히 서서 바라보았다. 대체 지형이 무슨 죄를 지었단 것인가. 하지만……. 효원이 주먹을 꽉 쥐었다. 이대로 끝날 일이 아니라는 생각이 강하게 들었다.

집에 돌아온 효원은 찜찜한 마음으로 방으로 향했다. 지금까지의 상황을 몇 번이고 곱씹어 보아도 영 석연치가 않았기 때문이다. 그러던 중 부엌에서 하인들이 속삭이는 소리가 들려왔다. 그중 들리는 익숙한 이름에 효원이 귀를 기울였다.

"지형 도련님이 그렇게 개차반이라고……."

"그러게 말이야. 그 쪼깐이도 그렇게 희롱해 대니 도망가고도 남지."

제가 알던 지형과 다른 이야기에 당황한 효원이 저도 모르게 부엌문을 벌컥 열어젖혔다.

"그게 정말이냐?"

"에구머니나!"

효원의 등장에 하인들이 놀라 몸을 덜덜 떨었다. 다른 누구도 아닌 막내 도련님의 오랜 벗에 대한 험담이었으니 더더욱 그러했다.

"너희를 추궁하려는 것이 아니라…… 그게 정말이냐?"

서로 눈치만 살피던 하인들 중 어린 계집아이 하나가 작게 고개를 끄덕였다.

눈에 보이는 게 다가 아닙니다.

충격에 휩싸인 효원의 머릿속에 사로의 한마디가 스쳐 지나갔다. 나는 그동안 뭘 보고 누굴 믿고 있었던 걸까. 사로의 말이 맞았다. 저는 정말로 아무것도 모르고 자란, 덩치만 큰 도련님일 뿐이었다. 상처투성이 얼굴로 진실을 말하지도 못한 채 저를 보내던 갑석의 얼굴이 떠올랐다. 효원은 괴로운 듯 머리를 감싸 쥐었다.

그로부터 이틀 동안 폭우가 쏟아졌다. 지형에 대한 충격과 자괴감으로 침울해 있던 효원을 더욱 무기력하게 만드는 날씨였다. 비가 오나 눈이 오나 틈만 나면 마을 이곳저곳을 쏘다니던 막내 도련님이 방에만 처박혀 있자 하인들은 어쩔 줄을 몰라 했다.

꽤괙—

가만히 누워 있던 효원이 귀에 들려온 소리에 놀라 몸을 일으켰다. 효원은 설마 하는 마음에 벌컥 방문을 열어젖혔다.

"금두꺼비……."

제 집 마당에 금두꺼비가 있었다. 마치 따라오라는 듯 저를 바라보며 소리를 내고 있었다.

"자, 잠시만 기다리시게. 아니, 기다려주십시오."

잠시 굳어 있던 효원이 금두꺼비에게 말했다. 그러고는 허둥대며 옷가지를 챙겨 입고 나왔다. 효원을 가만히 지켜보던 금두꺼비는 몸을 돌려 펄쩍 뛰어나갔다. 그러자 효원이 그를 따라나서고, 우산을 든 하인이 헐레벌떡 그 뒤를 따랐다.

"역시나."

그리고 그곳엔 이미 사로가 도착해 있었다.

"오실 줄 알았습니다."

효원은 그와 마지막 나누었던 대화가 생각나 낯이 뜨거워졌다. 제 생각을 부정하는 듯한 사로의 말에 기분이 상해 어린아이처럼 굴었더랬다.

"그때는 미안했네. 자네 말이 맞았어."

사로는 효원을 가만히 쳐다보았을 뿐, 별다른 답을 하지 않았다. 그러고는 시선을 옮겨 주변을 둘러보았다. 사흘간의 폭우로 흙이 쓸려 나가 땅 이곳저곳이 파여 있었다. 사로를 따라 고개를 돌린 효원이 중얼거렸다.

"그리고 금두꺼비도, 아니 금두꺼비님도. 역시 스스로 움직인 거였어."

"제가 말했을 텐데요. 영물입니다."

효원이 잠시 생각에 잠겼다 다시 입을 열었다.

"자네도 영물인가?"

"……예?"

영문을 모르겠다는 사로의 표정에 효원이 말을 덧붙였다.

"아니, 자네도 여우의 핏줄을 이었으니 말일세."

저도 모르게 소문을 입 밖으로 낸 효원이 아차 싶었는지 사로의 눈치를 살폈다. 효원을 바라보는 사로의 눈빛이 싸늘했다. 효원이 잠시 겁먹고 있던 사이 사로의 입에선 크흡, 웃음이 새어 나왔다.

"그걸 믿으십니까?"

예상치 못한 사로의 말에 효원이 할 말을 찾지 못하고 입을 벌린 채 우두커니 서 있었다. 그 모습이 우스운지 사로가 작게 쿡쿡대며 웃고 있던 바로 그때였다.

꽤괙―

금두꺼비가 소리를 냈다. 이곳을 보라는 듯.

사로가 금두꺼비의 발밑을 쳐다보았다. 흙이 파인 틈으로 천 조각 같은 것이 보였다. 땅을 쳐다보던 사로가 그 앞에 무릎을 꿇고 앉았다. 빗줄기가 더욱 거세져 땅에 내리꽂혔다. 거기다 바람까지 더해지자 마치 빗방울이 온몸을 때리는 것만 같았다. 효원에게 우산을 씌워주고 있던 하인의 몸이 휘청였다.

"사로, 괜찮은가."

우산을 들어줄 하인 따위 있을 리 없는 사로는 맨몸으로 비를 맞고 있었다. 효원은 제 하인에게서 여분의 우산 하나를 받아 들고는 사로에게 씌워주었다.

사로는 그렇게 한참을 말없이 땅만 파헤쳤다.

"이건……!"

제 눈앞에 나타난 형상에 놀란 효원은 두 손으로 입을 틀어막았다. 사로 또한 얼굴이 굳어졌다.

흙 속에서 모습을 드러낸 건 지형의 집에서 사라졌던 계집종의 얼굴이었다. 핏기 없는 피부와 한이 맺힌 듯 부릅뜬 눈. 그리고 무언갈 말하려는 것처럼 입을 벌리고 있었다. 효원은 저도 모르게 몸을 떨었다.

"우연이라고 생각하십니까?"

그제야 사로가 입을 열었다. 사로의 말에 효원이 겨우 마음을 진정시키며 아랫입술을 깨물었다. 차마 상상하기도, 마주하기도 싫은 진실이었다.

"최지형 스스로 책임질 생각은 없나 보군요."

사로의 말이 끝나자 둘 사이엔 침묵만이 흘렀다. 하늘이 뚫린 듯 퍼붓던 비는 어느새 조금씩 잦아들고 있었다. 효원은 제가 해야 할 일을 알았다. 참담한 표정으로 효원은 하인에게 말했다.

"관아에 가 전해라. 금두꺼비와 계집종을 발견했다고."

온몸이 흠뻑 젖은 채 넋이 나간 얼굴로 멍하니 있던 하인은 효원의 말에 정신을 차린 듯 파드득 고개를 흔들었다. 그러고는 발걸음을 옮기려던 것을 효원이 다시 불러 세웠다.

"이 말도 전하거라. 계집종은, 누군가에게 죽임을 당한 듯하다고."

효원이 말을 마치자, 하인의 표정이 결연해졌다. 관아를 향하는 하인의 발걸음이 더욱 빨라졌다.

❧

효원의 관심사는 더 이상 금두꺼비에 있지 않았다. 폭우가 쏟아지던 날, 땅속에서 드러난 그 새하얀 얼굴과 옥에 갇혀 있던 갑석. 효원은 빨리 사건이 해결되어 이들의 억울함이 풀리길 바랐다. 그러나 어찌 된 일인지 이틀이 지나도록 계집종에 대한 이야기는 전혀 들려오지 않았다.

효원은 답답한 마음에 직접 관아로 찾아갔다. 그곳에는 지형과 수령의 술판이 거나하게 펼쳐져 있었다. 그간 그토록 보기 힘들었던 얼굴을 여기서 마주할 줄이야. 효원은 순간 울컥했다. 효원을 마주한 수령은 화들짝 놀라며 일어나 반갑게 인사했다.

"무슨 일로 예까지 행차를…….."

"어찌서 검안조차 하지 않는 것인가."

수령의 말은 들리지 않았다. 효원의 시선은 지형만을 향하고 있었다. 제집에서 일하던 자들이 죽고 위기에 처했음에도 수령과 술자리를 즐기고 있는 친우가 마치 다른 사람처럼 느껴졌다.

"갑석이가 이미 다 털어놓았대도."

"아무리 그래도. 살인사건 아닌가."

효원의 낯빛이 창백해졌다. 설마설마하던 마음이 확신이 되어

갔다.

"안 그래도 갑석의 유죄 판결에 대해 이야기를 나누던 중이었네만."

"대체 자네는 왜 이리 서두르는 겐가. 자네 집에서 일하던 사람일세. 좀 더 제대로, 끝까지 알아봐야 하는 일 아닌가."

갑석의 유죄 판결이라는 말을 아무렇지 않게 입에 올리는 지형의 모습에 효원은 더욱 열이 올랐다. 그러자 지형은 오히려 그런 효원이 이해되지 않는다는 듯 묘한 표정을 지었다. 곧 본래의 웃는 얼굴로 돌아온 지형은 효원을 진정시키려 애썼다.

"자, 자. 효원 자네는 집에 돌아가 좀 쉬게. 자기 일처럼 나서주는 거야 고맙지만 이러다 귀한 몸이라도 상하면 불호령이 떨어지는 건 내 쪽일 테니 말일세."

지형은 어린아이 대하듯 효원을 달래며 돌려보내려 했으나, 효원은 완고했다.

"이대로 끝낼 수는 없네."

"효원."

지형이 입가에 미소를 띠고는 말을 이었다.

"우리가 처음 알게 된 게…… 그래, 자네가 요양을 마치고 본가에 오고부터였지. 그러니 벌써 열하고도 한 해가 지난 셈이네."

갑작스런 회상에 효원은 어리둥절한 표정을 지었다.

"어려서부터 곤경에 처한 사람이 있으면 그냥 지나칠 줄을 몰랐지. 자네의 그런 성정이 좋아서 내 오래 벗으로 지낸 것도 맞아. 그런데 말일세."

지형의 눈빛이 순식간에 날카로워졌다.

"뭐든 적당히가 좋은 법 아니겠나."

"갑석은 어디 있나."

지형은 효원에게 질린 듯 어깨를 으쓱하고는 대답했다.

"모레 사형이 집행될 예정일세. 죄목은 계집종과 공모하여 금두꺼비를 훔치고 뜻대로 되지 않자 계집종을 살해한 죄."

"최지형!"

효원의 두 주먹이 부들부들 떨렸다. 친구에 대한 분노와 배신감, 안타까움이 뒤섞인 복잡한 감정이었다.

"알고 있지 않은가. 그게 아니란 걸……."

그러자 지형이 어쩔 수 없다는 듯이 고개를 까딱거리며 말했다.

"누군가는 죗값을 치러야 하네. 그리고."

지형의 입가에 희미한 미소가 번졌다.

"어차피 사라져도 모를 천한 것들 아닌가. 그 계집도…… 뭐 그리 호들갑들인지."

마지막 말에 효원의 얼굴이 새하얗게 질렸다. 그런 효원을 살피던 지형이 뭔가를 깨달은 것처럼 고개를 끄덕이며 말을 이었다.

"그 사로인지 하는 놈과 함께 다닌다더니 홀리기라도 한 겐가. 그런 천한 놈과 어울리지 말게."

그러고는 할 말을 잃은 채 우뚝 서 있는 효원에게 가까이 다가가 귀에 대고 속삭였다.

"아무리 자네가 서자라 해도 윤 대감님 핏줄이지 않은가. 그런 천한 것들보다는 우리 쪽에 가깝지."

지형의 마지막 말에 효원의 입이 꾹 다물렸다. 치부라 할 수도 있는 부분을 건드리며 이죽대는 얼굴이 낯설었다. 내가 알던 지형이 아니다. 저도 모르는 사이 이미 너무 멀어져 버렸다는 생각이 들었다. 아니면, 처음부터 제가 몰랐을지도.

효원은 지친 표정으로 천천히 뒷걸음질했다. 그러고는 완전히 몸을 돌려 문밖을 향해 걸어 나갔다. 효원이 떠나자 팽팽한 분위기 속 눈치만 살피고 있던 수령이 겨우 입을 뗐다.

"그러고 보니 금두꺼비는 어찌하셨습니까?"

"어찌하긴요. 다시는 도망가지 못하게……."

'도망'이란 말에 수령의 눈이 커지자 지형은 목소리를 가다듬고는 재차 말을 이었다.

"다시는 아무도 훔쳐 가지 못하게 꽁꽁 싸매두었지요."

"아, 암요. 그래야겠지요."

그제야 수령은 이해한 듯 고개를 끄덕였다.

"그럼 이제 말씀하신 대로 진행해도 되겠습니까?"

"물론입니다. 무엇보다 저희 집 사람들 일이니 제가 처리해야 하지 않겠습니까."

지형이 밝은 표정으로 답했다. 그들은 다시 자리에 앉아 술잔을 기울였다. 이제 와 되돌리기엔 이미 늦은 일임을 알고 있었다. 수령은 지형에게 받은 것들을 떠올리며 슬며시 미소를 지었다.

갑석의 사형 판결이 알려지자 마을 분위기가 뒤숭숭해졌다. 최대감댁에서만 20여 년이 넘도록 일한 성실한 일꾼이자 어린 하인들을 자식처럼 챙기던 갑석이었다. 그런데 사형이라니. 그 소식에 눈물부터 훔치는 하인들이 한둘이 아니었다.

"그날 말이야, 그 쪼깐이랑 도련님이랑 같이 있지 않았니?"

"목 달아날 소리 말어. 어디 가서 그런 말 꺼냈다간 제명에 못 죽으니께."

"도련님 때문에 또 울고 있던 걸 너네들도 봤잖아."

"그거야 거의 매일 그랬으니까 또 그러려니 했지. 안됐지만 별수 있었어?"

하인들끼리도 쉬쉬하던 이야기였다. 숨진 여종과 마지막으로 함께 있던 건 다름 아닌 최지형이었고 게다가 그간 그에게 숱하게 희롱을 당해왔다는 것. 하지만 갑석이 이리되자 하인들은 더욱 입을 다물 수밖에 없었다. 그렇게 다들 일상으로 돌아가는 듯했다.

지형은 절로 콧노래가 났다. 평소 잔소리를 늘어놓던 갑석의 얼굴이 떠올랐다. 제가 아직도 꼬맹이 도련님으로 보이기라도 하는 건지 갑석은 저를 볼 때마다 그러시면 안 된다며 훈계질을 하곤 했다. 그런 자를 흠씬 두들겨 패고 입막음용으로 깔끔히 처리했다. 제 수완에 스스로도 놀랄 정도였다. 내일이면 이제 갑석도 세상에서 사라질 터.

"뭐 대단한 일이라고. 울지 말고 어서 일들 해라."

갑석의 소식에 눈물짓는 하인들을 보며 혀를 끌끌 찬 지형은 새로 들어온 여종의 몸을 위아래로 훑었다.

"너는 이리 와보거라."

그러고는 여종을 제 방으로 불러들였다. 그런 지형의 행동에 한

마디라도 해줄 갑석마저 사라진 상황이었다. 남겨진 하인들은 또 시작이라며 수군대기 시작했다. 여종은 어둑한 밤이 되어서야 지형의 방에서 나올 수 있었다.

여종은 간밤에 겪은 끔찍한 일 탓에 잠이 오지 않았다. 통통 부은 눈을 슬며시 뜨자 어슴푸레하게 비춰오는 새벽빛이 비춰왔다. 절로 눈이 찌푸려졌다. 이런 상황에도 또다시 지형을 모셔야 하는 처지였다. 여종이 눈물을 훔치고는 겨우 몸을 일으켰다.

작은 몸으로 낑낑대며 씻을 물을 준비한 여종이 지형의 방문 앞에 섰다.

"도련님."

어째 기척이 없었다. 아니, 없다기보다 이상했다. 정확히 말하자면 사람의 기척이 느껴지질 않았다. 여종은 어딘가 불쾌한 느낌을 애써 무시하며 다시 입을 열었다.

"도련님?"

지형을 부르는 여종의 목소리가 작게 떨려왔다. 여종이 두 손을 들어 문손잡이를 잡았다. 목소리만큼이나 떨려오는 두 손으로 문을 살짝 열었다. 작은 틈이 생길 정도로 살짝만. 그리고 그 틈으로 슬며시 얼굴을 갖다 대고는 방 안을 들여다본 그때였다. 방에 있는 그것을 목격한 여종의 눈이 크게 뜨였다.

"괴물, 괴물이……!"

여종은 너무 놀란 나머지 소리 한 번 제대로 지르지 못한 채 괴물이라는 말만 중얼거렸다. 그러고는 자리에 주저앉아 후들거리는 팔다리로 기어가듯 도망쳤다.

여종이 떠난 방 앞, 슬쩍 열린 문틈으로 끈적한 무언가가 흘러나오기 시작했다.

❧

지형이었을 것이 분명한 무언가가 이불 위에 있었다. 그것은 커다란 원 형태로 부풀어 있었다. 그것으로부터 흘러나오는 진액이며 방 안을 가득 채운 악취에 그곳에 있는 모두가 인상을 찌푸렸다. 최 대감 앞이니 차마 무어라 말은 못 하고 소매로 코와 입을 틀어막았다.

여종으로부터 소식을 전해 듣고 지형의 방에 들어갔던 하인 몇몇은 끔찍한 그 모습에 혼절했다. 최 대감 또한 이 광경을 목격하고는 겨우 정신을 다잡았다. 이것이 제 아들이라는 증거가 없다며 현실을 부정하던 최 대감은, 그 끈적한 물체 속 지형이 늘 지니고 다니던 반지를 발견하고는 무너져 내렸다.

사람이 해결할 수 있는 일이 아니었다. 관아에 말을 한들 괜한 소문만 날 뿐. 그러니 결국 사로라는 요망한 자를 끌어들일 수밖에 없게 된 것이다. 사로를 부르니 어째 효원에 오윤까지 구경꾼들이 줄줄이 딸려 왔으나 최 대감으로선 그런 사소한 것을 따질 때가 아니었다.

"아니, 어찌 저런……."

최 대감에게 인사를 하지도 못한 채 효원은 제 친우의 흉측한 모습에 입을 틀어막았다. 수다스러운 오윤 또한 이런 광경은 처음인지 말을 잃었다.

"지형아."

아들의 이름을 부르니 둥글게 부푼 그것이 대답하듯 구우우, 기분 나쁜 소리를 냈다. 언뜻 보자면 두꺼비 같기도 한 것이, 마치 커다란 두꺼비를 끓는 물에 펄펄 끓여 만든 죽을 펼친 뒤 바람을 불어넣으면 저런 형태가 될 것만 같았다. 그 기묘한 물체 속에서 아들의 얼굴은 찾으려야 찾을 수가 없었다. 최 대감의 눈에 절망과 두려움이 섞인 눈물이 맺혔다.

"살리시겠습니까?"

옆에서 최 대감의 표정을 바라보던 사로가 물어왔다. 그러자 최 대감은 눈을 부릅뜨며 대답했다.

"당연한 것 아닌가! 어찌 그런 말을. 빨리 어떻게든 해보게!"

간절히 매달려야 할 사람이 도리어 큰소리를 쳤다. 자연스레 몸에 밴 오만한 태도였다. 그럼에도 사로는 기분 나쁜 기색 없이 이어 말했다.

"살리신다 해도 예전의 그 모습이 아닐 수도 있습니다. 얼마나 살수 있을지 장담할 수도 없고."

사로의 대답에 최 대감의 입가에 힘이 들어갔다. 고민하듯 잠시 굳게 닫혀 있던 입에서 간절한 목소리가 흘러나왔다.

"우선 살려주기만 한다면 내 어떻게든 해보겠네. 부탁하네."

처음 나온 '부탁'이란 말에 사로의 입꼬리가 슬쩍 올라갔다.

"그렇다면 최선을 다해보겠습니다."

순순히 대답하는 말투가 어째 꺼림칙했으나 최 대감은 고개를 끄덕일 수밖에 없었다.

사로의 요청으로 사로를 제외한 모든 사람이 방 밖으로 나왔다.
아무래도 지형에게 매우 흉측하고 몹쓸 것이 씌었다며 겁을 준 탓
에 모두 순순히 말을 들었다. 하지만 사로가 내보내지 않았더라도
굳이 그 과정을 다 보고 싶을 사람은 없었다. 최 대감마저 그러했다.

닫힌 문 사이로 푸슈슈 하고 바람 빠지는 소리와 함께 작은 연기
가 피어났다. 그러고도 되었다는 말이 없어 최 대감을 비롯한 사람
들은 모두 불안한 마음으로 마루를 서성일 수밖에 없었다.

"오윤."

효원이 최 대감의 눈치를 보며 말을 걸었다. 오윤 또한 조심스러
운 표정으로 효원에게 눈짓했다.

"자네 이런 걸 본 적 있는가?"

"아무리 나라도 친우가 곤죽으로 변한 걸 봤을 리가 있겠는가."

오윤이 입을 손으로 가린 채 소곤거렸다. 친우가 곤죽으로 변했
다는 오윤의 정확한 표현에 효원은 그렇지, 하며 고개를 끄덕거렸
다. 도무지 현실감이 없는 상황에 긴장감마저 사라진 상태였다.

그렇게 한참이 지났다. 해가 뉘엿뉘엿 질 무렵, 드디어 방문이 열
렸다. 열린 문틈 사이로 사로가 빼꼼히 얼굴을 내밀었다.

"끝났습니다."

그 말에 누구보다 빨리 몸을 움직인 건 최 대감이었다. 하인이 대
령한 방석 위에 앉아 있던 그는 저린 다리를 겨우 움직여 어두컴컴
한 방 안으로 들어섰다.

"지, 지형아."

아버지의 부름에 이불에 누워 있던 지형이 몸을 꿈틀거리는 것이 보였다.

"불을 좀 켜보게."

최 대감의 말에 사로가 방 안의 초를 밝혔다. 그러자 최 대감의 눈에 아들의 모습이 서서히 들어왔다.

"이게, 이게 뭔가."

"아드님이십니다."

목소리가 떨리는 최 대감과 달리 사로는 태연했다. 자신은 해야 할 일을 다 했다는 당당함이 묻어나는 태도였다.

"무슨 소릴 하는 게야. 이건 내 아들이 아니네!"

"말씀드렸잖습니까. 예전의 그 모습이 아닐 수도 있다고."

최 대감이 생각한 건 사람의 형태를 갖춘 아들이었다. 예전처럼 멀쑥한 그 모습이 아니더라도 최소한, 최소한은 사람인 아들.

하지만 이건 사람이 아니었다. 구분되는 것이라곤 몸통과 팔다리뿐. 얼굴에 이목구비는커녕 뚫린 구멍 하나에서 숨을 내뱉듯 크으크으, 하고 기분 나쁜 소리가 들려왔다. 그리고 해파리마냥 찐득하고 노인처럼 쭈글쭈글한 피부. 이런 걸 과연 제 아들이라 할 수 있겠는가.

최 대감의 원망스런 눈빛이 사로를 향했다. 하지만 그를 탓할 일이 아니란 걸 알았다. 오늘 아침에 본 그 모습을 떠올려 보면 애초에 되살린다는 것 자체가 어불성설이었다. 실낱같은 희망이나마 가져 보려 애썼을 뿐.

뒤따라온 효원과 오윤 또한 경악한 표정으로 제 친우였던 그것을 내려다보았다. 더 이상 저들이 알던 최지형은 없었다.

"아아."

최대감은 탄식하며 바닥에 주저앉아 울부짖었다.

바로 그때였다.

"아, 버지…….'

그것으로부터 제 아비를 부르는 목소리가 들려왔다. 고개를 파묻고 절규하던 최 대감이 얼굴을 들어 그것을 바라보았다. 그리고 천천히 바닥을 기어 그것의 옆에 앉았다. 지형이었던 그것은 이제 어린아이 정도 되는 크기의 어떤 생명체가 되어 있었다. 아비가 제 곁에 왔다는 사실을 알아챈 듯 그것은 온몸을 꿈틀거리며 알은체하려 애썼다.

최 대감은 고민하듯 그것을 한참 동안 내려다보다 겨우 입을 뗐다.

"지형인, 내 아들은 병으로 죽은 걸세."

방 안에 있는 모두에게 선포한 최 대감이 말을 마치고서 천천히 몸을 일으켜 걸어 나갔다. 효원의 옆을 스쳐 가는 최 대감의 얼굴이 하루 사이에 핼쑥했다. 하인들은 최 대감의 말뜻을 알아차리고 그저 어두운 표정으로 고개를 푹 숙일 뿐이었다. 이불에 있는 것을 '처리'해야 할 시간이었다.

❦

그렇게 지형은 갑작스런 병으로 세상을 떠난 셈이 되었다.

최 대감댁 눈치만 살피던 수령은 갑석의 사형을 잠시 미루고 최 대감의 의중을 물었다. 최 대감은 더 이상 이 집안의 업보를 늘리고 싶지 않다며, 갑석의 사형 선고를 재고해 볼 것을 제안했다. 지형의 말에도 벌벌 떨던 수령이었으니 그 아비인 최 대감의 말이라면 두말할 것도 없었다. 갑석이 무사히 풀려나게 된 건 당연한 이치였다. 하지만 더 이상 그 얼굴을 보기 불편했던 모양인지 최 대감은 갑석을 다른 집 일꾼으로 보내버렸다.

아들도 기이하게 세상을 떠난 마당에 집안을 돌보던 갑석마저 사라진 상황이었다. 어느 날은 오밤중 강도가 들어 물건을 훔쳐가질 않나, 멀쩡하던 마당이 꺼지질 않나. 여러모로 이상한 일들이 겹쳐 일어났고 운이 다한 집이라는 소문이 돌았다. 결국 최 대감은 자리에 몸져누웠고, 하인들 또한 이곳저곳으로 뿔뿔이 흩어졌다.

"영물이 있는 곳은 더욱 몸가짐을 조심하고 영물을 극진히 모셔야 하거늘……."

최 대감댁 대문을 나서는 하인들을 바라보며 사로가 혀를 찼다.

"영물이 떠난 집이란 이런 겁니다, 도련님."

사로가 말을 마치며 효원을 바라보았다. 효원은 말을 할 듯 말 듯 입을 꿈틀거렸다.

"아무리 그래도……."

"그래도?"

사로가 재촉하듯 묻자 효원은 참담한 표정으로 입을 꾹 다물었다. 온전한 지형과의 마지막 만남이 좋은 기억은 아니었지만, 친우를 그렇게 떠나보내리란 생각은 하지 못했다. 그렇기에 마음이 심란한 상태였다.

"친우라 하셨지요."

사로가 효원을 지그시 바라보며 말했다. 효원은 여전히 입을 다물고 있었다.

"최지형에게 당한 자들 앞에서도 그를 옹호하실 수 있겠습니까?"

효원의 말에 감춰진 생각을 읽은 것만 같았다. 아무리 그래도, 그렇게 죽게 한 것은 너무 심하지 않냐는.

"무엇보다 자업자득입니다. 누군가의 모략에 빠져 그리된 것도 아니니 억울해할 일도 아니지 않겠습니까."

냉정한 사로의 말에 효원이 울컥했다. 그런 효원을 사로가 흘끗 쳐다보고는 고개를 까닥하며 말했다.

"그럼 이만."

사로가 작별 인사를 건네자, 순간 효원이 다급하게 사로의 왼팔을 붙잡았다. 사로의 의문 섞인 눈빛이 효원을 향했다.

"사로……."

효원은 누군갈 돕겠다는 생각으로 신이 나 사로를 찾아갔던 제 모습이 떠올랐다. 하지만 생각과는 다른 사실을 받아들이기 힘들어했던 데다 결국 아무것도 하지 못했다. 그것이 부끄러우면서도 분한 마음이 들어 효원은 입술을 깨물었다. 그런 효원의 마음을 눈치챘는지 사로가 입을 열었다.

"어차피 도련님에게 뭘 기대하진 않았습니다. 도련님께 어울려 달라는 하인의 부탁을 받았거든요. 물론 사례도 두둑이요."

사로가 제 주머니를 두드리는 시늉을 하며 말했다. 졸지에 놀아

줄 상대가 필요한 어린아이 취급을 당한 효원은 울분에 찬 표정을 짓고 있었다.

"너무 기분 나빠하진 마십시오. 떠나기 전 심심하던 차에 겸사겸 사 도와드린 셈이니."

도무지 사로의 진심을 알 수가 없었다. 평소에도 느껴왔던 사로 의 정체에 대한 궁금증이 더욱 커졌다. 그러다 효원의 눈이 크게 떠 졌다.

"떠난다고?"

"예에, 본래 보고 싶던 것이 있어 잠시 머물렀던 터라."

슬며시 웃고 있는 사로와 달리 효원의 얼굴은 울상이 되었다.

"나는, 나는……."

더 많은 이를 만나고, 더 넓은 세상을 보고, 내가 모르는 것들을 알고 싶다. 해소되지 못한 열망이 몸속 어딘가에서 들끓고 있었다. 효원의 가슴이 뜨거워졌다.

"사로."

효원의 진지한 목소리에 다른 곳을 보던 사로가 효원에게 시선 을 돌렸다.

"나도 데려가 줄 수 없겠나?"

사로는 가만히 서서 빤히 그 얼굴을 쳐다보았다.

"진심이십니까?"

"……."

저도 모르게 내뱉은 말에 효원은 잠시 멈칫했지만 이내 고개를 끄덕였다. 그러자 사로의 입에선 하아, 깊은 한숨이 나왔다.

"바깥세상은 험하답니다, 도련님."

"알고 있네!"

효원의 말이 끝나기가 무섭게 사로는 정색하며 답했다.

"윤 대감댁 막내 도령이라고 어리광을 받아주는 이 마을과는 다르단 말입니다."

"첫째 형님은."

효원이 말을 멈추었다. 그러고는 흥분한 모양인지 잠시 숨을 고르더니 다시 말을 이었다.

"내 나이쯤에 요절했다지. 나도 얼마 안 남았을지 몰라."

사로가 효원의 몸을 위아래로 훑었다. 요절이라니. 누가 봐도 장대한 기골을 가진 이가 할 말은 아니었지만 효원의 얼굴은 나름 진지해 보였다.

"그렇다고 둘째 형님처럼 가만히 앉아 책만 볼 자신도 없어."

"그래도……."

"무엇보다 난, 진짜 세상을 보고 싶네. 지금처럼 팔자 좋은 도련님 대접을 받으며 아무것도 모른 채 살아가고 싶진 않아."

아무래도 이번 일이 큰 충격이었던 모양이다. 그럴 만도 했겠지만. 사로는 잠시 표정을 풀었다.

"그럼, 집안의 허락을 받고 오십시오. 괜히 남의 귀한 아드님 꾀어냈단 소리는 듣고 싶지 않으니."

정확히 말하자면 효원이 저를 꾀고 있는 것이었지만, 뭐가 됐든 나쁜 소리를 듣는 건 결국 이방인인 사로가 될 터였다. 사로의 말에 효원은 눈을 반짝이며 세차게 고개를 끄덕였다.

"아버지의 허락 말이지. 내 어떻게든 받아낼 테니 나중에 딴말하지나 말게."

"아, 그리고."

"또 뭔가."

갑자기 사로가 빙긋 웃어 보였다. 웃음의 의미를 이해하지 못한 효원 앞에 사로가 손바닥을 척 내밀었다.

"세상에 공짜가 어디 있습니까."

"자네, 생각보다 돈을 밝히는구먼."

"여우의 자식이라 한들 좋은 걸 모르진 않지요."

입꼬리가 주욱 올라가며 웃는 사로의 얼굴이 순간 여우와 겹쳐 보여 효원은 눈을 크게 떴다. 정말 여우의 자식이냐는 질문이 목까지 올라왔으나 효원은 겨우 참아냈다. 괜한 비웃음을 살 것만 같았기 때문이다.

"조, 조만간 다시 보세. 내 꼭 허락을 받아올 테니!"

효원은 그렇게 소리치고는 서둘러 산을 내려갔다.

그로부터 나흘이 지난 뒤, 효원은 아버지와 형님의 배웅을 받으며 길을 나섰다. 솥단지며 음식 같은 것을 잔뜩 짊어진 하인 몇을 붙여야 한다는 걸 효원이 겨우 말려 간단한 옷가지와 침구 정도를 챙기는 것으로 정리가 되었다. 사로의 짐은 윤 대감에게 받은 사례금이 더해져 꽤나 두둑해 보였다.

"아버지, 절 받으십시오."

세상을 둘러보며 많이 배워 오겠다는 효원의 말에 윤 대감의 눈에 눈물이 맺히기 시작했다. 급기야는 버선발로 뛰어 내려와선 저보다 훌쩍 커버린 막내아들을 껴안고 한참을 울기도 했다. 아무리 눈에 넣어도 안 아플 막내아들이라지만 이건 좀. 효원은 민망한 얼굴로 아버지를 겨우 달랬다. 동생을 배웅하러 나온 제원은 그런 아버지의 모습이 부끄러운지 고개를 돌렸다. 부자의 눈물겨운 이별을 뒤에서 지켜보던 사로 또한 못 말린다는 듯 고개를 절레절레 저었다.

부자는 한참을 실랑이하고 나서야 겨우 이별 준비를 마쳤다. 저런 팔불출을 어찌 설득했는지 궁금해질 때쯤, 효원이 그 마음을 읽은 듯 씨익 웃으며 사로에게 다가와 말했다.

"귀여운 막내아들 고집을 어찌 꺾겠나. 게다가……."

효원은 말을 멈춘 뒤 눈치를 보고는 귓속말을 했다.

"이번 한 해 동안 집을 떠나 떠돌지 않으면 병사할지 모른다고, 여우의 자식인 사로가 말해주었다 했네."

효원의 말에 사로가 어이없다는 표정으로 효원을 올려다보았다. 제 이름을 팔아먹었을 줄이야.

"그래도 영 미심쩍어하시기에 그럼 불도에 귀의하겠다 했네."

"생각보다 막무가내시군요."

사로의 말에 효원이 크게 웃음을 터뜨렸다. 제가 생각해도 혜안을 발휘한 것 같다며 꽤나 만족스러운 표정을 지었다. 하지만 근래의 사건으로 아버지가 막내아들을 걱정하지 않았을 리 없다. 사로는 수소문 끝에 저를 몰래 찾아왔던 윤 대감과의 대화를 떠올렸다.

"지형이 그리되고 축 쳐져 있더니만…… 집을 떠나지 않으면 병사한다니 그게 사실인가."

그러고는 대답 없는 사로의 얼굴을 빤히 보다 큰 한숨을 내쉬며
말했다.

"우리 효원이 한 번만 더 살려주게."

떠돌이 천것을 향한 말이라곤 보기 힘들 정도로 간절한 말투였다.

"필요한 게 있으면 뭐든 돕겠네. 이곳저곳 구경도 하고 여러 사람
사는 모습도 보다 보면 이번 일도 많이 잊고 건강해지지 않겠는가."

윤 대감은 정말 좋은 아버지였다. 막내아들을 위해서라면 물불
가리지 않는.

우리 효원이 한 번만 더 살려주게.

그 간절한 마음이 느껴져 사로는 결국 고개를 끄덕이고 말았다.
효원은 알 리 없는 이야기였다.

회상을 마친 사로가 입을 열었다.

"딱 1년입니다."

윤 대감과 약속한 조건이었다.

"그때까지 도련님이 버틸 수 있을지……."

이제 막 길을 떠나려던 차, 사로의 말에 효원이 우뚝 멈춰선 채 결
연한 얼굴로 침을 꿀꺽 삼켰다.

"잘 부탁하네!"

사로의 말이 채 끝나기도 전에 효원이 사로의 손을 덥석 잡으며
말했다. 그를 바라보는 사로의 표정이 묘했다. 아무래도 곱게만 자
란 제가 영 탐탁지 않은 모양이겠지. 효원은 그런 생각에 더욱 힘을
실어 사로에게 연달아 감사 인사를 했다.

"저도 잘 부탁드리겠습니다."

사로가 그리 말하며 효원의 손을 살짝 맞잡았다. 저를 보며 슬며시 미소를 짓는 사로의 얼굴에 어딘가 낯익은 구석이 있어 고개를 갸웃했다.

"그런데 우리 이전에 만난 적이 있던가?"

말을 내뱉어 놓고 효원은 그럴 리 없다는 생각이 들어 금세 제 말을 철회했다.

"아, 아닐세."

효원은 고개를 저으며 잡고 있던 손을 서둘러 놓았다. 마주한 사로의 표정은 어딘가 오묘했다.

어느새 새까매진 밤하늘. 저 멀리 떨어져 있던 두 개의 별이 조금씩 그 거리를 좁히고 있었다. 한참을 걷다 우뚝 선 사로가 고개를 들어 하늘을 올려다보았다. 옆에 있던 효원이 사로를 따라 밤하늘을 흘끔대며 물었다.

"뭐가 있는가."

"아무것도 아닙니다."

가볍게 대답한 사로가 다시 발걸음을 떼려던 그때, 효원이 던진 말 한마디에 사로는 도로 멈춰섰다.

"그나저나 전에 무얼 받아낼지 생각해 본다지 않았는가."

그러고 보니 효원과 처음 만났을 때 그런 이야기를 한 기억이 있다. 사로는 잠시 생각에 잠겼다가 입을 열었다.

"받아낼 게 있긴 하지만 아직은 아닌 것 같습니다. 필요할 때 말씀드리지요."

"그런가. 알았네."

정말 돈을 밝힌단 말이야. 그것이 돈이라 확신한 효원은 혼자 작게 중얼거리며 다시 발걸음을 떼는 사로를 재빨리 뒤따랐다. 작은 몸집에 걸음은 어찌나 빠른지. 그를 따르는 효원의 움직임이 굼떠 보일 정도였다.

"사로, 조금만 천천히. 기다리게."

헥헥대는 효원의 뒤로 익숙한 형상이 따라붙었다.

꽤꽥―

그 무언가는 펄쩍 뛰어오르더니 효원의 봇짐 속으로 모습을 감추었다.

봄기운이 피어오르는 어느 날, 효원은 새로운 세상을 향한 첫발을 내딛었다. 그렇게 사로와 효원의 방랑이 시작되었다.

二.

날개 달린 아이

입이 무거운 산파였다. 당시를 떠올리며 여인이 생각에 잠겼다. 만약 산파가 조금이라도 입을 놀렸다면 자신은 진작 이 마을을 떠나야 했을지도 몰랐다. 지금까지도 입을 다물어주고 있는 것에 고마운 마음이 들었다. 잠든 아이의 머리를 쓰다듬는 여인의 눈빛이 한층 더 무거워졌다.

산 너머 마을로 시집을 갔지만 남편은 100일도 되지 않아 뱃속 아기와 저만 남겨두고 허망하게 세상을 떴다. 원인도 알 수 없던 갑작스러운 죽음이었다. 그 마을과 저를 이어주는 유일한 끈이었던 남편의 빈자리는 컸다. 몇 번은 마을 사람들의 도움을 받았지만 그것도 잠시뿐이었다. 각자 먹고살 길이 급한 마을이었다. 그리하여 여인은 부른 배를 안은 채 나고 자란 마을로 돌아오게 되었다.

누군가가 마련해 준 산 중턱 허름한 집 한 채가 여인이 살 곳이었다. 생계에 큰 도움을 받지 못하는 건 매한가지였지만 그래도 제가 살던 마을이었다. 아는 얼굴들이 많아 마음에 위안이 되었다. 배가 부른 탓에 산 아래에 있는 마을까지는 몇 번 가지도 못했지만, 가끔은 집 앞에 누군가 가져다준 감자나 옥수수 같은 것이 놓여 있기도 했다. 그것만으로도 여인은 살아갈 희망을 얻었다.

점점 불러오는 배에 때가 되었음을 감지한 여인은 마을에서 몇십 년이나 해산을 도왔다는 산파에게 도움을 받기로 했다. 그렇게 혼자의 몸으로 건강한 남자아이를 낳았다. 그런데…….

"애기 엄마."

"예?"

갓 낳은 아이를 살피던 산파가 입을 열었다.

"아이 등에 뭐가 있구먼."

산파의 말에 여인은 몸을 겨우 일으켜 아이를 바라보았다. 아이의 등엔 작은 뿔 같은 것 두 개가 볼록하게 솟아나 있었다. 마치 무언가가 자라날 듯이.

"저게 무슨……."

당황하는 여인과 달리 산파는 무심한 얼굴로 대답했다.

"혹시 날개 같은 거라도 자라나면……."

그러고는 잠시 말을 멈추었다 다시 입을 열었다.

"불로 지져야 혀."

여인이 놀라 산파를 바라보자 산파는 천천히 아기에게 배냇저고리를 입혔다.

"안 그러면 애기도, 애기 엄마도 이 마을에선 못 살어."

여인은 순간 어디선가 들은 이야기를 떠올렸다. 날개를 달고 태어난 아이는 주변을 불행하게 한다고. 그러니 그 날개는 불로 지져 없애버려야 한다는 이야기. 그리고 결말도 알고 있었다. 그 날개를 없애자 아이는 그만 죽고 말았다는 그런.

여인의 눈동자가 심하게 흔들렸다. 날개가 아닐 수도 있다. 자라면서 사라지기도 하는, 그냥 단순한 몸의 결함일지도. 산파는 그런 여인을 가만히 바라보다 조용히 뒤처리를 해주고는 자리를 떴다. 그 후로 별다른 얘기는 들려오지 않았다. 다행이라고 생각했다. 얼마간은……

❦

"사로, 잠깐만."

효원이 헉헉대다 걸음을 멈추었다. 해가 쨍쨍한 오후의 산 중턱이었다. 게다가 등에는 이상하게 무거운 짐 보따리를 매고 있었다. 그러니 몸이 지치는 것도 무리가 아니었다. 효원의 말에 앞서가던 붉은 머리의 사로가 뒤를 돌아보았다. 마찬가지로 짐 보따리를 매고 있음에도 효원과는 달리 여유 있는 모습이었다.

"무예에도 능하시다더니 썩 그렇지도 않은 모양입니다."

"아니, 자네가 너무한 것 아닌가."

겨우 내뱉은 것은 투정 섞인 말이었다. 그도 그럴 것이 제집을 떠나 정처 없이 걸어온 지 어느새 한 달여가 지났다. 우선은 최대한 멀리 떠나보자는 마음이었을까. 날이 어두워지면 주막에서 숙식을 해결하고 날이 밝으면 다시 길을 떠났다. 단 나흘이라도 같은 곳에 머무는 법이 없었다.

처음엔 어디서든 잘 지낼 것처럼 기세등등했건만 역시 도련님은 도련님이라 효원에겐 떠돌이 생활이 익숙지 않았다. 따뜻한 봄 날씨에도 절로 몸이 무거워졌다. 그런 효원과 달리 사로는 어디든 익숙한 듯 척척 발걸음을 옮겼다. 게다가 이들의 행선지는 전적으로 사로에게 달려 있었다. 그러니 효원으로선 그런 사로의 뒤를 무작정 따를 수밖에 없었다.

"며칠이라도 좀 쉬었다 가는 게 어떻겠나."

효원이 두 손을 무릎에 얹고 상체를 구부린 자세로 숨을 골랐다. 사로가 그런 효원을 바라보다 흐음, 하고는 잠시 생각에 잠겼다.

"다음 마을에 쉬어갈 곳이 있을 것 같습니다."

"그래, 잘 생각했네!"

눈에 띄게 밝아진 효원의 표정에 사로가 작게 웃음을 흘렸다.

얼마를 더 걸었을까. 깊은 산속에 허름한 민가가 나타났다. 마을과는 다소 동떨어진, 외진 곳에 있는 집이었다.

"이런 곳에 사는 사람이 다 있구나."

효원이 신기하다는 듯 말하며 잠시 발걸음을 멈추었다. 이제는 다리가 한계에 다다른 모양이었다. 그런 효원을 흘끗댄 사로가 대답했다.

"어디, 신세를 질 수 있는지 물어볼까요?"

"그게 좋겠네."

사로의 말에 효원이 반색했다. 그 허름한 모양새로 볼 때 대단한 대접을 받을 수 없으리란 생각은 들었지만, 지금의 효원에겐 단 며칠이라도 몸을 눕히고 쉬어갈 곳이 필요했다. 사로는 그 집을 향해 터벅터벅 발걸음을 옮겼다.

❦

"업동아, 우리 업동이."

등에 무언갈 달고 나온 탓인지 아이는 또래보다 걷는 것이 느렸다. 그래서 여인은 두 돌이 다 되어서까지 아이를 업고 다녀야 했다. 산에서 나물을 캐고 물동이를 이고 다닐 때에도 그랬다.

"아이고, 업동이 엄마. 언제까지 업고 다니려고 그려."

"그래, 내려놔야 업동이 엄마도 허리 좀 펴지지."

동네 사람들의 말에도 여인은 웃으며 손사래를 쳤다.

"아니에요, 괜찮아요. 아직은……."

아이가 마음대로 돌아다니다 등에 달린 걸 누군가에게 들키기라도 한다면……. 생각만으로도 식은땀이 났다. 그러니 오히려 걸음이 늦는 게 잘된 일일지도 몰랐다. 여인은 등에 업힌 아이를 토닥이며 한숨을 내쉬었다.

아이는 세 돌을 넘어가서야 조금씩 걷기 시작했다. 종종 산 아래 마을 아이들과 함께 놀기도 했다. 아이의 등 위에 솟은 그것은 누가 봐도 날개로 보일 정도로 작게나마 모양새를 갖추기 시작했다. 혹여나 마을 사람들에게 들킬까 두려워 마을에 갈 때면 아이의 몸에 천을 꽁꽁 둘러 그것을 눌러두었다.

아이는 날개의 의미조차 몰랐다. 애초에 여인이 알려주지 않았으니 당연한 일이었다. 여인은 '날개'라는 말조차 입에 담기를 꺼려

했다.

"업동아, 네 등에 있는 건 아무에게도 들키면 안 돼."

"이게 뭔데요?"

아이는 날개가 불편한 듯 제 등을 만지작댔다.

"그걸 들키면 업동이와 엄마는 함께 살 수 없을지도 몰라."

"그럼 안 돼!"

어미와 헤어진다는 생각만으로 슬퍼졌는지 아이는 울음을 터뜨렸다. 여인은 우는 아이를 힘껏 껴안아 주었다.

"엄마도 업동이랑 헤어지기 싫어. 그러니 어디 가서도 등을 보여 주면 안 돼. 알았지?"

"응……."

다행히 아이는 여인의 말을 잘 이해했다. 여인은 안심한 듯 한숨을 내쉬었다. 하지만 그와 동시에 머릿속에는 산파의 말이 맴돌았다.

불로 지져야 혀. 안 그러면 애기도, 애기 엄마도 이 마을에선 못 살어.

그 목소리가 생생하게 들리는 것만 같았다. 이곳을 떠나는 건 생존이 달린 문제였다. 그러니 어떻게든 아이와 이 마을의 테두리 안에서 살아가야만 한다. 여인은 마음을 다잡으며 아랫입술을 꾹 깨물었다.

"엄마, 엄마."

마을 아이들과 놀던 아이가 저를 보며 달려오자 여인은 아이를 덥석 안아주었다.

"업동아, 이제 집에 가야지."

더 놀고 싶을 텐데도 떼 한 번 쓰지 않고 제 손을 잡고 따라온다. 이리 착한 아이에게 왜 그런 게 붙어 나왔는지. 저도 모르게 눈물이 나올 뻔한 것을 겨우 참고 아이를 보며 웃어주었다. 그러자 아이도 여인을 보며 환한 웃음을 지었다.

어느 날 밤이었다. 아이를 재운 여인이 불안한 표정으로 아이의 얼굴을 내려다보았다. 아이의 등을 쓰다듬는 손이 파르르 떨리고 있었다. 등에 솟은 날개가 어느새 또 자라 있었다. 지금이야 겨우 접어두었지만 만약 날개를 펼친다면 그 크기는 상당할 터였다.

언제까지 이렇게 숨어 살아야 할까. 여인이 숨죽여 울기 시작했다. 혹여 제가 죽으면 아이는 혼자 살아가야 한다. 아니, 제가 죽지 않더라도 이대로라면 마을 사람들과 함께 살아갈 수 없을 게 분명했다. 대체 어찌해야 할지. 여인의 머릿속이 복잡해졌다.

여인이 방에 켜둔 등잔불을 가만히 응시했다. 일렁이는 불꽃이 제게 무언가를 말하는 것만 같았다. 좋은 방법이 있다고. 등잔불을 바라보던 여인이 무언가에 홀린 듯 천천히 등잔을 들어 아이의 등을 비추었다.

불로 지져야 혀.

오늘도 산파의 목소리가 머릿속에 맴돌았다. 죽지 않을 수도 있다. 산파의 말대로 불로 지져 없어질 수만 있다면, 저 흉한 것이 사라진다면 아이도 더 이상 이렇게 살지 않아도 된다. 불안도 걱정도 없이 다른 아이들처럼 뛰놀 수 있다. 저 또한 그런 아이를 바라보며 웃을 수 있으리라. 손이 저도 모르게 움직이더니 아이의 날개에 등잔을 가져다 댔다. 등잔불이 아이의 날개에 닿을 듯 말 듯 가까워지고 있었다.

불이 붙으려던 순간, 여인은 이제야 정신이 든 듯 깜짝 놀라 들고 있던 등잔을 떨어뜨렸다. 불이 꺼진 방 안이 깜깜해졌다.

아이를 죽일 뻔했다. 그것도 제 손으로.

"아이고, 아이고……."

등잔불이 날개만 태울 리 없지 않은가. 여인이 곤히 잠든 아이의 옆에 엎드려 아이의 손을 붙잡고 덜덜 떨었다. 이러다간 제가 먼저 미쳐버릴 것만 같아 두려웠다.

"도와주세요."

제발. 누구든 좋으니 제발 저를 도와주길 간절히 바랐다. 새까만 어둠 속, 여인의 흐느끼는 소리가 밤새 울려 퍼졌다.

여인의 걱정에도 업동의 등에 달린 날개는 점점 더 크기를 더해 갔다. 그럴수록 들킬지도 모른다는 여인의 불안감 또한 더욱 심해졌다. 그럼에도 업동이 밝은 아이로 무사히 자라나 준 덕에 여인은 마음을 다잡을 수 있었다.

그렇게 둘만의 비밀을 간직한 채 조용히 살아온 지 십여 년이 지났다. 열셋이 된 업동은 여전히 또래보다 작지만 그래도 제법 소년티가 났다. 날개 또한 크기가 커져 아무리 싸매도 아이의 등에 불룩하게 나온 것이 보일 정도였다.

하지만 동네 사람들에게 그것은 날개가 아닌, 혹으로 여겨졌다. 그 탓에 꼽추라는 놀림을 받기도 했지만 등의 그것이 탄로나 위협을 당하거나 마을에서 쫓겨나는 것보다야 나았다.

무엇보다 업동은 이제 더 이상 어린아이가 아니었다. 제 등에 무엇이 있는지도 이미 정확히 알고 있었다. 그래서인지 언제부턴가 업동은 또래와 있기보단 혼자 있기를 택했다. 누구에게든 눈에 띄어봐야 좋을 게 없다는 판단에서였다. 그러다 보니 어느새 혼자인 게 익숙해졌다. 웃음기 넘치던 귀여운 업동이는 이제 옛날이야기가 되었다.

혼자 있을 때면 산 아래 냇가에 가만히 앉아 철새들을 구경하곤 했다. 날이 추워지면 어디론가 사라졌다가 다시 날이 풀리면 모습을 드러내는 녀석들이었다. 이번 봄에도 어김없이 마주친 새들의 모습에 업동은 반가운 마음부터 들었다.

업동은 냇가 바위에 앉아 손에 자갈 몇 개를 굴리며 새들을 바라보았다. 그들의 눈에만 보이는 먹이가 있는지 새들은 바닥의 무언가를 열심히 쪼아 먹고 있었다.

"업동아!"

저 멀리서 자신을 부르는 목소리에 놀란 새들이 고개를 들더니 날개를 펼치며 푸드덕 소리와 함께 힘차게 위로 날아올랐다. 업동의 시선이 날아가는 새들을 좇아 하늘로 향했다.

"업동아!"

자신을 한 번 더 부르는 목소리가 가까워졌다. 뒤를 돌아보자 마을 사람들과 일을 마치고 돌아오는 어머니의 모습이 보였다. 손에 든 소쿠리에 나물이 한가득 차 있었다. 업동이 손에 있던 자갈을 냇가로 던지고는 자리에서 일어나 어머니에게 향했다.

"업동 엄마 참 자식 복도 많다. 저렇게 엄마 일 끝나는 거 기다려 주는 듬직한 아들내미가 다 있고. 우리 거매는 엄마가 와도 본체만 체한다니까."

업동의 신체적 결함이며 마을에서 겉도는 것 또한 잘 알고 있는 거매 엄마가 업동을 칭찬하듯 말했다. 그 말에 담긴 진심을 알아차린 업동 엄마는 고맙다는 듯 웃어 보이고는 먼저들 들어가라며 아낙네들에게 손짓했다.

업동은 어머니의 손에 들린 소쿠리를 자연스레 받아 들고 마을 쪽으로 내려가는 아낙네들에게 꾸벅 인사했다. 업동 엄마 또한 그런 업동이 장한 듯 머리를 쓰다듬으며 함께 집으로 향했다.

"업동이가 참 착해, 그치?"

"그러게나 말이야. 꼽추만 아니면……."

"쉿!"

멀어져 가는 아낙네들 사이에서 들려온 말은 못 들은 체하기. 이것이 둘의 일상이었다. 집으로 향하는 길, 업동 엄마가 입을 열었다.

"엄마는 이제 더 바랄 것도 없다. 업동이 너도 지금처럼 건강만 해라."

"예, 어머니."

지금처럼만 지내면 아무 문제가 없을 터였다. 어머니는 이제 마을 사람들과도 완전히 가족 같은 사이가 되었고, 저는 혼자 지내는 지금이 도리어 편했다. 그러니 지금처럼만 지내면 된다. 그런데…….

'이상해.'

등이 근질근질했다.

정말로 등이 가려운 건가 싶어 묶어둔 천을 푼 뒤 어머니에게 등을 긁어달라 한 적도 있다. 그럼에도 가려움이 가시지 않았다. 그렇게 며칠이 지나고서야 업동은 깨달았다. 이건 몸의 문제가 아니다. 제 등에 있는 그것을 활짝 펼치고 싶다는 강렬한 마음. 정확히는 그것을 활짝 펼친 뒤 하늘로 날아오르고 싶다는 갈증에서 오는 몸의 신호였다. 하지만 안 될 것을 알기에 더욱 감출 수밖에 없는 마음이었다. 그러니 앞으로도 이렇게 살아야 했다. 평생.

❦

집에 아무도 없는 모양인지 아무리 불러도 인기척이 나지 않았다. 몸이 단 효원이 다른 집이라도 알아보려 주위를 살피던 찰나, 산아래쪽에서 한 여인이 올라오고 있었다.

"뉘신지……."

아무래도 수상쩍은 둘의 모습에 여인이 경계 어린 눈빛으로 묻자 사로가 입을 열었다.

"여행을 하는 길인데 많이 지쳐서 말입니다. 잠시 신세를 질 수 있을까요?"

"예?"

여인이 놀라 물었다. 그러고는 제 앞에 선 커다란 효원을 위아래로 살폈다. 생김새나 옷차림으로 봐선 귀한 양반집 자제가 분명하다. 하지만. 여인의 시선이 사로를 향했다. 이 붉은 머리의 남자는 아무리 봐도 정체를 알 수 없었다. 시종이라 하기엔 어딘가…… 뭘로 보나 수상한 외양이었다. 무엇보다 여인과 남자아이 둘만 사는 집에 다 큰 남자 둘을 들일 배짱은 없었다.

"죄송하지만……."

"이걸로 보답해 드릴 생각입니다만."

거절의 말을 꺼내려던 그때, 사로가 들고 있던 보따리를 잽싸게 풀어 여인에게 들이밀었다. 감자며 옥수수, 쌀까지 한눈에 보기에도 한 달은 더 먹을 양이었다. 가뜩이나 힘든 형편에 산나물로 연명하던 상황이었다. 세상 물정 모르는 도련님 일행이 내민 값비싼 식량에 여인의 눈이 번쩍 뜨였다.

며칠 정도는 괜찮겠지. 혹여 수상한 기미가 보이면 사람들을 불러 내쫓자. 그렇게 다짐하고는 고개를 들어 대답했다.

"며칠이라면 괜찮을 것 같습니다."

"정말 고맙소!"

뒤에 서 있던 효원이 튀어나와 연신 감사 인사를 해댔다. 한편 사로의 시선은 여인의 뒤에 선 소년을 향했다. 남자의 눈빛이 순간 날카로워졌다. 마치 무언가를 발견한 것처럼. 남자의 눈빛에 여인은 뭔가 불안해진 표정으로 소년에게 말했다.

"업동아, 먼저 들어가 있어."

그러자 업동은 사로와 효원을 잠시 훑어보고는 여인에게 고개를 끄덕인 다음 방으로 들어갔다. 여인이 확인한 뒤 다시 말을 이었다.

"형편이 좋지 않아 남는 곳이 이곳뿐입니다. 불편하시겠지만 며칠뿐이라 하시니……."

여인이 보여준 곳은 집에 딸린, 방이라 하기도 애매한 작고 허름한 공간이었다. 창고라고 하는 게 더 정확한 표현일지 몰랐다. 여인의 뒤를 따르던 사로가 다시 입을 열었다.

"이리 선뜻 친절을 베풀어주시니 고맙습니다. 그러니."

사로의 시선이 멀리 있는 업동의 뒷모습을 향했다.

"어려운 일이 있으시다면 저희에게 부탁하셔도 됩니다. 누구에게도 말할 수 없는 묘한 일이라도요."

사로의 말에 여인이 긴장한 듯 침을 꼴깍 삼켰다. 마치 저희 사정을 알고 있는 것만 같은 말투였다. 그럴 리가 없지. 여인이 애써 그 느낌을 외면하고는 말없이 방문을 열었다. 업동은 제게 닿는 시선을 눈치챘는지 잠시 열린 문틈 사이로 사로를 쳐다보았다. 하지만 사로의 굳은 표정에 불편한 마음이 든 듯 시선을 피했다.

"하이고오."

좁은 창고 방에서 곡소리가 절로 났다. 벌러덩 방바닥에 누운 효원이 몸을 위아래로 길게 뻗으며 단단히 뭉친 근육을 풀고 있었다.

얼마 전까지만 해도 손꼽히는 권세가에서 지내던 양반이다. 그런 자가 어딘지도 모를 누추한 창고 방에 누워 있다는 것이 영 어색했으나, 막상 당사자인 효원은 아무렇지 않은 모양이었다.

'역시 특이한 양반이군.'

사로가 효원을 쳐다보며 생각했다. 그 시선을 느낀 효원이 고개를 돌려 사로에게 말했다.

"사로 자네는 괜찮은가?"

녹초가 된 효원과 달리 사로는 지친 기색도 없이 산뜻한 모습이
었다.

"예에, 저야 뭐. 도련님 몸부터 챙기시지요."

"호오."

사로의 말에 효원이 놀란 얼굴로 감탄했다.

'역시 평범하지가 않아.'

겉모습으로만 보자면 사로야말로 진작 나가떨어졌어야 했건만,
막상 드러누워 있는 건 저였다. 효원의 시선에 사로가 그를 흘끗 쳐
다보자 효원은 괜한 헛기침을 하고는 말을 돌렸다.

"그런데 보따리엔 대체 뭐가 든 겐가? 아직도 어깨가 아프네."

효원이 제 어깨를 두드리며 묻자 사로가 살짝 입꼬리를 올려 웃
었다.

"그간 제가 받아온 보수라고나 할까요."

"……꽤나 두둑이 받은 모양일세."

집을 떠나올 때 아버지가 건넨 것이 분명했다. 아버지의 얼굴이
떠오르자 효원은 아련해졌다. 하지만 그도 잠시, 저를 붙잡고는 떠
나지 말라며 통곡하던 기억에 효원은 몸서리쳤다. 아직은 집을 떠
나 자유롭게 방랑하는 것이 더 재미있을 나이였다.

사로는 별다른 답을 하지 않은 채 자리에서 일어났다.

"쉬지 않고 어딜 가는가?"

"주변을 좀 살펴보려 합니다. 그리고 할 이야기가 있을 것 같
아서."

"집주인과 말인가?"

"뭐, 별건 아닙니다."

문을 나서는 사로의 뒷모습을 눈으로 좇던 효원은 다시 머리를 바닥에 붙이고 누웠다. 역시 알 수 없는 자다. 천장을 보며 눈을 몇 번 껌벅이다 몰려드는 피곤에 금세 곯아떨어졌다.

사로가 집 밖으로 나가자 작은 언덕 위 소년의 모습이 보였다. 그나마 평평한 땅바닥에 기다란 나뭇가지로 무언가를 그리고 있었다. 그 모습을 사로가 멀찍이서 바라보았다. 땅에 그려진 건 다름 아닌 새. 날개를 활짝 펴고 날아가는 새의 형상이었다.

"실력이 좋으십니다."

갑자기 들려온 사로의 목소리에 놀랐는지 업동이 나뭇가지를 떨어뜨렸다. 그러고는 애써 그린 그림을 발로 문질러 지워버렸다.

"아깝게."

"무슨 일이신지……."

업동은 사로와 눈도 마주치지 않은 채 말했다. 사로를 향한 불편한 마음을 여실히 내비치고 있었다. 그럼에도 사로는 아랑곳 않고 다시 말을 걸었다.

"해보시면 어떻겠습니까?"

"무엇을요?"

뜬금없는 사로의 말에 업동은 저도 모르게 사로와 눈을 마주치며 되물었다.

"생각하시는 것 말입니다."

사로의 대답에 업동은 긴장한 듯 아랫입술을 깨물었다. 자신을 지그시 바라보는 사로의 눈빛에 제 마음을 들킨 듯했다.

"하늘이 누구에게나 내려주는 것은 아닙니다. 아주 귀한 것이지요."

"헛소리."

저도 모르게 나온 거친 말투에 업동이 말을 멈추고 손으로 입을 가렸다. 하지만 사로는 빙그레 웃고 있을 뿐이었다.

마치 모든 걸 다 알고 있는 것 같은 사로의 말과 행동에 업동은 그를 더욱 경계하기 시작했다. 애초에 평범해 보이지 않았으니 그럴 만도 했다.

"곧 그것을 펼칠 날이 올 겁니다."

업동은 흠칫 놀라 저도 모르게 손을 들어 제 어깨 쪽을 감쌌다. 이래서야 제 등에 무엇이 있는지를 스스로 밝히는 꼴이었다. 업동이 재빨리 손을 거두고는 몸을 돌려 언덕을 걸어 내려갔다.

"꼭 볼 수 있기를."

집을 향해 걸어가는 소년의 등에 대고 사로가 말했다.

업동의 발걸음이 더욱 빨라졌다. '그것'이 무엇인지 이미 알고 있는 게 분명했다, 저 남자는. 알지도 못하는 묘한 남자에게 제 속마음이며 사정을 들킨 것만 같아 업동은 불쾌감과 동시에 두려움이 일었다. 하지만 어디 가서 떠벌릴 위인으론 보이지 않았다. 무엇보다 저자는 이방인. 그러니 이 마을에서 무슨 소리를 한들 마을 사람들이 믿어줄 리 없었다. 생각을 마친 업동이 후, 안도의 한숨을 내쉬었다.

"둘이 무슨 얘길 한 거야?"

집으로 들어서자 부엌에서 나온 업동 엄마가 불안한 표정으로 업동의 팔을 잡고 물었다. 저 멀리서 남자와 대화하는 모습을 보고 달려 나온 모양이었다. 업동이 어머니의 얼굴을 바라보았다. 어느새 눈높이가 비슷했다. 아마도 올 겨울쯤이면 업동이 어머니의 키를 넘어설지 몰랐다.

"응? 업동아."

대답 없는 아들을 보채자 업동이 그제야 입을 열었다.

"별것 아니었어요. 그냥, 날이 좋다고. 그런 이야기였어요."

업동 엄마는 마음이 놓인 듯 업동의 팔을 놓아주었다.

"참, 별 얘길 다 한다. 잠깐 머물다 갈 사람 아니니. 괜한 말은 하지 말렴."

"네, 어머니."

어머니가 걱정하는 부분이 무엇인지는 말 안 해도 업동 자신이 가장 잘 알고 있었다. 방으로 들어가는 업동이 제 등 뒤를 매만졌다. 천으로 싸여 불룩하게 솟아 있는 등. 그리고 그 안에 있는…….

❦

업동의 집에서 잠시 머물게 된 수상한 두 이방인에 대한 이야기는 순식간에 마을 사람들 사이로 퍼져나갔다. 그도 그럴 것이 이웃집 숟가락 개수까지 아는 친밀한 동네였다. 그런 곳에 두 여행객이, 게다가 찾기도 어려운 산 중턱 집에 머물기를 청했다니. 여러모로 시끄러울 만한 소식이었다.

"업동 엄마, 어때?"

"뭐가?"

"집에 머문다던 사람들 말이야. 괜찮지 않아?"

"괜찮다니, 뭐가?"

어려서 함께 자랐던 거매 엄마가 계속해서 업동 엄마에게 치근 댔다.

"왜 저기 훤칠하신 분 있잖어. 업동 엄마가 보기엔 어떻느냐고."

"괜한 소리 말어!"

속이 훤히 들여다보이는 거매 엄마의 말에 업동 엄마가 발끈하 자 거매 엄마가 웃는 얼굴로 말했다.

"뭘 그렇게 화를 내고 그래. 선남선녀가 있으면 한번 짝을 지어보 는 거지."

거매 엄마의 말에 놀란 업동 엄마가 소쿠리에 든 산나물을 집어 들었다. 그것으로 거매 엄마의 입을 틀어막으려 하자 거매 엄마는 그를 피하며 신나게 깔깔 웃기 시작했다.

거매 엄마가 이리 호들갑을 떠는 이유가 있었다. 바로 집에 머무 는 두 여행객이 산나물 캐기에 동참한 탓이었다. 사소한 일이라도 돕겠다는 마음에서라는데.

아낙네들 산나물 캐는 일이 무어 그리 궁금하다고. 업동 엄마가 두 이방인을 바라보며 생각했다. 커다란 덩치의 남자는 귀해 보이 는 모습과는 어울리지 않게 눈을 반짝이며 산나물을 캐고 있었다.

"허어, 이리 신기한 것이. 사로, 이것 보게. 이것도 먹을 수 있는 건가?"

큰 남자가 고개를 돌렸으나 사로라 불린 이는 이미 옆에 없었다.

그는 산나물보단 다른 곳에 관심이 있는 모양인지 일은 안 하고 따라 나온 꼬마와 놀아주고 있었다. 다섯 살이 채 안 된 거매네 늦둥이가 사로의 팔에 대롱대롱 매달려 있었다. 그러다 사로의 붉은 머리카락이 신기한 듯 냅다 잡아당겼다.

"아이고, 막둥아!"

저 멀리서 지켜보던 거매 엄마가 놀라 자리에서 일어나 외쳤다. 안 그래도 붉은 머리며 보이는 표정이 평범한 치로는 보이지 않아 신경이 쓰이던 참이었다. 아이는 엄마의 불호령에 놀라 울먹이기 시작했다. 하지만 사로는 불편한 기색 하나 없이 아이를 달랬다. 그러더니 고개를 숙여 머리카락을 더 잘 볼 수 있게 해주었다.

그를 본 거매 엄마가 사로에게 대충 눈인사를 한 뒤 다시 자리에 앉아 일을 시작했다. 그러고는 업동 엄마를 팔꿈치로 쿡 찌르며 말했다.

"저이도 나쁘진 않아, 맞지?"

"거매 엄마!"

이제는 정말 그만하라는 얼굴로 업동 엄마가 쏘아붙이자 거매 엄마가 알았다며 고개를 끄덕였다.

어느새 거매네 늦둥이는 사로의 어깨 위에 올라타 있었다.

"업동이는 보이질 않는구나."

사로의 말에 막둥이는 사로의 머리카락을 만지작대며 대답했다.

"업동이 형은 늘 냇가에 혼자 있어요. 우리 형은 시장에 물건 팔러 갔는데. 업동이 형은 꼽추라 일을 못 나간대요."

"막둥아!"

참으로 아이답게 막둥은 묻지도 않은 이야기까지 악의 없이 술술 꺼내었다. 놀란 거매 엄마가 달려와 막둥의 머리에 꿀밤을 먹이자 막둥은 억울한 표정으로 앙앙 울기 시작했다.

거매 엄마는 그런 막둥을 화난 눈빛으로 쏘아보다 뒤를 돌아 다시 업동 엄마 곁으로 갔다. 그러고는 눈치를 살피며 슬그머니 사과의 말을 꺼냈다.

"업동 엄마, 미안해."

"아니야, 무얼."

애써 웃어 보였지만 업동 엄마의 표정은 전만큼 밝지 않았다. 막둥의 말 때문에 기분이 나빠서가 아니었다. 지금껏 숱하게 들어온 말에 비하면 귀여운 수준이었다. 다름 아닌 업동에 대한 미안함. 그것이 업동 엄마의 마음을 어지럽게 했다.

하지만 이렇게 살아가는 것이 최선이었다. 업동 또한 그리 생각하리라 믿었다. 업동 엄마가 다시 조용히 산나물 캐기에 집중했다.

여느 때처럼 업동은 냇가에 앉아 있었다. 등이 불룩하고 구부정한 모습. 그 크고 무거운 것을 접어 꽁꽁 싸매놓으니 정말로 꼽추가 된 것처럼 등이 굽고 목이 앞으로 나왔다.

등의 그것이 점점 커지면서 업동의 움직임은 더욱 불편해졌다. 거기다 요즘 들어 계속되는 간지럼까지. 간지럼을 참지 못하고 혼자 나무에 등을 긁어보려던 업동은 허탈한 표정으로 그 앞에 주저앉았다.

눈앞에는 맑은 시냇물이 흘러가고 그곳엔 때가 되면 날아드는 철새들이 있었다. 이 세상의 모든 게 자연의 섭리이거늘. 왜 제 등엔 그 섭리에 어긋나는 것이 붙어 나왔는지 알 수 없어 업동은 더욱 침울해졌다.

하늘이 누구에게나 내려주는 것은 아닙니다. 아주 귀한 것이지요.

붉은 머리의 남자가 해준 말이 떠올랐다. 사로라 했던가. 보아하니 그도 평범한 생을 살아온 모습으론 보이지 않았다. 눈에 띄는 생김새부터가 그러했다.

하지만 그리 귀한 것이라면 왜 어머니는 이를 꽁꽁 싸매고 감추고 다니라 하는가. 업동이 순간 울컥했다. 왜 꼽추란 소리를 들으면서까지 이를 감추고 없는 취급을 해야 하는 것인지.

바로 그때였다.

등의 그것이 꿈틀거렸다. 이때껏 느껴본 적 없는 움직임이었다. 업동과는 무관하게, 제 의지대로 움직이는 듯한 느낌이었다. 마치 제게 무언가를 말하려는 것처럼.

업동이 긴장한 표정으로 제 등을 매만졌다. 그러고는 주변을 살폈다. 또래 아이들은 모두 시장에 나가 일을 하고 있을 시간. 거기다 어머니의 일이 끝나려면 아직 한참 남았다. 늘 그렇듯 냇가에 있는 건 홀로 남겨진 자신뿐이었다.

업동이 천천히 옷고름을 풀어 웃옷을 벗기 시작했다. 그리고 꽁꽁 싸맨 천을 풀었다.

"으윽……."

늘 구겨지듯 접혀 있던 그것을 펼치려 하자 고통이 밀려왔다. 하지만 고통은 잠시, 등의 그것은 금세 본래의 모양을 되찾아 갔다. 그것이 완전히 펼쳐지자 업동은 천천히 허리를 폈다. 물에 비친 제 모습이 낯설었다. 몸이 곧게 서 있고, 그 뒤로는 하얗고 커다란 것이.

업동이 크게 숨을 들이쉬었다. 살면서 느껴본 적 없는 해방감이 들었다. 몸 사이사이로 시원한 바람이 오가는 느낌. 등의 그것도 같은 기분인 듯 그 끝이 조금씩 떨려왔다.

바로 그때였다.

"너…… 그게 뭐야?"

이 시간에 이곳에 있을 리 없는 거매의 목소리. 황급히 고개를 들자 산에서 내려오는 길에 막둥이의 손을 잡고 선 거매의 모습이 보였다.

시장에서 일이 빨리 끝나는 날이면 종종 막둥이와 놀아주던 거매였다. 하필 그게 오늘이 될 줄은……. 두려움에 얼어붙은 듯 우뚝 서 있던 거매는 겨우 뒷걸음질을 치다 자리에 털썩 주저앉았다. 동생을 붙든 손이 덜덜 떨리기 시작했다. 거매와 달리 아직 어린 막둥이는 재미난 것을 본 듯 업동을 향해 손가락질하며 웃고 있었다.

날이 저물고 완연한 어둠이 찾아왔다. 평소라면 아직은 초롱초롱할 시간이건만 평소 하지 않던 산행을 하며 산나물을 캔 탓인지 벌써부터 졸음이 몰려왔다. 입이 찢어져라 하품을 한 효원이 아직 멀쩡한 사로를 보며 머쓱한 표정으로 물었다.

"아이와 노는 게 보통 일이 아닌데. 피곤하지 않은가?"

"괜찮습니다."

"그나저나 업동에겐 왜 그리 신경을 쓰는 겐가?"

생각에 잠긴 듯 사로의 시선이 잠시 먼 곳을 향했다.

집주인인 업동 엄마가 불편해하는 게 느껴질 정도로 사로는 업동을 계속해서 지켜보고 있던 터였다. 효원으로선 그런 사로가 이해가 가면서도 조금은 말리고 싶은 기분도 들었다. 집주인의 심기를 거슬러 좋을 일이 없기 때문이었다.

"몸이 그리되어 마을에서 겉도는 게 마음이 쓰일 만도 하지. 그렇지만 어미를 비롯해 마을 사람 모두가 그를 감싸주고 있지 않은가. 그러니 너무 안타까워하지는 말게나."

어째 사로를 위로하는 것만 같은 형국이 되어 효원 자신도 이상한 기분이 들었다. 위로를 받아야 할 자를 굳이 따지자면 업동이나 그 어미가 아닌가. 사로가 아니라.

"제 어린 시절이 생각나서."

"……"

하지만 이어진 사로의 한마디에 이번엔 효원이 입을 다물었다.

"흐음."

사로의 과거를 모르는 만큼 말을 고르게 되었다. 하지만 결국 뭐라 적당한 대답을 찾지 못한 채 효원은 괜히 뒤통수만 긁적였다. 사로 또한 별다른 대답을 기대하지 않은 듯 잠자리를 정리하기 시작했다.

자리에 누워 잠을 청했으나 좀처럼 잠이 오질 않았다. 잠들지 못한 효원이 어둠 속에서 눈을 끔뻑였다. 사로 또한 잠이 오지 않는 건 마찬가지인지 잠든 기색이 느껴지지 않았다. 조용한 창고 방 안엔 풀벌레 우는 소리와 개 짖는 소리, 그리고 '꽤꽥' 하는 소리가 작게 들려왔다.

"어린 시절에 쭉 홀로 지낸 모양이구면."

효원이 먼저 운을 뗐다. 악의 없이 꺼낸 막둥이의 말이 계속해서 귓가에 맴돈 탓이었다. 여우의 핏줄이란 소문을 듣기는 했으나 그를 차치하고서도 사로는 평범함과는 많이 거리가 있어 보였다. 그러니 저를 만났을 때도 산속에서 홀로 지냈던 것이 아닐까. 효원은 그런 생각이 들었다.

"가족이 하나 있었습니다. 잠깐이었지만."

역시 잠들지 않았구나. 대답을 기대하지 않았건만 의외로 대답이 바로 돌아와 효원은 잠시 기뻐했다.

"가족은 지금 어찌 되었는가?"

"금세 헤어졌지요."

어찌된 것인지 슬픔이라고는 전혀 묻어 나오지 않는 말투였다. 사로와 달리 꽤나 왁자지껄한 유년 시절을 보낸 효원은 그런 사로가 신기했다.

"보고 싶지는 않은가?"

"인연이라면 다시 만나지 않겠습니까."

그리 답한 뒤 사로는 잠을 청하고자 몸을 돌려 옆으로 누웠다.

"친구는 없었는가?"

"밤이 늦었습니다, 도련님."

효원은 더 추궁하지 않았다. 참으로 신기한 인물이었다. 효원은 사로와의 만남부터 지금까지의 행적을 떠올렸다. 그렇게 사로의 과거까지 상상하다 금세 잠이 들었다.

❧

요 며칠 사이 업동 엄마는 업동의 눈치를 살폈다. 무슨 일이 있기라도 했던 것인지 업동의 상태가 심상치 않았기 때문이다. 불안하고 두려운 그 감정이 고스란히 어미인 업동 엄마에게까지 전해졌다.

"무슨 일이라도 있었니?"

업동은 눈에 띄게 놀라며 고개를 가로저었다. 그 모습에 업동 엄마의 걱정은 더욱 커져갔다.

어렸을 적엔 업동네의 사정을 모르는 몇몇 아이들이 업동을 놀리거나 심지어는 때리기도 했었다. 하지만 지금은 모두가 그들을 마을의 가족으로 받아들이고 이해 해주는 상황. 그러니 이제 와 업동에게 해를 가할 이는 없었다.

'설마.'

업동 엄마의 시선이 두 이방인의 처소를 향했다. 제 아들에게 괜한 말 한마디라도 했다면 당장 내쫓을 생각이었다. 저물어가는 날, 정적 속에서 업동 엄마의 마음만이 시끄러웠다.

그렇게 아슬아슬하게 줄타기를 하던 평온한 일상에 금이 가기 시작한 건 예상치도 못한 이가 방문하면서부터였다. 평소 오지 않던 거매 할멈이 웬일로 산 중턱까지 행차를 한 것이었다.

"어쩐 일이셔요?"

"자네, 나 좀 보세."

할멈이 어리둥절한 업동 엄마의 팔을 붙잡고 방 안으로 들어갔다. 남겨진 업동은 무언가를 예상한 듯 주먹을 꽉 쥐었다. 그러고는 불안한 표정으로 방문 앞을 서성였다.

방 안으로 들어선 할멈의 표정이 살벌했다.

"업동이, 등에 있는 게 뭔가."

업동 엄마는 그 자리에 얼어붙은 것처럼 가만히 서 있었다. 업동 엄마의 침묵에 할멈은 확신하고 말을 이었다.

"자네도 알겠지, 날개 달린 아이는……."

"할머니!"

날개라는 말이 나오기가 무섭게 업동 엄마가 재빨리 할멈의 다리에 매달리듯 주저앉았다.

"제발, 제발 비밀로 해주셔요. 여기서 쫓겨나면 업동이랑 저 갈 곳도 없습니다."

업동 엄마의 눈에서 눈물이 줄줄 흘렀다. 그런 업동 엄마의 절박함에도 할멈의 표정은 굳어 있었다. 이대로 넘어가지 않을 것임을 알아차린 업동 엄마가 더욱 절실하게 매달렸다.

"할머니, 제발요. 저희 이제 겨우 정착했잖아요. 이제, 마을에 내려가지 않을게요. 할머니가 비밀만 지켜주시면, 저희 둘이 여기서 쥐 죽은 듯 조용히 살게요."

"……자네가 해결하지 않는다면 우리도 어쩔 수 없네."

"할머니!"

할멈이 제 다리에 매달린 업동 엄마의 손을 뿌리치고 방을 나왔다. 업동 엄마가 황망한 얼굴로 주저앉아 있다 뒤늦게 몸을 일으켜 할멈을 쫓았다. 다리에 힘이 풀려 걸어가는 것마저 벅찼다. 할멈은 업동 엄마의 말을 한 마디도 더 듣고 싶지 않다는 듯 빠른 발걸음으로 그 집을 나섰다.

"엄마."

업동이 놀란 얼굴로 다가와 제 어미를 부축했다. 창고에 머물던 두 남자도 마침 나와 있던 모양이었다. 그중 커다란 남자가 눈물범벅이 된 업동 엄마의 얼굴을 보고 놀랐다.

"엄마가 거매네 할머니랑 얘기할 게 있어서……."

"아이의 등에 있는 것."

갑작스런 말에 여인이 놀라 고개를 돌아보았다. 머리칼이 붉은 남자의 목소리였다.

"그게 문제겠군요."

남자의 가느다란 눈이 아이의 등을 향하자 여인은 반사적으로 업동을 감추듯 껴안았다.

"언제까지 그리 감추고만 살 수 있겠습니까."

"무슨 말씀이신지. 업동이 등엔 아무것도 없습니다. 그냥 등이 굽어 태어난 것뿐이에요."

"부인."

남자의 시선이 업동에게서 여인에게로 옮겨왔다. 옅은 빛의 눈동자가 형형하게 빛나고 있었다.

"사람들은 그런 걸 가만두지 않습니다. 남들과는 다른 것, 이상한 것은 어떻게든 없애버리고 말지요."

모든 걸 알고 있는 듯한 남자의 말에 여인의 손이 덜덜 떨렸다.

"운 좋게 피할 수만 있다면 좋았겠지만 그러기엔……."

이미 늦었다는 표정이었다. 보통 사람이 아니다. 업동 엄마가 남자를 보며 생각했다. 그와 동시에 이 남자라면 업동을 구할 방법을 알고 있을지도 모른다는 생각도 들었다.

"어찌!"

업동 엄마가 간절한 눈빛으로 남자를 올려다보았다.

"어찌하면 좋겠습니까."

"떠나십시오."

"……예?"

예상치 못한 대답에 업동 엄마는 얼떨떨한 표정을 지었다.

"이곳을 떠나는 수밖에 없습니다."

"하지만……."

업동 엄마의 눈동자가 심히 흔들렸다. 이곳을 떠나 아이와 둘이 살아갈 방법이 도무지 떠오르지 않았다. 당장 산을 넘어간다 해도 산짐승이며 도적 떼를 맞닥뜨릴지 모를 노릇이었다.

"사로, 연약한 여인의 몸으로 아이를 데리고 어찌 마을을 떠날 수 있겠나."

둘의 대화를 듣던 커다란 남자가 끼어들자 업동 엄마의 시선이 동의를 구하듯 그를 향했다.

"효원 도련님."

사로가 천천히 고개를 들어 효원을 바라보았다.

"모두가 등을 돌린 마을에서 둘이 살아가는 게 더 위험하다는 생각은 안 드십니까?"

저를 향한 차가운 눈빛에 효원이 잠시 입을 다물었다. 어딘가 연상되는 것이 있어서였다.

"어쨌건 선택은 본인의 몫이니 더 드릴 말씀은 없습니다만. 만약 떠나신다 하면 조금이나마 도울 마음은 있습니다."

어딘가 냉정한 사로의 말에 업동 엄마가 아랫입술을 깨물었다. 그러고는 잠시 망설이더니 다시 입을 열었다.

"마을 사람들도 오래 봐온 사이니 나쁘게는 하지 않을 거예요. 제가 다시 한번 잘 말해보겠습니다."

업동 엄마의 대답에 사로가 어깨를 으쓱했다. 그러고는 멍한 얼굴로 대화를 듣고 있던 업동에게 시선을 돌렸다.

"어찌 생각하시는지요?"

"……"

사로의 말에도 업동은 묵묵부답이었다.

대화가 얼추 마무리되자 여인은 놀란 가슴을 몇 번이고 쓸어내렸다. 어떻게든 살아가야 한다. 반드시 이 마을에서. 업동의 굳은 얼굴을 보며 업동 엄마는 다시금 다짐했다.

업동 엄마가 등을 돌린 사이 사로는 업동의 귀에 제 입술을 가까이 댔다.

"곧 제대로 펼칠 날이 올 겁니다."

업동의 눈이 크게 뜨였다. 업동의 반응에 사로가 쉿, 하고 검지를 입가에 가져다 댔다.

업동은 냇가에서의 기억이 떠올랐다. 답답하던 가슴이 뻥 뚫린 것만 같던 느낌. 업동이 제 등 뒤의 것을 슬며시 어루만졌다. 그러고는 무언가를 다짐한 듯 입가에 힘을 주었다.

❦

"사로."

창고 방에 드러누운 효원이 시선을 천장에 고정시킨 채 사로의 이름을 불렀다.

"자네 혼자 지내던 때 말일세."

제 과거를 묻는 효원의 말에 사로가 예상했다는 듯 천천히 효원을 쳐다보았다. 보나마나 다음 말은 뻔했다.

"많이 힘들었나?"

하지만 생각지 못한 질문에 놀란 사로는 약간 눈을 크게 떴다.

"뭐, 나쁘지 않았습니다. 아시다시피 이런저런 일을 해결하며 도움도 받았고요."

"그런가."

의외로 섬세한 부분이 있다. 사로가 효원을 보며 생각했다. 커다란 덩치와는 그다지 어울리지 않는 부분이었다. 잠깐의 정적이 흐른 뒤, 사로가 다시 입을 열었다.

"궁금하지 않으십니까?"

"뭐가 말인가?"

"제 출신 말입니다."

사로의 말에 효원이 흐음, 하고 턱을 쓰다듬었다. 그러고는 다시 입을 열었다.

"아무렴 어떤가."

효원의 기다란 입꼬리가 보기 좋게 위로 올라갔다.

"하여튼."

사로가 작게 중얼거렸다.

"재밌는 양반이십니다."

"내가 원래 재치가 좀 있네."

"불 끄겠습니다."

말을 끝내자마자 사로는 단박에 불을 끄고 자리에 누웠다. 깜깜한 방 속 작게 풀벌레 우는 소리만이 들려왔다. 어둠에 적응하지 못한 눈을 감으려던 순간, 다시 효원의 목소리가 들려왔다.

"그런데 말일세. 아까 그건 자네 이야긴가?"

사로가 잠시 눈을 떴다. 하지만 입을 열지 않았다. 긍정의 침묵이었다. 효원도 더 캐물을 생각은 없었는지 잠들었나, 하고 중얼거리고는 다시 조용해졌다.

업동 엄마와 업동도 잠자리에 들었다. 가만히 누워 있자 업동 엄마의 머릿속에 거매 할멈을 비롯한 마을 사람들의 얼굴이 떠올랐다. 시집을 가기 전부터 십수 년 간 봐온 얼굴들이었다. 설마 저를 내치리란 생각은 들지 않았다. 한밤중 제 집으로 향하는 발소리를 듣기 전까진.

"업동 엄마!"

방문을 두드리는 소리에 업동 엄마는 잠에 취해 있던 몸을 겨우 일으켰다. 거매 할멈이 떠난 후로도 한참을 울어 지친 상태였다. 방문을 열자 거매 엄마가 초조한 얼굴로 서 있었다.

"한밤중에 웬일이야?"

"업동 엄마, 잘 들어. 지금 마을 사람들이 다 같이 이리로 오고 있어."

거매 엄마의 말에 여인의 얼굴이 사색이 되었다.

"업동이 등에 있는 걸 불살라 버리겠다고 횃불을 들고서! 빨리 업동이랑 달아나. 업동 엄마, 아니 갑분아."

업동 엄마를 바라보는 거매 엄마의 눈빛이 따스했다.

"그게 뭐가 됐든 불살랐다간 업동이 못 살아."

거매 엄마는 흐르는 눈물을 닦고는 업동을 불렀다. 업동은 이런 상황을 예상하고 있던 것처럼 이미 잠에서 깨어 또렷한 상태였다. 그러고는 빠른 몸놀림으로 챙겨야 할 것들을 착착 챙겨 업동 엄마의 옆에 섰다.

업동 엄마는 이 모든 상황이 믿기지가 않았다. 지금…… 우리 업동이를 불사르겠다고 마을 사람들이 올라오고 있다고. 나를, 우리를 그렇게 오래 봐온 가족 같은 사람들이.

"업동 엄마!"

거매 엄마의 외침에 업동 엄마의 정신이 겨우 돌아왔다. 그러자 거매 엄마가 손에 작은 보따리를 쥐여주었다.

"급한 대로 좀 챙겼어. 어디서든 굶지 말고."

그러고는 업동과도 애틋한 눈빛을 교환했다. 어려서부터 제 자식처럼 돌봐온 업동이었다. 아비 없이 편견 속에 자란 아이를 결국 지켜주지 못한 채 떠나보내야 하는 현실이 너무나 가혹했다.

"내가 어떻게든 막아보고 싶었는데. 미안해."

거매 엄마의 사과에 업동 엄마는 기어코 참고 있던 울음을 터뜨렸다. 마주 본 거매 엄마의 눈에도 눈물이 가득했다.

"어서 가!"

거매 엄마가 업동 엄마의 등을 떠밀었다. 미처 발걸음이 떨어지지 않는 제 어미를 업동이 거매 엄마와 함께 부축해 집을 떠났다.

대문을 나서려던 그때였다. 멀지 않은 곳에서 형형한 불빛들이 집을 향해 다가오는 게 보였다. 발이 땅에 달라붙은 듯 멈춰 선 업동 엄마의 이마에서 식은땀이 흘렀다. 그 순간, 업동이 제 어미의 손을 잡아챘다. 업동 엄마가 업동의 손에 이끌려 주춤대며 겨우 발걸음을 뗐다.

"이쪽으로."

뒤에서 들려온 목소리에 돌아보자 창고 방에 묵고 있던 두 남자의 모습이 보였다. 그중 머리가 붉은 남자가 여인을 향해 손짓하고 있었다. 이대로 있다간 마을 사람들을 마주칠 판이었다.

"가요, 엄마."

업동 엄마가 고개를 끄덕였다. 그러고는 업동의 손을 잡고 냅다 달리기 시작했다. 가본 적 없는 산길이었다. 둘은 그 어두운 산길을 한참 동안 내달렸다.

얼마를 달려왔을까. 어느덧 주변이 조용해졌다. 정적 속 업동 엄마의 거친 숨소리가 들려왔다.

"엄마, 괜찮아요?"

업동의 목소리에 정신이 든 업동 엄마가 겨우 숨을 고르며 고개를 끄덕였다. 그러자 업동이 웃으며 말했다.

"거의 다 왔어요."

마치 가야 할 곳을 알고 있기라도 한 듯한 말투였다. 업동을 의아한 표정으로 바라보던 업동 엄마가 다시 발을 내딛으려던 그때였다.

순간 온몸의 털이 쭈뼛 섰다. 앞은 낭떠러지였다. 발밑으로 끝없는 어둠이 이어져 있었다. 있는 길이라곤 저들이 걸어온 길뿐. 하지만 온 길로 되돌아갔다간 마을 사람들을 마주칠지 몰랐다. 업동 엄마가 이러지도 저러지도 못하고 있을 때, 뒤쪽에서 사람들의 웅성대는 소리가 들려왔다.

"이를 어째……. 길이, 길이 없어."

이대로 끝이라는 생각에 업동 엄마가 업동의 몸을 세게 껴안았다. 어미의 절망적인 말에도 업동은 동요하는 기색이 없었다. 도리어 결연한 표정이었다.

"미안해요, 엄마."

갑작스런 말에 업동 엄마가 아들의 얼굴을 쳐다보았다.

"내 등에 있는 그것, 엄마는 늘 숨기고 싶어 하셨는데. 제가 그만 거매 앞에서 그걸 보여버렸어요."

"업동아."

괜찮다고 말하려던 업동 엄마의 입이 다물렸다. 업동은 사죄하려는 것이 아니었다.

"곧게 펴진 제 등 뒤로 그게 펼쳐졌어요. 크고 하얗고 멋졌어요, 엄마."

당시를 떠올리는 업동의 표정이 아련해졌다. 그도 그럴 것이 언제나 무언가를 감추고 남들과 떨어져 지내야만 했던 삶이었다. 이상하고 어중간한 존재. 그랬던 제가 본모습을 찾아낸 것이다.

"그러니까 정말로 시원하고."

업동이 말을 고르듯 망설이다 다시 입을 열었다.

"진짜 내가 된 느낌이 들었어요."

업동 엄마가 대꾸할 말을 찾지 못한 채 멍한 얼굴로 제 아들을 올려다보았다. 업동은 그런 시선에도 아랑곳 않고 계속해서 말을 이었다.

"그리고 언젠가부터 그런 생각이 들었어요."

말을 마친 업동의 눈빛이 순간 빛났다.

"이게 내 등에 붙어 나온 이유가 있을 거라고."

그와 동시에 뒤에서 무언가 찢어지는 소리가 났다. 순간, 둘의 발이 땅에서 떨어지고 몸이 위로 두둥실 떠올랐다. 업동이 제 어미를 안은 채 낭떠러지 너머로 날아오른 것이다.

처음 해보는 날갯짓이었다. 어색함을 동반한 고통에 업동의 얼굴이 잠시 찌푸려졌다. 하지만 업동의 날갯짓 한 번에 몸이 더 높이, 더 앞으로 단번에 나아갔다. 그러다 잠시 아래를 내려다본 업동이 경탄했다.

"엄마, 아래 좀 봐요!"

두려움에 눈을 감고 있던 업동 엄마가 슬며시 눈을 떴다. 발밑에 펼쳐진 광활한 대지. 한 번도 볼 수 없던 광경이었다.

"세상에······."

업동 엄마의 입에서 저도 모르게 감탄의 목소리가 새어 나왔다. 두 모자를 모두 죽일 수도 있었던 날개. 그런 날개가 둘을 살려주었다. 업동의 등 뒤로 힘차게 펄럭이는 날개를 업동 엄마가 멍하니 바라보았다.

날갯짓을 하던 업동이 고개를 움직여 주변을 휘 둘러보았다. 눈앞에 펼쳐진 어둠만큼이나 끝없는 세상. 세상이 이리 넓은 것을 모르고 살았다. 그 작은 마을에 붙어 살기 위해 날개를 숨기고, 들키지 않으려 평생을 애쓰고. 그것을 떠올리자 업동의 입에선 작게 웃음이 새어 나왔다.

그러다 언젠가 보았던 철새들의 모습을 떠올렸다. 그 아래서 그들의 날갯짓을 바라보던 제가 있었다. 몸에 천을 꽁꽁 두른 채 굽은 등으로 의미 없는 나날을 보내던 제가.

"이거였어."

업동의 목소리가 떨려왔다. 이제는 저 또한 그들처럼 언제 어디로든 떠날 수 있다. 제게 주어진 새로운 삶이었다. 그리고 깨달았다. 이것이야말로 제 등에 날개가 붙어 나온 이유였음을.

업동이 다시 한번 더 크게 날갯짓을 했다. 그러자 둘의 몸이 두둥실 떠오르더니 저 먼 곳을 향해 날아갔다. 두 사람의 모습은 그렇게 까마득히 멀어져 갔다.

한바탕 난리가 지나간 뒤, 산이 조용해졌다. 떼를 지어 햇불을 들고 오던 마을 사람들은 날개를 펼치고 날아가는 업동과 업동 엄마의 뒷모습을 멍하니 바라볼 뿐이었다. 그러고는 어쨌거나 마을을 떠나게 되어 다행이라고 저들끼리 신나게 떠들어댔다. 개중에는 진짜 날개가 달린 업동을 불태우려던 것에 두려움을 느끼던 이들도 있었다. 삿된 것과 신성한 것은 종이 한 장 차이였기 때문이다.

그렇게 마을 사람들이 소란스레 산을 내려가자 남겨진 건 둘, 사로와 효원뿐이었다.

"나, 날았네……."

아직도 업동과 여인의 모습이 잊히지 않는 듯 효원이 말했다. 직접 눈앞에서 보고도 믿지 못하겠다는 표정이었다.

"예에, 날았습니다."

사로는 팔짱을 낀 채 효원의 말을 따라 대답했다. 효원과 달리 전혀 놀란 기색이 없었다. 오히려 약간은 즐거워 보이기까지 했다.

"저리 멋진 날개를 불로 지져버린다니요. 하여간 사람들의 생각은 이해할 수가 없습니다."

"자네는 사람이 아닌 것처럼 이야기하는구먼."

효원의 말에 사로가 잠시 입을 다물었다.

"업동이 사람이 아니었습니까?"

"무슨 소린가! 자네도 봤지 않나. 누가 봐도 사람이었지. 날개는 달려 있었지만……."

처음엔 호기롭게 대답한 효원이 마지막엔 말끝을 흐렸다.

"결국 저들이 사람 취급을 해줘야 사람인 것이지요."

"……."

"어디서 어찌 살든 죽는 것보다야 낫습니다. 개똥밭에 굴러도 이승이 좋다고들 하지 않습니까."

사연이 있는 듯한 사로의 말에 효원이 입을 꾹 다물었다. 그러고는 사로의 시선이 향한 곳을 함께 바라보았다. 어느새 업동과 여인의 모습은 보이지 않았다.

집으로 돌아온 효원은 주인 없는 집에 덩그러니 남겨진 상황이 어색해 괜히 머리를 긁적였다.

"그럼, 우리는……."

그러자 사로가 작게 웃으며 대답했다.

"뭐, 머물 곳도 없는데 잘되지 않았습니까."

그러고는 어깨를 으쓱했다.

"집주인도 없는 마당에 당분간은 이 집에서 지내도 되겠지요."

"사로 자네는 참, 뻔뻔하구먼."

말은 그렇게 하면서도 효원의 입가엔 슬며시 웃음이 번졌다.

"창고 방이 좁긴 좁았지만 말이네."

그러더니 방으로 들어가 봇짐을 베개 삼아 벌렁 드러누웠다.

꽤꽥—

갑자기 봇짐 안에서 익숙한 소리가 들렸다.

"설마……."

효원이 중얼거리곤 제 머리맡의 봇짐을 풀어 헤쳤다. 그러자 그 안에 있던 무언가가 잽싸게 튀어나왔다.

"으악!"

놀란 효원이 가슴을 부여잡고 튀어나온 것을 손가락질했다.

"저, 저게, 아니 저분이 어찌 여기 있는 겐가!"

"제가 얻은 보수 중 가장 큰 보수입니다."

바로 금두꺼비였다. 사로의 말에도 여전히 진정되지 않은 효원의 어깨에 금두꺼비가 펄쩍 뛰어올랐다. 그러고는 떡하니 자리를 잡고 앉았다.

"덕분에 앞으로도 굶어 죽을 걱정은 없으니 감사드려야겠지요."

말을 끝낸 사로가 금두꺼비를 향해 작게 고개를 숙였다. 그러자 그에 대답이라도 하듯 금두꺼비가 꽤꽥, 소리를 냈다.

"그, 그런 겐가."

금두꺼비를 바라보는 효원의 눈빛이 경외의 눈빛으로 바뀌었다. 그러고는 어색하게 꾸벅 고개를 숙여 인사하자 금두꺼비는 눈을 가느다랗게 뜨고 잠시 효원을 살피듯 바라보았다.

"이제 그만 쉬시지요. 내일 또 길을 떠나야 하니."

사로의 말에 효원은 다시 자리에 누웠다. 금두꺼비 또한 효원의 어깨에서 내려와 그 옆에 자리를 잡았다. 그런 금두꺼비를 가만히 쳐다보던 효원이 조심스레 손을 올려 금두꺼비를 쓰다듬었다. 그러자 금두꺼비도 싫지는 않은 듯 가만히 눈꺼풀을 닫았다. 둘의 모습에 사로는 슬며시 웃음을 지으며 자리에 누웠다.

조용한 산속, 작게 풀벌레 우는 소리만 들려왔다. 사로가 조용히 눈을 감았다. 까만 어둠 속 날개를 펄럭이며 날아간 업동과 여인의 모습이 아른거렸다. 사로는 둘이 사라진 어둑한 산길을 떠올렸다. 정확히는 산길 너머 그 어딘가를.

三.
목각 어멈

노을이 지는 고즈넉한 저녁이었다. 듬성듬성 보이는 초가집 사
이로 걸어가고 있는 한 소년. 어림잡아 열다섯은 됨직한 얼굴에 어
깨엔 봇짐이 들려 있었다. 그럼에도 소년의 발걸음은 가벼웠다.

소년이 한 초가집 앞에 멈춰 섰다. 마을의 초가집 중에서도 유독
낡아 보이는 집이었다. 문을 연 소년은 집 안으로 들어섰다.

"어머니, 다녀왔습니다."

소년이 고개를 꾸벅 숙이며 밝은 목소리로 인사했다. 예의 바른
인사에도 상대는 답이 없었다. 하지만 익숙한 반응이었는지 그는
아랑곳 않고 계속해서 말을 이어나갔다.

"저잣거리에 오늘 사람들이 많더라고요. 덕분에 가져간 게 금방
동났어요."

소년은 짐을 정리하며 씩씩하게 웃어 보였다. 짐 속에는 간단한
식재료들이 들어 있었다. 안에 든 것을 꺼내 놓던 소년은 무언가 떠
오른 듯 행동을 멈추었다.

"어머니, 시장하시지요? 어머니 좋아하시는 토란 사 왔어요. 얼른 식사 올리겠습니다."

그러고는 곧바로 몸을 일으켜 부엌으로 향했다.

아궁이에 불을 때서 가마솥에 밥을 짓고 가져온 토란을 슥슥 다듬어 파와 함께 끓는 물에 넣는다. 부지런히 음식을 만드는 모습이 이미 많이 해본 솜씨인 듯싶었다. 고기 한 점 없이 토란만 둥둥 떠 있는 토란국이었지만, 소년은 꽤나 만족스러운지 향을 맡으며 미소를 지었다.

소년은 앞마당에 묻어둔 작은 항아리에서 반찬을 꺼냈다. 저를 안쓰럽게 여긴 마을 아주머니가 준 반찬이었다. 저 홀로 어머니를 모시는 게 힘들어 보이는 모양이었지만 그는 괘념치 않았다. 어머니와 함께 살 수 있다면 이 정도는 고생도 아니었다.

소년이 밥상을 들고 다시 방으로 들어왔다. 보리밥에 토란국 그리고 몇 가지 채소 절임. 소박하지만 맛깔나게 차려진 밥상이었다.

"여기 수저 놓아드릴게요. 많이 드세요."

소년의 말에도 어머니는 여전히 묵묵부답이었다. 그럼에도 그는 즐거운 듯 숟가락을 들어 야무지게 밥을 먹기 시작했다. 맞은편에 앉은 상대는 아무런 움직임도 없었다. 가만히 앉은 채로 소년을 응시하고 있을 뿐. 맞은편에 있는 건 사람이 아닌 목각 인형이었다. 소년의 종아리께에 올 정도의 크기에 여인의 얼굴을 한.

"오늘 밥이 참 맛있게 지어졌어요."

소년이 애정 가득한 시선으로 목각 인형을 바라보았다. 그러고는 목각 인형 앞에 놓인 밥그릇을 살폈다. 이미 깨끗이 비워진 제 밥그릇과 달리 목각 인형의 밥그릇은 음식이 그대로 담겨 있었다.

"에구, 또 하나도 안 드셨네."

소년이 아쉬운 듯 중얼거렸다. 하지만 금세 표정이 밝아져선 제가 먹은 그릇들을 정리했다. 맞은편의 그릇들은 그대로 둔 채였다.

"이렇게 두면 나중에 또 드실 거지요?"

목각 인형에게선 역시 아무런 반응도 없었다. 하지만 이 또한 익숙했다. 소년은 콧노래를 부르며 몸을 씻고는 잠자리에 들 채비를 했다.

"안녕히 주무셔요, 어머니."

이불 속에 누운 소년은 목각 인형을 보며 인사하고는 입가에 미소를 띠고 잠에 빠져들었다. 목각 인형은 여전히 아무런 변화 없이 가만히 앉아 있었다. 마치 소년을 바라보듯 눈을 부릅뜬 채로.

❦

산에서 내려온 뒤 사로와 효원은 또다시 한 달 가까이를 떠돌았다. 이제는 완연한 봄을 지나 조금씩 날이 더워지기 시작했다. 이 마을인가 싶어 주막에 짐을 풀면 사로는 며칠 뒤 어김없이 길을 떠났고, 효원은 그를 따를 수밖에 없었다.

"자네 역마살이라도 붙은 겐가. 아이고, 나만 죽을 노릇이군."

앓는 소리를 하던 효원의 모습에 사로는 잠시 웃음을 지어 보이다가 금세 굳은 얼굴로 입을 열었다.

"같은 곳에 열흘 이상 머무르지 않는다. 이게 제 철칙입니다."

도저히 이해할 수 없는 사로의 말에 효원이 눈을 크게 뜨며 물었다.

"아니, 대체 어째서인가?"

"그 이상 머물러봐야 무엇 하겠습니까."

"무얼 하냐니. 함께 지내는 이들과 이야기하고 마음을 나누고 정을 붙이고 그러는 것 아니겠는가."

효원이 이리 대답하자 사로의 눈이 가늘어졌다.

"딱 도련님다운 말씀이십니다."

듣고 보니 욕인지 칭찬인지 알 길이 없어 멈칫했다.

"그런 게 제겐 불필요하단 이야깁니다."

사로가 딱 잘라 말하고는 길을 재촉했다. 효원은 여전히 이해할 수 없다는 표정이었으나, 사로의 단호함에 더 할 말을 찾지 못하고 사로의 뒤를 따랐다.

그렇게 한참을 걸었다. 저보다도 훨씬 작고 마른 사로의 뒤를 따르면서 효원의 입에선 아이고 하는 곡소리가 절로 났다. 아무래도 사로는 여우의 자식이 분명하다. 그러지 않고서야 저리 가볍게 이곳저곳을 누빌 수가 없다는 게 효원의 생각이었다.

"이곳저곳 떠돌다 보니 익숙해졌을 뿐입니다."

제 생각을 읽은 듯한 사로의 말에 효원이 화들짝 놀라 걸음을 멈추었다.

"내, 내 생각을 읽은 겐가. 자네 혹시 독심술을……."

사로가 작게 웃음을 터뜨렸다.

"그럴 리가요. 계속 제 뒤에서 어찌 저리 빨리 가누 하며 한숨을 푹푹 쉬시지 않았습니까."

"아⋯⋯."

효원이 머쓱해져 뒤통수를 긁적였다. 저도 모르게 속마음이 입
밖으로 나온 모양이었다.

"목적지가 가까워졌으니 조금만 참아보시지요."

"정말인가!"

눈에 띄게 밝아진 효원의 모습에 사로가 입꼬리를 올리며 고개
를 끄덕이고는 다시 앞을 향해 척척 걸어 나갔다. 그 뒤를 따르는 효
원의 입에선 더 이상 곡소리가 나지 않았다.

"참 좋은 풍경일세."

그렇게 도착한 마을 경치에 효원은 절로 감탄했다. 널찍한 평야
가 있어 살기에 매우 좋고, 고즈넉한 맛이 있는 곳이었다. 우선 끼니
를 때우려 저잣거리로 들어갔다. 어느 장터나 비슷한 모습이겠지
만 이곳엔 조금 독특한 것이 있었다. 그리고 당연하게도 효원은 이
를 그냥 지나치지 못했다.

"이게 무엇인가?"

가게를 구경하던 효원이 가게 주인에게 묻자 효원의 차림새를
본 주인이 재빨리 뛰어나와 대답했다.

"이건 저희 동네의 특산품입니다."

"특산품?"

"예에, 장인이 만든 목각 인형이지요."

주인의 대답에 효원이 흥미로운 듯 고개를 끄덕이며 목각 인형
을 이리저리 살펴보았다.

"동네에 장인이 살고 있습니다. 나이는 어리지만 손재주가 타고 나서. 덕분에 우리 시장도 꽤나 유명해졌지 뭡니까."

주인은 신이 난 듯 큰 목소리로 장인에 대해 이야기를 시작했다. 우연히 발견한 손재주로 목각 인형을 만들어 팔기 시작해 어려운 살림살이도 나아졌다는 이야기였다. 이제는 시장의 특산품이라 불릴 정도로 유명세를 타게 되었다는 것까지.

주인의 이야기를 들으며 효원이 나란히 앉아 있는 목각 인형들을 바라보았다. 마치 사람처럼 앉아 있는 모습이 조금 무섭게 보이기도 했다. 하나를 들어 몸을 움직여 보았다. 신기할 정도로 부드러운 움직임이었다. 옆에서 그 모습을 본 가게 주인이 효원에게 흥정을 하기 시작했다.

"움직임도 자연스러워 인형극 하기 딱입니다. 선물하기에도 이만큼 특별한 인형은 없지요."

"아, 아니. 살 건 아닐세."

주인의 부담스러운 흥정에 효원이 인형을 내려놓고 한발 물러섰다. 그러자 반짝이던 주인의 눈이 금세 생기를 잃더니 입을 꾹 다물었다.

"이 장인의 집이 정확히 어딥니까?"

그간 말없이 상황을 지켜만 보던 사로가 주인에게 물었다. 그러자 주인은 시큰둥한 말투로 대충 대답해 주었다.

"저어쪽, 멀리 보이는 감나무 옆집입니다."

꽤객—

사로의 주머니 속이 답답했는지 금두꺼비가 고개를 삐죽 내밀며 우는 소리를 냈다. 그러자 주인의 눈이 휘둥그레졌다.

"아니 이런 진짜 같은 걸 어디서 구하셨소? 아니면 진짜 두꺼비에 금칠이라도 한 겐가?"

더 있었다간 금두꺼비를 향한 주인의 호기심을 자극할 것만 같아 사로는 정중히 감사를 표하고는 서둘러 가게를 떠났다. 그리고 그 뒤를 효원이 따랐다.

"그런데 그 집이 어딘지는 왜 물은 겐가?"

"당분간 그 집에서 묵을 겁니다."

밑도 끝도 없는 사로의 대답에 효원은 질문거리가 떠올랐지만 입을 다물었다. 우선은 어딘가에 짐을 풀고 싶은 마음이 간절했다. 한데 토를 달았다간 사로의 마음이 변해 또다시 부지런히 움직여야 할지도 모를 노릇이었다. 효원은 잠자코 사로를 따르기로 결심했다.

"간만에 만족스러운 식사였네."

오랜만에 주막에 들러 포식한 덕에 효원의 마음이 너그러워졌다. 기본적으로 시장이 활기차서인지 음식도 꽤 괜찮게 구비되어 있었다. 싱글벙글 웃는 얼굴로 효원은 사로와 함께 장인의 집을 찾아 나서기 시작했다.

"그래서 그 집이 감나무 옆집이라 했던가?"

"예에, 아마 저 집인 모양입니다."

사로의 시선이 어느 한 집에 머물렀다.

"그럼 한번 청해보기로 하지요."

사로의 말에 풍경에 빠져 있던 효원의 시선 또한 그곳을 향했다.

겉보기엔 작고 평범해 보이는 집이었다. 굳이 따지자면 하루하루 먹고살기가 빠듯해 보이는 집. 하지만 그렇다고 집이 당장 무너질 듯 허름하거나 한 것은 아니었다. 그저 양민으로선 평범한 사정의, 그런 집이었다.

"계십니까."

집 대문 앞에 서서 효원이 외쳤다. 대문은 효원의 허벅지께 정도의 높이로 야트막했다. 무릎으로 슬쩍 밀어보니 스르르 열리는 것이, 있으나 마나 한 대문이란 생각이 들었다.

"예에, 잠시만."

집 안에서 앳된 목소리가 들리더니 우당탕하고 부산스러운 소리가 났다. 그러고는 목소리처럼 앳된 얼굴의 소년이 걸어 나왔다. 장인이라기엔 너무나 어려 보이는 얼굴. 끽해야 열 살 정도 되어 보였다.

"무슨 일이신지요?"

소년이 사로와 효원을 번갈아 보며 물었다. 사로를 볼 때는 의문을 품던 눈이 효원을 보고 커지더니 고개를 꾸벅 숙였다. 뭐로 보나 귀한 집 자제인 것이 눈에 보였던 탓이리라.

"혹시 오늘 이 집에서 신세를 질 수 있을까 하여 여쭙습니다."

사로가 정중히 말을 건넸다.

"계시는 것은 괜찮으나 저희도 형편이 형편인지라……."

소년의 대답에 사로는 이미 예상했다는 듯 다시 말을 건넸다.

"물론 공짜로 있겠다는 이야긴 아닙니다."

주머니에서 어느 정도의 돈을 꺼내 보이자 소년의 눈이 휘둥그레졌다.

"그, 그런데 방이 하나뿐이라 괜찮으실지."

"괜찮고말고! 노상에서 자는 것에 비하면 극락일세."

막상 노상에서 밤을 지낸 적이 없음에도 효원은 소년이 거절할까 두려운 마음에 열변을 토했다.

"그렇다면 얼마든지요. 편하신 대로 계셔도 됩니다."

역시 형편의 문제였던 듯 소년의 태도는 매우 호의적이었다. 그 모습에 효원은 안심하며 한숨을 내쉬었다. 소년이 거절했다면 또 사로를 따라 언제까지 떠돌아야 할지 몰랐다. 며칠이라도 좋으니 한곳에 머무르며 몸을 쉬게 하고 싶은 마음이 간절했다. 효원은 얼굴에 미소를 띤 채 집 안쪽을 쳐다보았다. 다른 인기척은 느껴지지 않는 게, 어린 나이임에도 소년은 혼자인 모양이었다.

"다른 가족은……."

"어머니와 함께 살고 있습니다."

"어머니께선 어디 계시는가."

"아, 방에 계십니다. 잠시만."

소년은 종종걸음으로 방으로 달려갔다. 그러고는 어머니에게 이 상황을 설명하려는 듯 재잘대는 소리가 들려왔다. 효원은 사로에게 눈짓하며 기뻐했다. 하지만 사로는 효원과 달리 어딘가 무심한 표정이었다.

"들어오셔도 됩니다."

소년의 말에 사로와 효원은 대문을 열고 들어가 방으로 향했다. 소년의 어머니에게 인사하려던 효원은 눈앞의 광경에 놀라 우뚝 멈춰 섰다. 방 안에 소년의 어머니는 없었다. 아니, 사람은 없었다. 그곳에는 시장에서 본 것보다도 많은 목각 인형이 앉아 있었다. 크기도 제각각, 모양도 제각각이었다.

"인형을 깎아 시장에 내다 파는 게 제 일인지라."

"아아, 그렇지. 그럼 어머께선 어디에…….."

효원이 놀란 마음을 추스르고 묻자 소년이 밝은 얼굴로 대답했다.

"이분이 저희 어머니셔요."

소년의 말에 효원은 놀라 눈을 천천히 껌벅였다. 저를 놀리는 건가 싶어 소년을 쳐다보았지만, 진지한 표정은 그가 진심임을 말해 주고 있었다. 소년이 가리킨 건 다름 아닌 여인의 형상을 한 목각 인형이었다.

사로와 효원이 아무 말도 하지 않자 소년은 그제야 깨달은 듯 아아, 하고는 말을 이었다.

"작년에 사라진 어머께서 이렇게 돌아오셨답니다."

소년의 말에 효원의 표정이 더욱 굳었다. 도저히 이해할 수 없는 상황이었다. 효원이 헛기침을 하고는 곤란한 듯 제 턱을 매만졌다. 그리고는 손을 옮겨 입을 가린 채 사로에게 입 모양으로 말했다.

'제 정 신 이 아 닐 세.'

장인이고 뭐고 이 집에서 머물지 않는 게 좋을 거란 판단이 들었다. 하지만 효원의 간절한 눈짓에도 아랑곳 않고 사로는 평온한 얼굴로 대답했다.

"그렇군요."

그러더니 목각 인형에게 꾸벅 고개를 숙여 인사했다. 이곳에서 머무는 동안 잘 부탁드린다는 말과 함께.

'사로, 사로!'

마음속으로 사로를 부르며 그를 바라보는 효원은 마치 울 것 같은 표정이었다.

❧

어머니가 사라진 건 반년 전의 일이었다. 평소에도 정신이 오락가락하던 어머니였다. 저를 낳고 열병을 크게 앓더니만 그리됐다는 게 동네 사람들의 말이었다.

"그래도 신랑 있을 때는 밥도 차리고 하더만."

"그러니께 말이여. 신랑 가고부터는 완전히 그냥 놓아버린 게지, 무얼."

제 어미에 대해 무신경하게 떠드는 동네 사람들을 소년은 빤히 올려다보았다. 화가 날 법도 하건만, 제가 말을 알아들을 때부터 쭉 그래왔으니 어느새 익숙해졌다. 이제는 자신이 모르던 부모님의 이야기를 들을 수 있다는 것에 오히려 감사하는 마음마저 들 정도였다.

제가 여덟 살이 되었을 무렵, 아버지는 어디론가 떠나버렸다. 스스로 떠난 건지 아니면 어떤 사고에 휩쓸린 건지는 알 길이 없었다. 제가 아는 것이라곤 먹을 걸 구해 오겠다며 집을 나선 아버지가 돌아오지 않았고, 그렇게 쭉 소식을 들을 수 없게 되었다는 사실뿐이었다.

그 후로 어머니의 증상은 더욱 심해졌다. 간단한 집안일이나마 할 수 있었던 이전과는 완전히 달라졌다. 대부분의 시간을 누워서 보냈고 그나마 기력이 있으면 헛소리를 해댔다. 그런 어머니를 챙기는 건 이제 막 여덟 살이 된 제 몫이었다.

"네가 무슨 고생이냐, 그래……."

한번은 옆 마을에 산다던 아버지의 친척이 찾아와 저를 보곤 안쓰러워 눈물지었다. 몇 번 이것저것 먹을 것을 챙겨주더니 저를 양자로 들이고 싶다며 말을 꺼냈다.

"그럼 어머니는요?"

"……."

친척으로부턴 아무런 대답도 돌아오지 않았지만, 그 침묵 속에 담긴 뜻을 이해할 수 있었다. 결국 양자로 들어가는 건 없던 이야기가 되었다.

잠시나마 어머니가 제정신으로 돌아오는 순간이 있었다. 그럴 때면 어미가 되어 어린 자식을 고생시킨다며, 제가 없어야 네가 산다는 말을 반복했다. 그런 어머니를 진정시키고 잠드는 밤이면 늘 악몽을 꾸곤 했다. 어머니마저 사라지고 저 혼자 남아버리는 그런 꿈을.

열 살이 되던 날, 악몽 같은 일이 벌어졌다. 시장에 다녀온 사이 어머니가 사라진 것이었다. 울부짖으며 이곳저곳을 찾아다녔지만 결국 어머니는 찾을 수 없었다. 제 마음처럼 바깥엔 폭우가 쏟아졌다.

"자식 제대로 살라고 나가버린 게지. 그게 어미 마음이여."

위로랍시고 해주는 말들이 전혀 위로가 되지 않았다. 어머니와 함께 사는 것, 그것만이 제 유일한 희망이었는데. 그 후로 저 또한 어머니처럼 누워 있는 시간이 늘어갔다. 이대로 부모님처럼 사라지면 좋겠다는 생각만 들었다.

어김없이 새해는 찾아왔다. 어머니에게 밥상을 올린 다음 이제 나도 죽자는 마음으로 상을 차리고 잠시 잠이 들었을 때였다. 눈을 떠보니 밥상 앞에 누군가가 앉아 있었다. 그리고 비워진 밥그릇.

소년은 놀라 몸을 일으켰다. 제 종아리께까지 오는 높이에 여자 얼굴을 한 목각 인형. 제가 만들었던 게 분명한 인형이었지만 이번엔 다른 생각이 들었다.

'어머니다.'

제가 알던 그 모습은 아니었지만 소년은 확신했다. 어머니가 분명하다. 죽을 생각이었던 소년의 몸에 다시금 힘이 생기기 시작했다.

그렇게 반년이 흘렀다.

❧

"사로, 자네 대체 무슨 생각인가. 저치는 딱 봐도 제정신이 아닐세. 인형을 보고 어머니라 하며 모시질 않는가."

산책 겸 마을 저잣거리에 나온 참이었다. 효원은 이때다 싶어 소리 낮춰 사로를 들들 볶기 시작했다.

"저런 자의 집에서 머물 수는 없네. 우리 목숨이 위험할지도 몰라."

쏟아지는 효원의 말에도 사로는 뒷짐을 진 채 이것저것을 구경하며 느릿느릿 발걸음을 옮길 뿐이었다.

"사로!"

"어째서 그 인형이 어머니가 아니라 확신하십니까?"

"그, 그건. 당연하지 않은가. 인형은 인형일세. 어머니는 사람이었을 테고."

"하지만 어머니께 올린 밥상이 항상 비워졌다 하지 않았습니까."

"그것은……."

효원이 잠시 골몰한 표정으로 생각에 잠겨 있다 말을 이었다.

"자기도 모르는 사이에 먹어치웠다는 건 어떤가."

"자기도 모르는 사이라 하심은?"

"비몽사몽인 와중이라든가. 왜 그런 경우 있지 않은가. 몸은 힘든데 허기가 져서 정신없이 허겁지겁 먹어치우게 되는 경우 말일세."

생각에 빠진 듯 사로의 눈동자가 잠시 위로 향했다. 그러다 다시 효원과 눈을 맞추며 단호히 말했다.

"없었습니다, 저는."

그러자 효원이 끄응 하고 앓는 소리를 냈다. 아무래도 그랬겠지. 사로가 무언가를 허겁지겁 먹어대는 모습이 도무지 상상이 가질 않았다.

"그럼 누군가 밤중에 몰래 먹어치우고 간다든가?"

"흠, 그것이 더 일리가 있어 보이는군요."

제 말이 동의를 얻자 효원은 잠시 뿌듯한 표정을 지었다. 그러더니 금세 표정이 어두워졌다.

"사로, 만약 그게 사실이라면."

말하면서도 긴장이 되는 듯 효원이 침을 꼴깍 삼켰다.

"그거야말로 우리 목숨이 위험한 상황 아닌가. 매일 밤 도둑이 몰래 그 집을 들른다면……."

효원은 생각만으로도 끔찍한 모양인지 양손으로 제 머리를 감싸쥐었다.

"무예도 뛰어나신 양반이 뭘 그리 겁을 먹습니까."

상인이 펼쳐둔 물건들을 눈으로 훑으며 사로가 대충 대답했다. 그 무신경한 반응에 배신감을 느낀 효원의 입가가 파르르 떨리더니 버럭 소리를 내질렀다.

"지금 우리의 생사에 대해 진중한 논의를 하고 있는데, 자네는 고작 부채 구경이나 하고 있을 셈인가!"

"아이고, 깜짝이야."

갑자기 터져 나온 우렁찬 목소리에 앞에 있던 상인이 놀라 자빠지며 좌판을 엎을 뻔했다. 하지만 사로는 전혀 타격이 없는 듯 흩어진 부채를 정리할 뿐이었다.

"목숨을 부지하는 일이라면 도련님보다 제가 한 수 윕니다. 괜한 걱정은 마시지요."

사로의 차가운 말투에 효원이 움찔했다. 이러니저러니 해도 이곳저곳을 떠돌며 산에서 홀로 살아남은 자다. 괜히 곱게 자란 도련님 티를 내며 호들갑을 떤 것 같아 효원은 머쓱해졌다.

"그래도…… 이상한 건 맞지 않는가. 인형은 인형이지……."

효원의 목소리는 금세 풀이 죽은 듯했고, 커다란 어깨마저 축 처져 보였다. 그를 본 사로의 입에서 작은 웃음이 터졌다.

"앞으로 지켜보면 되지 않겠습니까. 도련님 말씀대로라면 그 소년도 위험한 상황일지 모르니 말입니다."

"그건 그러하지."

효원이 고개를 끄덕였다. 누군가 매일 밤 몰래 그 집을 드나드는 것이라면 분명 모종의 목적이 있을 터였다.

"만약 누군가 집에 몰래 들른다면……."

사로의 다음 말을 기다리며 효원이 긴장된 얼굴로 침을 꼴깍 삼켰다.

"그땐 도련님의 뛰어난 무예 실력을 뽐내주시지요."

"사로!"

진지한 대답을 기다리던 효원은 왠지 놀림당하는 기분이 들어 발끈했다.

"도련님."

사로가 작게 효원을 불렀다.

"애초에 도련님의 목적에도 안성맞춤인 상황 아닙니까. 더 넓은 세상을 보고, 다양한 사람을 만나고 싶다 하셨으니."

확실히 흔치 않은 경험이었다. 목각 인형을 어머니로 모시는 소년이라니. 효원은 할 말이 사라져 입을 꾹 다물었다.

"아, 그 목각 어멈 말이지?"

사로가 시장을 구경하는 사이, 효원은 마을 사람들에게 소년과 그 인형에 관해 묻기 시작했다. 그러자 마을 사람들은 곧장 '목각 어멈'이라며 아는 체를 했다.

"온주 갸가 먼저 어머니, 어머니 하고 부르니 우리도 그리 부르는 게지, 무얼."

"그 집 어멈이 흔적도 없이 사라졌으니 그렇게라도 마음을 달래야 않겠어? 설마 지도 평생 어멈으로 모시고 살라고?"

평생 그럴 것 같습니다. 차마 제 생각을 입 밖으로 내진 못한 채 효원은 답답한 듯 가슴을 두들겼다.

"그래도 그 목각 어멈이랑 살면서 온주도 정신이 좀 돌아왔지비?"

"그려, 어멈 없어지고 맨날 죽은 눈깔 하고 있던 때보다야 낫다."

"인형도 깎아서 내다 팔고 하니 좀 살 만해졌나 보이."

점점 한두 마디씩 얹기 시작하더니, 마치 동네잔치라도 열린 듯 어느새 북적이고 있었다. 이러다간 동네 아주머니며 할머니며 죄다 모여들 것 같은 느낌이 들었다. 그 순간.

"근디…… 뉘슈?"

누군가의 한마디에 모두의 시선이 효원을 향했다. 뒤늦게나마 낯선 사람을 경계하는 눈빛이 느껴졌다.

"저는, 그 집의 식객입니다."

"아아, 그려?"

마지막까지 사라지지 않는 경계심을 느끼며 효원은 서둘러 감사 인사를 표하고는 자리를 떴다. 그러자 사람들은 다시 아무 일도 없었다는 듯 원래의 대화로 돌아갔다.

사로와 효원이 시장에서 돌아오자 밖은 어둑해져 있었다. 집에 돌아온 온주는 이미 일을 끝내고 집 안 정리까지 마친 차였다.

"시장 구경은 잘하고 오셨어요?"

오래 혼자 지낸 탓인지 나이답지 않게 싹싹한 아이였다. 그 밝은 모습이 오히려 효원을 더욱 슬프게 했다.

"볼거리가 많았습니다."

그리 말하는 사로의 옆구리엔 어느새 아까 구경하던 부채가 매달려 있었다. 결국 샀구먼. 효원이 부채를 바라보며 생각했다.

"먹을거리도 많고."

그러고는 짐에서 고기와 채소 몇 개를 꺼내 온주에게 건넸다.

"이, 이런 귀한 것을. 정말 고맙습니다."

"아닙니다. 지는 신세에 비하면……."

온주는 몇 번이고 감사 인사를 하더니 어머니께 당장 고깃국을 올려야겠다며 주방으로 향했다.

"목각 인형에게 고깃국이라…… 아깝지 않은가."

효원이 혼잣말처럼 중얼거렸다.

"어멈이라지 않습니까. 목각 어멈."

"자네 정말 그걸 믿는 겐가?"

저도 모르게 목소리를 높일 뻔한 효원이 주방 쪽 눈치를 살피고는 소리를 죽였다.

"내일 아침을 기다려 보지요."

사로가 그리 답하고는 옆구리에 달려 있던 부채를 촤악 소리 나게 펼쳤다. 그러더니 제 눈만 보이도록 부채로 얼굴을 가린 사로는 후후 소리를 내며 웃기 시작했다.

"가, 갑자기 왜 이러나, 사로. 좀 무섭네."

"도련님께서 너무 심각해 보이셔서 그냥 한번 해보았습니다. 여하튼 식사 준비부터 하십시다."

그렇게 얼마를 기다리자 온주가 상을 차려 방으로 들어왔다.

"어머니, 맛있게 드셔요. 오늘은 여기 이분께서……."

"사로입니다."

"아아, 사로 님께서 고기를 사다 주셔서 고깃국을 끓였어요."

"많이 드십시오."

사로가 목각 어멈에게 인사를 건네고는 식사를 시작했다. 효원은 커다란 눈을 부릅뜬 채 목각 어멈을 주시하고 있었다. 설마, 밥을 먹는 건 아니겠지.

"도련님께선 안 드십니까."

"먹고 있네."

대답과는 달리 효원의 눈은 목각 어멈만을 바라보고 있어 입으로 가려던 숟가락이 자꾸만 다른 곳을 향했다.

목각 어멈을 보고 있는 건 효원만이 아니었다. 그 시선의 의미는 달랐으나, 온주 또한 애정 어린 눈빛으로 목각 어멈을 보며 밥을 먹고 있었다.

"나중에 시장하시다 하지 말고 제대로 드시지요. 가뜩이나 많이 드시는 분이."

사로의 걱정 섞인 구박이 이어졌다. 그도 그럴 것이 효원은 예전 살던 곳에서도 대식가로 유명했다. 저 장대한 기골이 그냥 만들어졌을 리 없다. 그만큼 음식을 채워 넣었기에 가능한 것이었다.

하지만 그런 효원이 음식에 손을 대기는커녕 계속해서 한눈을 팔며 헛손질을 하고 있었다. 사로는 그를 보다 포기한 듯 한숨을 내쉬고는 식사를 끝냈다. 효원의 끈질긴 시선이 무색하게 목각 어멈의 밥은 그대로였다. 그러자 온주는 평소처럼 웃는 얼굴로 어머니는 밤중에 식사하실 거라며 자리를 정리했다. 그렇게 저녁 식사가 마무리되었다.

모두가 잠든 캄캄한 밤. 효원의 배에서 요란스러운 소리가 났다.

"사로."

"……"

"사로, 자는가?"

"무슨 일이십니까."

대답하는 사로의 목소리엔 약간의 짜증이 배어났다.

"도저히, 배가 고파 잠들 수가 없네."

"……"

"사로."

어둠 속, 얼굴이 보이지는 않았으나 효원은 사로의 짜증 난 표정이 보이는 것만 같았다. 민망함에 효원의 목소리가 작아졌다.

"그러니 제가 제대로 드시라 하지 않았습니까."

가벼운 타박을 하면서 사로는 어두운 와중에도 몸을 척척 움직여 작은 등잔불을 밝혔다. 그 덕에 불빛 한 점 없던 방의 어둠이 조금씩 물러갔다.

'역시 여우의 핏줄이라⋯⋯'

"산에서 지내다 보니 밤눈이 밝습니다."

괜한 생각을 미리 차단하는 듯한 설명이었다. 효원은 머쓱한 얼굴로 금세 수긍했다. 커다란 몸을 수그리며 먹을 것을 찾아 주방으로 향하려던 바로 그때였다.

"사, 사로!"

고개를 돌려 목소리가 크다며 한마디 하려던 차, 사로는 뒤이은 효원의 말을 듣고 우뚝 멈춰 섰다.

"밥그릇이⋯⋯ 비었네."

세상에. 효원은 그 말을 마치고는 몸에 힘이 빠진 듯 털썩 주저앉았다. 사로는 잠시 놀란 듯 눈썹을 씰룩이고는 흥미로운 표정으로 목각 어멈을 바라보았다.

"어머닌 저를 버리신 게 아니에요. 분명 무슨 사정이 있었던 거예요. 그러니 이렇게 목각 인형으로 다시 나타나 주셨겠지요."

그리 말하는 온주의 목소리는 확신에 가득 차 있었다. 지난 밤, 빈 밥그릇에 놀란 효원은 밤새 뒤척이며 잠을 이루지 못했고, 그 덕에 얻은 퀭한 몰골로 온주에게 목각 어멈에 대해 물어볼 수밖에 없었다.

"밥그릇이 빈 건 당연합니다. 매일 밤 그렇게 식사를 하고 계시는 걸요."

"매일…… 말입니까?"

"예에. 아무래도 몸이 예전과는 달라지셨으니까요. 남들에게 보이기 싫은 부분도 있으시겠지요."

사로와 효원의 시선이 마주쳤다.

"그럼 혹시 밤에 식사를 하시는 모습을 본 적도 없으신지……."

"워낙 일이 고되기도 하여 저는 해가 지면 바로 곯아떨어진답니다. 그게 아니더라도 굳이 훔쳐볼 마음도 없고요."

온주는 그리 말을 마치고는 서둘러 몸을 움직였다.

"오늘 저는 일찍 일을 나가봐야 해서요. 두 분은 편히 쉬시면 됩니다."

온주가 사로와 효원에게 가볍게 인사를 한 뒤 목각 어멈을 향해 꾸벅 허리를 굽히고는 서둘러 나가려 했다. 그런 온주의 뒤에 대고 효원이 급하게 말을 걸었다.

"호, 혹시!"

효원의 말에 온주가 우뚝 멈춰 섰다.

"집에 물건이 없어지거나 한 일은……."

"……."

잠깐의 정적이 흐르고 온주가 입을 열었다.

"그런 일은 없었습니다."

그러고는 뒤도 돌아보지 않은 채 그대로 방을 나섰다. 닫히는 방문 소리가 유독 크게 들려왔다.

효원은 온주가 떠난 곳에서 여전히 시선을 떼지 못했다. 그런 일은 절대 없었다는 듯 단호한 온주의 태도가 오히려 마음에 걸린 탓이었다. 절대 없다기보다 있어서는 안 된다는 듯한, 그런 말투였다.

"어찌 보는가, 사로."

"……."

"사로?"

"본인이 만족해하고 있지 않습니까. 현재의 생활에."

사로의 대답이 만족스럽지 않은 듯 효원은 끄응 하고 앓는 소리를 냈다.

"그래도!"

효원은 냅다 큰 소리를 내더니만 민망한 얼굴로 시선을 내리깔며 덩치에 어울리지 않게 중얼거렸다.

"미심쩍단 말일세……."

원래 살던 곳에서 오지랖으로 유명세를 떨치던 그 버릇이 어디 갈 리가 없었다. 하지만 혼자 알아보기엔 두려운 것도 사실이었다. 그런 효원의 마음을 눈치챈 듯 사로가 정적을 깨고 입을 열었다.

"알겠습니다. 정 궁금하시다면 직접 확인해 보는 수밖에요."

그와 동시에 사로의 눈빛이 날카롭게 빛났다. 옆에 앉은 효원이 만족스레 함박웃음을 지으려던 그때였다.

"하지만."

이어진 사로의 말에 효원의 표정이 잠시 굳었다.

"어떤 결과라도 수긍하셔야 합니다."

"아, 알았네."

무언가를 알고 있는 듯한 사로의 말이며 표정이 어딘가 석연치 않았지만, 우선은 제 궁금증을 해소하는 게 중요했다. 효원은 대충 생각을 마무리하며 오늘은 잠들지 않으리라 다짐했다.

그렇게 또다시 밤이 되었다. 일을 마치고 돌아온 온주는 평소처럼 식사를 마친 뒤 곯아떨어졌고, 사로와 효원은 잠을 청하는 척하며 누워 있었다.

"하아아암."

효원이 입이 찢어져라 크게 하품을 했다. 살던 집이었다면 아버지께 한 소리 들었을 품위 없는 모습이었지만, 이제 효원에게 그런 잔소리를 할 사람은 없었다.

"밤샘하려고 든든하게 먹었더니 너무 졸리구먼."

말을 마친 효원의 눈이 점점 느리게 깜빡이더니 슬며시 감겼다. 그러고는 꾸벅꾸벅 졸기 시작한 효원을 보다 못한 사로가 말을 꺼냈다.

"무리하지 말고 잠시 눈을 붙이시지요. 제가 대신 깨어 있을 테니."

"아니, 그럴 순 없네. 내가 시작한 일인 것을."

그리 말했던 것이 무색하게 어느새 효원의 눈은 굳게 감겨 있었다. 사로는 대충 예상했다는 듯 무덤덤한 표정이었다. 어둠 속, 조용한 방 안에 효원의 코 고는 소리가 울려 퍼졌다. 사로는 몸을 일으켜 잠든 효원을 내려다보다 고개를 돌려 목각 어멈을 바라보았다. 온주가 차려둔 밥상에 가만히 앉아 있는 모습. 여전히 그 시선은 허공을 향해 있었다.

얼마가 지났을까. 집 밖에서 부스럭거리는 소리가 들려왔다. 무언가를 부산스레 챙기는 소리, 그러고는 터벅터벅 걸어오는 발걸음 소리. 사로는 효원의 몸을 흔들며 작은 목소리로 그를 깨웠다.

"도련님."

무예를 익혔다는 게 거짓은 아닌지 깊은 잠에 빠져 있던 효원은 사로의 말 한마디에 곧장 잠에서 깨어나 눈을 부릅떴다. 효원이 입을 열기 전에 사로는 손가락과 눈짓으로 밖을 가리켰다. 그러자 효원은 상황을 파악한 듯 조심스레 어둠 속에 몸을 감추었다. 사로 또한 몸을 숨겼다.

끼익.

방문이 열리자 어스름한 달빛이 침입자의 모습을 비추었다. 효원의 큰형과 비슷한 또래일까. 하지만 비쩍 말라서 효원보다도 덩치가 훨씬 작아 보였다. 한두 번 해본 솜씨가 아닌 듯 남자는 능숙하게 목각 어멈의 밥상 앞에 앉아 음식을 집어 먹더니 남은 것들을 그릇에 담기 시작했다. 개중에는 사로가 특별히 사 온 과일도 포함되어 있었다.

음식 담기를 마무리한 남자의 시선이 이번엔 효원과 사로의 짐에 머물렀다. 그쯤에서 효원은 사로와 눈빛을 교환했다. 남자가 사로의 봇짐에 손을 쑤욱 집어넣은 바로 그때였다.

꽤꽥—

"으악!"

금두꺼비의 물컹한 촉감과 소리에 놀란 도둑은 외마디 비명을 지르며 뒤로 나자빠졌다. 설마 짐 속에 살아 있는 동물이 들어 있을 줄은 상상조차 하지 못했을 터였다.

"네 이놈!"

효원이 버럭 소리를 지르며 일어서 남자를 제압했다. 평소 허허실실 다니는 효원이었지만 형형한 눈빛에 화가 난 얼굴이 흡사 야차와도 같았다. 게다가 몸집에서부터 차이가 크게 났다. 금두꺼비에 웬 커다란 남자까지. 평소와는 다른 상황에 남자는 겁이 난 듯 벌벌 떨기 시작했다.

"무슨 일입니까?"

그 소란에 곯아떨어졌던 온주마저 잠에서 깨어났다. 그러자 남자는 달아나려고 몸부림치기 시작했다. 남자의 몸에 부딪힌 목각 어멈이 저 멀리 날아갔다. 그리고 바닥으로 떨어지며 목이 뎅강 부러지듯 꺾였다.

"어, 어머니!"

❦

날이 밝자마자 사로와 효원은 남자를 관아로 끌고 갔다. 남자는 같은 마을에 사는 소작농으로, 온주의 집에 계획적으로 침입했다는 게 들통났다.

온주는 평소 지극한 효심 덕에 동네에서도 평판이 좋았다. 거기다 목각 인형을 만들기 시작하면서 살림도 나아졌다. 그와 달리 남자는 줄줄이 딸린 아이에 형편은 넉넉지 않던 소작농.

처음에는 우연이었다 한다. 제사라도 올리듯 목각 인형 앞에 차려진 밥상을 보며 배를 곯고 있는 아이들 생각에 그만 일을 저질렀다고.

죄책감이 들었던 것도 잠시, 계속해서 사람도 아닌 목각 인형에게 온갖 좋은 음식들을 해다 바치는 걸 보고 점점 눈이 돌아갔다는 게 남자의 항변이었다. 집에서 굶고 있는 아이들을 떠올리니 더욱더.

"아이들이라도 배불리 먹을 수 있으면 좋은 것 아닙니까!"

남자의 주장에 수령은 마음이 움직인 모양이었다. 온주의 기행은 이미 온 마을에 소문이 난 상태였다. 수령 또한 이를 모를 리 없었다. 어차피 먹지도 못할 음식을 배고픈 아이들에게 주었다 하니, 이를 어찌 처리해야 할지 곤란한 눈치였다.

"세간살이를 훔친 죄는 내 엄중히 묻겠네. 하지만 음식은…….."

수령의 말이 끝나자 남자도 눈치를 살폈다. 넋이 나간 온주는 여전히 아무 말이 없었다. 그러자 남자는 쐐기를 박듯 중얼거렸다.

"인형 따위는 어차피 먹지도 못하는 것을."

남자의 그 한마디 말에 온주가 짐승처럼 남자에게 달려들었다. 사로나 효원이 말릴 틈도 없이 눈 깜짝할 새에 벌어진 일이었다. 그 작은 몸 어디서 그런 힘이 났는지 온주는 남자를 때려눕혀 주먹질을 하기 시작했다. 장정 서넛이 달라붙어서야 겨우 온주를 떼어 놓을 수 있었다.

"멍청이 같으니! 인형을 모시고 사는 게 말이 돼? 그 귀한 음식들을 갖다 바치고!"

온주에게 맞아 퉁퉁 부어터진 얼굴로 남자는 소리 높여 온주를 비난했다. 남자의 폭언에도 온주는 말없이 숨을 고르다 바닥에 털썩 주저앉았다. 고개 숙인 온주의 눈동자가 텅 비어 있었다.

그럼에도 남자는 끝까지 처음 저지른 일이라며 발뺌하더니, 급기야는 온주에게 맞은 곳을 들이밀며 되레 온주를 협박했다. 모든 게 엉망진창이었다.

하지만 온주에게 중요한 건 사라진 음식이나 물건 따위가 아니었다.

'그럼 어머니는……'

마음속에 생긴 불신의 씨앗은 점점 크기를 더해 온주의 마음을 검게 뒤덮어 갔다. 그토록 굳건했던 온주의 믿음에 균열이 생기기 시작했다.

결국 남자는 곤장 열 대를 맞는 것으로 결론이 났다. 남자는 온주가 관가를 벗어나는 그 순간까지 고래고래 소리 높여 그와 목각 어멈을 조롱했다. 온주는 그 소리를 고스란히 들으며 묵묵히 발걸음을 옮겼다.

"일이 이리되어 정말 안타깝습니다."

"……아닙니다. 두 분께서 오히려 욕을 보셨네요."

사로의 말에 대답하는 온주의 얼굴엔 감정이랄 게 없었다. 슬픔도, 분노도 아닌 그야말로 무(無)의 감정. 목이 부러진 목각 어멈은 방 한구석에 방치된 채였다.

"저희는 해 지기 전에 떠나려 합니다. 그간 신세 진 값입니다."

사로는 온주에게 꽤 두둑해 보이는 주머니를 건넸다. 얼핏 보기에도 상당한 금액이 들어 있을 것 같은 모양새. 그럼에도 온주의 표정은 여전히 아무런 감정도 담고 있지 않았다. 그저 알았다는 말과 함께 주머니를 받을 뿐이었다.

밖을 나서는 온주의 손에는 목이 꺾인 목각 어멈이 들려 있었다. 둘의 시선이 제 손을 향한 것을 눈치챘는지 온주가 멋쩍게 웃으며 말했다.

"이제 이 인형도 버리려고요. 아무래도 제가 뭔가에 홀렸던 모양입니다. 두 분께도 흉한 꼴을 보여드렸네요."

그리 말하는 온주는 희미한 미소를 띠고 있었지만, 눈빛은 더없이 슬퍼 보였다. 일련의 사건들은 어린 소년이 감당하기엔 가혹한 일임이 분명했다.

온주가 방 밖으로 나가자 사로는 효원을 향해 말했다.

"이제 속이 시원하십니까?"

사로의 한마디가 효원의 마음을 쿡쿡 찔렀다. 결국 제 오지랖이 화를 불렀다는 생각에 효원이 고개를 푹 숙였다.

"내가 경솔했네."

아까 본 온주의 슬픈 눈빛이 떠올라 효원은 깊이 반성했다. 안전을 위해서라는 건 핑계고, 결국 제 궁금증을 해소하기 위해 벌인 일이었다. 그로 인해 온주의 삶을 지탱하던 믿음이 깨져버린 것이다.

"예나 지금이나 도련님은 참……."

"예나?"

작게 중얼거리는 사로의 말에 효원이 눈을 크게 뜨며 되물었다. 사로는 별것 아니라는 듯 손사래를 쳤다.

"저는 어르신과 마지막 산책이나 하려 하는데, 도련님도 같이 가시렵니까?"

어느새 봇짐에서 나온 금두꺼비가 사로의 옆에서 꽤꽥 하고 소리
를 냈다. 짐을 챙기려던 효원은 갑작스러운 산책 제안이 의아했다.
그러다 저 혼자 남아 시간을 죽이는 것도 딱히 좋은 방안은 아니라
는 생각이 들어 금세 고개를 끄덕였다.

널따란 평야에 흐르는 냇물. 평화로운 마을 풍경이었다. 먹고살
기 어려워 남의 집을 몰래 들락거리는 일이 있다고는 생각하기 어
려울 정도로. 특히나 곱게 자란 효원의 입장에선 더더욱 그러했다.
착잡한 마음이 든 효원이 크게 한숨을 내쉬었다.

"겉에서만 봐선 알 수 없는 일이지요."

효원이 화들짝 놀라 사로를 쳐다보았다.

"역시 자네, 내 마음을……."

읽는 겐가, 라고 말을 잇기도 전에 사로의 한심한 눈초리가 돌아
왔다.

"도련님의 생각 정도야 평범한 사람이어도 알 수 있을 텐데요. 얼
굴에 다 쓰여 있습니다."

효원이 민망한 듯 헛기침을 했다.

"내가 그 정도는 아닐세."

불퉁한 얼굴로 중얼거리고는 괜히 이곳저곳을 둘러보았다. 금두
꺼비는 오랜만에 만난 물가가 반가운지 소리를 내며 몸을 축축하게
적시고 있었다.

시선을 돌리자 저 앞에 커다란 버드나무가 보였다. 커다란 크기

만큼이나 풍성한 가지와 잎을 자랑하는 버드나무. 저 정도면 꽤나 오랜 세월을 살았겠지. 효원이 이런 상념에 젖어 있을 때였다.

꽤객—

몸을 적시던 금두꺼비가 펄쩍 뛰며 시끄러운 소리를 냈다. 그와 동시에 효원의 시선이 무언가를 향했다.

"자, 잠깐. 사로. 저건!"

효원의 말이 채 끝나기도 전에 사로가 바람처럼 재빨리 나무를 향해 달려갔다. 평소 보지 못한 날쌘 동작이었다. 치렁치렁한 버드나무 가지 사이로 무언가 매달려 있는 것이 보였다. 인형을 손에 든 채 슬픈 눈빛으로 방을 나서던 익숙한 얼굴. 생각을 마치자마자 효원 또한 부리나케 버드나무를 향해 뛰어갔다.

"헉, 헉……."

다행히 늦지 않았다. 나무에 목을 매려던 온주를 억지로 내려놓은 후 효원이 안심한 듯 숨을 골랐다. 갑자기 끌어 내려진 온주는 효원의 옆에서 컥컥대며 쓰러져 있었다.

"대체 왜."

왜 목숨을 끊으려 했냐고 물으려던 효원의 입이 다물렸다. 이미 효원 또한 그 이유를 잘 알고 있던 탓이었다. 죽는 것조차 제 맘대로 되지 않은 온주는 모든 의지를 상실한 채 바닥에 엎드려 눈물을 흘렸다.

"온주 님."

사로가 온주의 등에 손을 올리며 그를 불렀다. 온주는 여전히 가만히 엎드린 채였다.

"이러시면 어머니가 슬퍼하십니다."

"……목각 어멈 말입니까?"

그리 답하는 온주의 목소리엔 자조가 섞여 있었다.

"이미 어머니는 죽고 없어요. 오래전에. 역시 인형일 뿐이었는데……. 사실은 알고 있었습니다."

말을 마친 온주가 크게 소리 내어 오열하기 시작했다. 생각지 못한 말에 효원의 눈이 튀어나올 듯 커졌다. 늘 확신에 차 있던 그 모습이 거짓이었다니. 아니, 도리어 그래야만 했던 것일지도 몰랐다.

"하지만 그렇게라도 믿지 않으면, 그러면, 정말 어머니는 없는 거니까……."

간신히 말을 마친 뒤 엉엉 우는 온주의 모습에 효원은 마음이 아파왔다. 뭐라 위로를 건네야 할지 몰라, 온주에게 닿으려던 효원의 손이 멈칫했다.

그렇게 멈춰 있는 효원의 손등 위로 토독, 빗방울이 떨어졌다. 작은 빗방울은 순식간에 굵어지더니 소나기가 되어 세차게 내리기 시작했다.

바로 그때였다. 어디선가 따각따각 하고 무언가 움직이는 소리가 들려왔다. 효원은 눈앞을 가리는 빗물을 손으로 훔치며 소리가 나는 곳을 바라보았다. 그러자 믿지 못할 광경이 눈에 들어왔다. 효원이 놀라 소리쳤다.

"저건……!"

목각 어멈이었다. 목이 꺾인 채 걸어와 어느새 온주의 앞에 앉은 목각 인형. 효원의 놀란 목소리에 엎드려 있던 온주가 천천히 고개를 들어 눈앞에 있는 것을 바라보았다.

"어, 어머니!"

목각 어멈 역시 빗물에 흠뻑 젖은 채였다. 하늘에서 쏟아지는 빗물이 목각 어멈의 부러진 얼굴 위로 하염없이 흘러내렸다. 마치 그것이 저를 보며 흘리는 어머니의 눈물 같아 온주는 제 가슴을 움켜쥐었다. 그러고는 몸을 일으켜 천천히 목각 어멈에게 다가갔다.

"어머니, 울지 마세요."

온주가 제 손으로 목각 어멈의 얼굴을 닦아주었다. 아무리 닦아도 빗물은 계속해서 흘렀고 온주의 눈물 또한 멈출 줄을 몰랐다. 사로와 효원은 쏟아지는 빗줄기 속에서 그런 온주의 모습을 안타깝게 바라보고 있었다.

"사로……."

목각 어멈을 붙잡고 오열하는 온주의 모습에 효원은 어찌할 바를 몰라 나지막이 사로의 이름을 불렀다. 역시 슬픈 얼굴로 온주를 바라보던 사로가 효원을 돌아보았다. 그러고는 천천히 고개를 가로저었다. 자신들이 끼어들 때가 아니라고 말하는 듯했다. 효원은 입술을 감쳐물고 다시 온주에게 시선을 향했다. 모든 건 온주의 선택에 달려 있었다.

바로 그때, 비구름이 가득하던 하늘에서 가느다란 한 줄기 빛이 비추었다. 곧이어 한참을 쏟아붓던 빗줄기도 조금씩 잦아들더니 다시 맑은 하늘로 돌아왔다.

급변한 날씨에 온주가 멍한 표정으로 고개를 들어 하늘을 바라보았다. 그러고는 제 손에 든 목각 어멈을 애정 어린 눈빛으로 지그시 내려다보았다. 다시 한번 얼굴을 손으로 닦아주자 목각 어멈의 눈물이 멈추었다. 온주 또한 울음을 멈추고 크게 숨을 몰아쉬었다.

그러더니 무언가 결심한 듯 자리에서 일어난 온주는 나무 아래 땅을 파고는 목각 어멈을 그곳에 조심스레 묻기 시작했다. 다 묻고 나자 마치 작은 무덤과 같은 형태가 되었다.

"그동안 감사했습니다."

그 말과 함께 온주는 큰절을 올리더니 몸을 돌려 앞으로 걸어 나갔다. 그러고는 다시는 뒤돌아보지 않았다.

다시 방랑에 오르는 길, 효원의 입꼬리가 비죽이 올라갔다.

"역시 자네."

그러고는 말을 아끼려는 듯 어험 하고 헛기침을 했다.

"하실 말씀이 있으시면 끝까지 하시지요."

"아, 아닐세."

효원이 사로의 옆모습을 흘끗댔다. 아무것도 모르는 척 산책을 나가자 했지만, 역시 사로는 모든 걸 알고 있었음이 틀림없다는 생각이 들었다. 그리고 그 목각 어멈은 사로가 마침 알맞은 때에 준비하여 조종한 것이 아닐까. 거기까지 생각을 마친 효원이 사로에게 물었다.

"자네는 처음부터 알고 있었던 게 아닌가?"

"무얼 말입니까?"

"목각 어멈 말일세. 그냥 인형에 불과했다는 걸."

"누가 그럽니까? 그냥 인형에 불과하다고?"

"그럼 아니란 말인가?"

"그토록 강한 염원이 깃들면 가만히 있던 인형도 어머니가 되고도 남겠지요."

효원이 끄응 하며 손으로 머리를 감싼 채 괴로워하다 고개를 번쩍 들고는 사로를 빤히 쳐다보았다.

"왜 자꾸 쳐다보십니까?"

"도저히 모르겠단 말일세. 그러니까 어머니란 말인가, 아니란 말인가?"

"어머니라 생각하며 모시고 살면 어머니인 것이지요. 세상일이란 게 그리 무 자르듯 간단히 나눠지는 게 아닙니다."

단호한 사로의 말을 이해하지 못한 효원은 계속해서 고개를 갸웃할 뿐이었다. 그 모습에 사로는 잠시 미소를 짓다 뭔가를 떠올린 듯 '아' 소리를 내며 말을 이었다.

"그런데 조금 놀랐습니다."

"무엇이 말인가?"

"도련님의 오지랖 말입니다. 생각보다 쓸모가 있더군요."

"생각보다라니."

효원은 불퉁한 표정으로 중얼거렸다.

"막무가내였지만 그 덕분에 아이가 진실을 알게 되지 않았습니까."

효원은 그 말을 듣고 금세 으쓱해져선 입꼬리가 슬금슬금 위로 올라갔다.

"이래 봬도 말일세. 내 살던 곳에선 이 몸 덕에 해결된 일이 꽤 있었다네."

자랑스러운 얼굴로 말하는 효원을 바라보다 시선을 저 멀리 옮기며 사로가 말했다.

"물론 진실을 받아들일지는 자신의 의지에 달렸지만 말입니다."

효원은 생각에 잠겼다. 자신의 경험과도 일치하는 이야기였기 때문이다. 언제까지고 피하기만 할 수 없는 진실. 그것을 효원 또한 마주한 덕분에 이 방랑길에 오르게 된 셈이었다.

"아무래도 말일세, 자네를 따라오길 잘한 것 같네."

"그렇습니까."

어떤 부분이 효원을 감동시켰는지는 모르겠지만, 효원은 눈을 반짝이며 말했다.

"그런데 자네는 일어날 일들을 예견하는 건가? 혹시 아까 그 목각 어멈도……."

"도련님께선 제가 무슨 신선이라도 되는 줄 아십니까?"

"그런가, 역시. 그래도 여우……."

저도 모르게 여우의 자식이라고 말하려던 효원이 손으로 제 입을 막아 겨우 멈추었다. 그리고 사로의 눈치를 살폈다. 사로는 이젠 익숙한 모양인지 그런 효원을 빤히 쳐다보다 피식 웃음을 흘렸다. 그러고는 다시 원래의 표정으로 돌아가 입을 열었다.

"여우의 자식이라 한들 모든 걸 다 알아차릴 순 없습니다."

그리 대답하고는 효원을 빤히 쳐다보다 말을 이었다.

"그런데 정말 모르셨습니까?"

"무얼 말인가?"

뜬금없는 질문에 효원이 눈을 크게 뜨며 되물었다.

"온주 님 말입니다."

뒤이어 사로의 입에서 나온 말은 예상외의 것이었다.

"매일 밤 그자가 오기를 기다리고 있었습니다."

"뭐, 뭣이!?"

효원이 놀라 저도 모르게 버럭 소리를 내질렀다. 그런 낌새는 느끼지 못했건만. 효원이 부지런히 제 기억을 더듬어보았다.

"그자가 도둑질을 하루라도 거르게 된다면 목각 어멈은 그저 인형에 불과하게 되니, 도리어 음식을 훔쳐가는 게 다행인 셈 아니었겠습니까."

사로는 어느 날 밤 온조의 모습을 떠올렸다. 사내가 몰래 들어오자 그제야 안심한 듯 눈을 감던 모습. 그리고 저와 잠시 눈이 마주쳤음에도 끝내 모른 척하며 잠을 청하던 그 모습을.

"목각 어멈이 진짜 제 어미라 믿고 싶은 마음이 그만큼 간절했던 것이겠지요."

혼자 남기 두려운 마음이 인형의 모습을 한 가짜 어머니를 만들고, 스스로를 믿게 하기 위해 음식을 훔쳐가는 이를 모른 척했다. 거기다 사실은 인형이 어머니가 아님을 알고 있었다는 고백까지. 그 일련의 과정을 떠올리자 효원은 온주가 더욱 안쓰러워졌다.

"가끔은 진실이 오히려 더 힘든 법입니다. 차라리 모르는 척하는 게 나을 정도로."

"그러게나 말일세……."

효원이 겨우 입을 열어 한마디를 보탰다. 감당하기 힘든 진실. 그 어린아이가 혼자 어찌 버텨낼지 효원은 더더욱 걱정이 되었다.

"어찌 됐든 도련님 덕에 진실을 알게 되었으니, 앞으로 어찌 살아갈지를 결정하는 건 본인의 몫입니다."

효원은 홀로 남겨진 온주가 부디 잘 버텨내기를 간절히 바랐다. 하지만 사로의 말처럼 그 또한 온주 자신의 몫. 무거워진 마음을 대변하듯 효원의 발걸음 또한 조금씩 느려졌다.

❧

"다녀왔습니다."

습관처럼 인사를 하고는 문을 열고 방 안에 발을 들여놓았다. 식객들이 떠난 뒤 방은 전보다도 더 조용한 느낌이 들었다. 든 자리는 몰라도 난 자리는 표가 난다더니. 온주는 조금 쓸쓸한 기분이 들어 괜히 더 부산스레 몸을 움직이며 등을 밝혔다.

앞으로도 온주는 인형 만드는 일을 계속해야 할 것이다. 목구멍이 포도청인 탓이었다. 목각 어멈이 앉아 있던 그 자리엔 또 다른 목각 인형이 앉아 있었다. 마치 무언가 말하려는 듯 가만히 앉아 온주를 바라보고 있었다. 온주 또한 그 인형을 바라보다 다가가 그 얼굴을 천천히 어루만졌다.

금방이라도 '온주야' 하고 제 이름을 부를 것만 같은 착각이 들었다. 저 또한 '어머니' 하고 입에서 나오려는 말을 겨우 집어삼켰다. 그러고는 결심하듯 그 인형을 들어 다른 목각 인형들 사이에 가져다 두었다.

온주가 몸을 일으켜 제 밥상을 차리기 시작했다.

"잘 먹겠습니다."

혼자 말한 뒤 밥상 앞에 앉아 홀로 식사를 시작했다. 더 이상 목각 인형을 향해 건네는 말도, 그 앞에 놓은 밥그릇도 없었다. 조용한 방 안에 울려 퍼지는 건 음식을 씹고 삼키는 제 소리뿐. 익숙지 않은 정적에 온주는 애써 눈물을 삼키며 식사를 계속했다.

그렇게 겨우 식사를 마칠 때쯤이었다. 어디선가 '끼잉' 하고 앓는 소리가 들려왔다. 소리가 난 곳을 향해 고개를 돌리자 눈에 보이는 건 작은 강아지. 추운 밤공기를 피해 온주의 집으로 들어온 모양이었다. 주위를 살펴봐도 그 어미나 형제는 보이지 않았다.

"어쩌다 혼자 온 거야?"

온주는 그리 말하며 강아지를 쓰다듬었다. 따스하고 보드라운 촉감이 마치 저를 위로해 주는 것만 같았다. 그와 동시에 온주의 손 등 위로 참았던 눈물 한 방울이 툭 하고 떨어졌다. 너도 혼자구나.

"너 나랑 살래?"

온주의 말에 답하듯 아기 강아지가 '왕' 하고 짖었다. 마치 혼자 남겨진 제게 누군가가 보내준 선물 같다는 생각에 온주는 울컥했다. 그런 마음을 알아차린 것처럼 강아지는 온주의 손에 더욱 몸을 기대어 비볐다. 작은 몸의 진동이 손을 타고 느껴졌다.

"잠시만."

온주가 강아지에게서 손을 뗀 뒤 제가 먹던 밥과 국을 작은 그릇에 덜어 강아지 앞에 놓아주었다. 강아지는 배가 고팠는지 허겁지겁 국물을 핥아먹기 시작했다.

"그래그래, 많이 먹어."

강아지를 바라보는 온주의 입가에 희미한 미소가 걸렸다.

식사를 끝낸 뒤 강아지가 제게 다시 다가오더니 배를 보이며 발랑 드러누웠다. 온주는 강아지의 배를 살살 만져주었다. 살아 있는 따뜻한 몸과 부드러운 털, 그리고 제게 가만히 시선을 맞춰오는 눈. 아기 강아지 한 마리가 들어온 것뿐인데 신기하게도 비어 있던 공간이 꽉 찬 것만 같았다. 그만큼 비어 있던 제 마음도 조금씩 차오르는 기분이었다.

한참을 그러다 불쑥, 이제는 진짜를 살아가고 싶다는 마음이 들었다. 그런 온주의 마음을 응원하듯 강아지가 '와앙' 하고 크게 짖었다.

四.

차오르는 술잔

처음부터 묘한 남자였다. 행색으로 보아하니 어느 집 귀한 도령쯤 되었으려나. 회색빛이 감도는 옷은 빛에 비춰지 방향에 따라 황금빛이 돌기도 했다. 황금빛이라니, 그게 어디 가당키나 한 일인가. 곰쇠가 고개를 작게 흔들었다.

머리가 멍했다. 곰쇠가 미간을 찌푸린 채 관자놀이를 문질렀다. 상단*창고를 확인한 뒤 방으로 돌아오던 길이었다. 요즘 가뜩이나 도둑들이 난리니 더더욱 꼼꼼히 관리하라던 도방**의 목소리를 떠올리며 부지런히 발걸음을 옮기던 그때, 어디선가 술 냄새가 풍겨왔다. 상단에서 일하며 나이 서른이 될 때까지 전국에 안 먹어본 술이 없었다. 그런 저조차도 처음 맡아보는 향이었다. 어디 막걸리 집에서 새로운 술이라도 만든 것인가. 곰쇠는 코를 벌름거리며 주변

─────────────

* 장사를 업으로 삼는 사람들의 집단.
** 상단의 경영자.

140

을 살피다 그 남자와 마주쳤다.

"한잔하시겠습니까?"

남자에게서 나는 향이었다.

"무슨 술입니까?"

남자의 얼굴은 기억나지 않았다. 그저 술, 술이 궁금했다.

"아주 기가 막힌 술이지요. 아무나 맛볼 수 없는."

남자의 말에 곰쇠의 목구멍으로 침이 꼴깍 넘어갔다. 그 술을 맛보고 싶다. 그런 강렬한 생각만이 곰쇠의 머릿속을 지배했다.

"따라오시지요."

곰쇠가 순순히 남자를 따라나섰다. 어디로 향하는지는 알 수 없었다. 평소라면 절대 하지 않았을 행동이었다. 술 향기에 이끌려 정체도 알 수 없는 남자를 따라간다는 게.

그리고 지금이었다. 곰쇠는 제 앞에 앉은 남자를 알아보려 애썼지만 도무지 얼굴이 자세히 보이지 않았다. 어딘가 현실감이 없는 저 희멀건 얼굴하며 위로 쭉 찢어진 눈, 그리고 옹졸해 보이면서도 비밀을 품고 있는 듯한 작은 입이 희미하게만 보여 조금은 섬뜩한 기분이 들기도 했다.

애초에 어디쯤에서 남자를 만났는 지도 기억나지 않았다. 정신을 차려 보니 남자와 방 안에 마주 앉아 있었다. 제 방도 아니고, 그렇다고 드나들던 기방이나 주막도 아니다. 처음 보는 말끔한 방 안에 오직 자신과 그 남자뿐이었다. 술병과 술잔을 올려둘 탁자조차 없었다.

곰쇠를 지그시 바라보던 남자가 바닥에 있던 술병을 천천히 집어 들었다. 남자의 작은 입이 비죽이 올라갔다. 왜인지 긴장되어 침을 꼴깍 삼켰다. 아무리 제 눈을 비벼 보아도 여기가 어딘지, 남자가 누군지가 뚜렷이 보이지 않았다. 이젠 그 기묘함이 도리어 기대를 더해주었다.

"꽤나 독한 술인데 드시렵니까?"

남자의 한마디에 괜한 승부욕이 발동했다. 물론 제 주량에는 자신이 있었다. 상단 사람들 모두가 알아주는 애주가이자 술고래였으니. 아무래도 이 남자도 그런 저를 알고 이 방에 초대한 게 분명했다.

"물론이오."

곰쇠가 호기롭게 대답하고 술잔을 집어 들었다. 순간 곰쇠의 눈이 제 손에 들린 술잔을 향했다. 굳이 따지자면 주기(酒器)에는 취향이랄 게 없었다. 그런데 이 술잔은 만듦새가 아주 훌륭했다. 가벼우면서도 손에 쥐기에 편하다. 술맛이 더 돈다고나 할까. 애주가에겐 더없이 좋은 술잔이다. 게다가 여러 색이 감도는 빛깔도 오묘했다. 대체 어느 훌륭한 도공이 만든 것인지.

"안 드십니까?"

남자의 말에 멍하니 술잔을 보던 곰쇠가 술잔을 들어 술을 마셨다.

'훌륭하다.'

역시 제 예감이 맞았다. 술맛도 보통이 아니거니와 술잔이 그 맛을 더했다. 곰쇠가 입맛을 다시며 술잔을 내려놓자 남자의 시선이 술잔을 향했다. 또다시 그 작은 입이 슬며시 미소를 띠었다.

"술맛이 별로십니까? 역시 상단에서 일하시다 보면 여러 진미를 맛보셨겠지요."

"아닙니다, 왜 그런."

남자의 말에 곰쇠가 손사래를 쳤다. 그나저나 내가 상단에서 일한다는 것도 말했던가. 곰쇠가 그런 생각을 하며 남자의 시선을 따라 술잔을 내려다보았을 때였다.

"이럴 수가."

곰쇠가 놀란 나머지 눈을 크게 뜨며 숨을 내쉬었다. 분명 술잔에 든 술을 단숨에 입안에 털어 넣었다. 게다가 술잔은 제 손의 반도 안 되는 작은 크기였다. 그럼에도 술은 처음과 같이 술잔에 가득 채워진 채였다.

"어째서……."

곰쇠가 당황한 얼굴로 다시 술잔을 들어 입으로 가져갔다. 역시 이번에도 술맛이 좋았다. 기분 좋게 술잔을 내려놓던 곰쇠의 눈이 또다시 커졌다. 아직도 술잔엔 술이 가득했다.

"자신 있으시다더니 그것도 아닌가 봅니다."

"무슨 소립니까. 내가 이래봬도 상단에서도 알아주는 술고래입니다!"

남자의 말에 발끈한 곰쇠가 호기롭게 소리치고는 다시 술잔을 입에 가져갔다. 그리고 소리 나게 술잔을 내려놓았다.

어디 이번에도. 비어 있을 술잔을 기대하며 들여다보았지만 여전히 그 안엔 술이 가득 차 있었다. 어지간히 취한 걸까. 떠올려 보면 이상하기 짝이 없는 일이었으나, 그 일이 반복되자 곰쇠는 오기가 생겼다. 그렇게 남자의 앞에서 몇 번이고 잔에 든 술을 마시고 또 마시다 까무룩 정신을 잃고 말았다.

눈을 떴을 땐 어찌된 일인지 동이 터오는 무렵 저잣거리 한가운데에 대자로 누워 있었다. 그것도 속고의만 입은 채로. 놀란 곰쇠가 후다닥 몸을 일으켰다. 이른 새벽이라 아직 인적이 드문 게 다행이었다. 어찌저찌 집에 도착한 곰쇠는 제 꼴을 보고 놀란 상단 사람들에게 입단속을 시켰다. 그런데…….

"이게 무슨 일이냐!"

문단속을 했을 게 분명한 창고 문이 활짝 열려 있었다. 헐레벌떡 안을 확인하자 팔아야 할 물건들이 듬성듬성 비어 있었다. 곰쇠는 버럭 화를 냈다.

"대행수⁺가 문을 열라 하지 않았습니까."

"뭣이!?"

"꼭 가져가야 할 곳이 있다면서 쌀 한 포대기와 이것저것을 챙겨 가셨습니다."

"내가?"

"예에, 기억 안 나십니까?"

"내가, 내가 말이냐?"

당황한 곰쇠가 말을 더듬었다. 그러자 사환⁺⁺ 중 하나가 곰쇠를 이상하다는 눈빛으로 바라보며 대답했다.

⁺ 도방을 보좌하며 상단을 운영하는 실질적 책임자.
⁺⁺ 상단에서 잡무와 기초 업무를 담당하는 직원.

"다들 말리는데도 억지로 가지고 가셨습니다."

심지어 자신을 말리려는 몇몇에게 주먹까지 휘둘렀다 한다. 도무지 믿을 수 없는 사실에 곰쇠는 마치 악몽을 꾸는 것만 같았다. 그런 곰쇠를 바라보는 상단 사람들의 시선이 묘했다. 아무래도 저의를 의심 중인 것 같았다. 그 시선에 곰쇠의 얼굴이 새하얗게 질렸다.

"내가 한 게 아니다, 내가 아니야!"

그러나 그 말을 믿어줄 리 없었다.

간밤의 일을 알게 된 도방은 곰쇠를 관아에 고발했다. 평소 술버릇도 좋지 않았던 곰쇠를 믿고 일을 맡겼던 만큼 괘씸죄가 추가됐다. 그 결과 곰쇠는 곤장 열다섯 대를 맞고 앓아누웠다.

다행히 그간의 정이 있어서인지 상단에선 곰쇠를 완전히 내치지 않았다. 대신 가져간 물건을 다시 들고오라는 조건이 붙었다. 단순히 술에 취해 벌인 행동이라고 믿는 눈치였다. 하지만 이 모든 상황을 곰쇠는 납득하기 힘들었다. 제가 그랬을 리 없다. 이 나이 먹도록 아무리 술에 취했어도 기억을 잃은 적은 없었다. 게다가 상단의 물건에 손을 대다니. 뭘 가져갔는지 기억도 나지 않는 물건들을 대체 어디서 다시 찾아온단 말인가.

절망에 빠진 곰쇠가 순간 묘한 남자와의 만남을 떠올렸다.

'설마.'

이 모든 게 그 남자와의 만남에서 시작된 것일지 모른다는 생각이 들었다. 그리고 끝도 없이 다시 차오르던 술잔. 몇 번이고 그 남자와의 만남을 떠올리다 곰쇠는 순간 오싹한 기분이 들었다. 마치 귀신에게 홀리기라도 하듯 어디선가 묘한 남자의 웃음소리가 들리는 것만 같았다.

❦

바다가 보이는 서쪽 마을이었다. 새파란 바닷물에 반짝이는 윤슬과 부서지는 파도. 무더운 여름 날씨가 바다의 매력을 더해주었다. 마을에 도착하자마자 눈앞에 펼쳐진 멋들어진 풍경에 효원의 커다란 눈이 더욱 반짝였다. 옛 문인들이 물가에서 시를 읊은 것도 이러한 이유에서였겠구나. 저 멀리 보이는 풍경만으로 효원은 마음이 벅차올랐다. 잰걸음으로 바닷가에 가서 숨을 크게 들이켜자 코에서 짭조름한 바다 내음이 느껴졌다.

"이렇게 바다를 가까이서 보는 건 처음일세."

그리 말하는 효원의 목소리에선 설렘이 느껴졌다. 그도 그럴 것이 효원이 자란 곳은 바다는커녕 가마를 타고 한참 나가야 그나마 강이라도 볼 수 있는 곳이었다. 그러니 이리 눈부시고 맑은 바다를 사로처럼 덤덤하게 바라볼 수 있을 리 만무했다.

바다를 접한 마을답게 항구에는 여러 척의 배가 정박되어 있었다. 그 주변으로 짐을 싣고 나르는 상인들의 모습이 보였다. 자연스레 형성된 저잣거리엔 주막마다 사람들이 꽉꽉 들어차 있었다.

"좀 더 둘러보시겠습니까?"

사로의 말이 들리지도 않을 만큼 효원은 바다에 푹 빠져 있었다. 그런 효원을 쳐다보던 사로는 짐 속 금두꺼비와 눈빛을 교환하고는 고개를 끄덕였다.

"도련님, 그럼 방을 알아보고 올 테니 여기 계십시오."

"알았네."

다행히 그 말은 귀에 들어왔는지 효원이 대답했다. 여전히 시선은 바다에 고정된 채였다. 그렇게 효원이 바다를 구경하는 사이 사로는 방을 구하기 위해 동분서주했다. 평소라면 그리 어렵지 않았을 테지만 어째 가는 날이 장날이었다. 마을 전체가 왠지 북적이며 들떠 있어 동네 사람에게 이유를 물었다.

"어제부터 엄청나게 큰 상단이 와 있어서 말이여. 우리야 살판 났지."

바다 건너 이국에 다녀온 대형 상단이 하필 어제부터 이 마을에 체류 중이라는 소식이었다. 사람들이 꽉꽉 들어찬 건 주막뿐만이 아니었다. 큰 방이고 작은 방이고 묵을 곳 구하기가 하늘의 별 따기였다.

결국 사로가 구한 방은 오르막길에 위치한 작디작은 방. 많이 낡았지만 남은 게 그 방뿐이니 싫으면 말라는 게 주인장의 이야기였다. 둘의 입장에선 이 방이 아니면 남은 선택지는 노숙뿐. 그러니 선택의 여지가 없었다. 그나마 오르막에 있어 바다가 한눈에 내려다보인다는 것을 위로 삼아 사로와 효원은 묵묵히 길을 올랐다.

"그래도 바닷가 마을이니 맛있는 해산물이 많지 않겠는가."

힘겹게 언덕을 오르면서도 먹을 생각을 하니 효원의 입가에 미소가 피어올랐다. 아까 어부들이 그물로 끌어 올리던 싱싱한 생선들이 떠오른 탓이었다. 그렇게 입맛을 다시며 도착한 방은 효원의 식욕을 싹 가시게 하기에 충분했다.

"이게 뭔가."

좁은 것은 둘째 치고 이 정도면 폐가가 아닐까 싶을 정도로 낡은 집이었다. 조금만 잘못 건드리면 폭삭 내려앉을지도 모른다는 생각이 들었다. 거기다 마치 동굴처럼 어두컴컴하고 축축한 것이 며칠은커녕 최소 몇 년은 방치된 듯했다. 가뜩이나 무더운 날씨에 이런 곳이라니. 절망적인 표정을 한 효원이 발을 들여놓지도 못한 채 방 앞에 우두커니 서 있었다.

"남은 방이 이곳뿐이라 하니 어쩔 수 없지요."

사로는 그런 효원의 반응에도 아무렇지 않은 말투로 대답하고는 신을 벗은 뒤 방 안으로 척척 걸어 들어갔다. 머리 위로 휘휘 젓는 손에 걸리는 거미줄은 덤이었다. 그 광경에 효원은 또 한 번 경악했다. 쥐가 뛰어다니는 방에도 몇 번 묵어봤지만 이 방은 그 정도의 수준이 아니었다. 더 큰 문제는 이곳저곳에 덕지덕지 붙은 부적과 그림들.

"아마 신당으로 쓰던 방인 모양입니다."

"귀신이라도 나올 것 같네."

효원의 목소리에서 떨림이 느껴졌다. 어디든 벌렁 드러눕던 효원이었지만 이번만큼은 얘기가 달랐다. 사로가 효원을 돌아보며 작게 웃음 섞인 한숨을 내쉬었다.

"도련님."

효원은 여전히 절망 속에서 헤매고 있는지 대답이 없었다.

"제가 대충이라도 정리를 할 테니 잠시 기다리시겠습니까?"

"그, 그래 주겠나. 고맙네!"

효원은 거의 울기 일보 직전이었다. 커다란 장정 하나가 방 안에 들어서지 못한 채 쭈뼛대고 있는 동안 사로가 날렵한 동작으로 방 안을 싹싹 정리해 나갔다. 부적을 떼고 정체 모를 이상한 것들을 모두 내다 버렸다. 그 모습을 지켜보던 금두꺼비가 효원을 보며 꽤꽥, 울었다. 마치 덩칫값도 못하는 저를 놀리는 듯해 효원은 발끈했지만 틀린 것도 아니라 그저 입을 다물 수밖에 없었다.

사로의 노고 덕에 거미줄이 드리워 있던 입구도 어느새 멀끔해졌고 방 안의 으스스한 느낌은 조금 사라졌다. 주변을 쏘다니던 쥐들도 사로가 쫓아 보냈다. 금두꺼비도 그제야 안으로 몸을 들여놓았다. 대단히 만족스러운 상태는 아니었으나 효원은 애써 좋은 점을 상상하려 애썼다. 생각을 마친 효원이 입맛을 다셨다.

여차저차 짐을 푼 뒤 효원이 그토록 원하던 싱싱한 해산물을 먹으러 갔다. 고소한 냄새를 풍기는 새우구이부터 윤기가 도는 생선회, 입맛을 돋우는 시원한 해물 냉국까지. 하나같이 먹음직스러운 음식뿐이었다. 바다를 앞에 두고 즐기는 식사에 황홀해진 효원은 눈을 감은 채 맛을 음미했다.

"이게 방랑의 묘미가 아닐까 싶네."

이곳저곳을 떠돌며 더 큰 세상을 보고 배우고 싶다 했던 게 아직도 생생하건만 효원은 눈앞의 음식에서 방랑의 의미를 찾은 듯했다. 사로는 효원의 말에 작게 웃으며 바다로 시선을 돌렸다. 저 또한 바다를 보는 일은 흔치 않았다. 게다가 누군가와 함께 바다를 본 건 이번이 처음이었다. 눈앞의 저 바다가 제게도 특별한 기억으로 남을 것 같다는 생각이 들었다.

그렇게 시간을 보내고 방으로 돌아오는 길. 효원은 벌써부터 몸과 마음이 축 처졌다. 다시 그 음침하고 축축한 방에서 머물러야 한다는 사실 때문이었다. 그러나 몇 시진이 지나자 어느새 익숙해졌는지 요를 깔고 드러누운 모습이 자연스러웠다. 효원이 그리 여독을 푸는 사이 사로의 눈매가 가늘어졌다.

"도련님."

효원을 부르는 사로의 목소리가 묘하게 가라앉아 있었다. 그 목소리에 놀란 효원이 누워 있던 몸을 일으켜 사로를 획 돌아보았다.

"무슨 일인가."

"도련님 옷가지가 널브러져 있습니다. 정리를 좀 하시지요."

어느덧 편해진 탓인지 사로의 말대로 방바닥엔 제 옷가지가 널려 있었다. 그 위에 앉은 금두꺼비가 사로의 말에 동의하듯 진지한 표정으로 꽥 소리를 냈다. 그 덕에 따뜻하게 앉아 있던 주제에. 효원이 얄미운 마음에 금두꺼비를 잠시 흘겨보았다.

"아, 알았네. 정리하겠네."

효원은 금두꺼비가 앉아 있던 옷가지를 획 잡아 뺐다. 효원의 기대와는 달리 금두꺼비는 나자빠지기는커녕 날렵한 움직임으로 펄쩍 뛰어오르더니 다시 아무 일 없었다는 듯 맨바닥에 얌전히 착지했다.

꽤꽥—

그러고는 효원 보라는 듯 소리를 냈다. 효원은 마치 집에서처럼 잔소리를 듣는 것만 같아 잠시 아연했다. 그러나 이번에 머물게 된

방이 유독 좁은 탓에 잔소리하는 사로의 마음 또한 충분히 이해가 갔다. 어째 이번 방은 이리도 좁은 것인고. 효원이 속으로만 생각한 말에 사로는 대형 상단이 미리 숙소를 다 차지하는 바람에 방이 이 곳밖에 없었다며 대답해 주었다.

"그렇구먼."

제 생각을 읽었다는 것도 깨닫지 못한 채 효원은 작게 대답했다. 좁은 방 때문에 사로가 더 예민해진 것 같아 효원은 눈치가 보였다. 거기다 지저분하고 낡아서인지 방 주변으로 쥐가 찍찍대며 뛰어다니는 소리가 들려와 효원까지 기분이 나빠졌다.

"도련님."

"또 무슨 일인가."

사로는 말없이 손가락으로 바닥을 가리켰다. 더 이상 말하기에도 입이 아프다는 것일까.

"그런가. 미안하네."

"방이 이런 만큼 조금 더 신경 써주셨으면 합니다."

"아, 알았네."

하지만 그걸로 끝이 아니었다.

"도련님."

이 방에 머문 지 반나절 만에 벌써 열 번은 불린 것만 같아 효원은 참다 참다 한마디 했다.

"자네 무슨 날을 잡기라도 한 겐가."

"날을 잡다니요."

"이 몸을 괴롭히는 날 말일세."

"그게 아니라."

사로가 감정을 추스르려는 듯 잠시 말을 멈추고는 눈을 감았다가 겨우 입을 뗐다.

"이 좁은 방바닥에 손발톱까지 굴러다니지 않습니까."

도저히 못 참겠다는 표정이었다. 아까 제가 손발톱을 정리한 건 사실이지만 사로의 그 말을 마지막으로 효원은 폭발했다.

"그만 좀 하게! 언제부터 그리 깔끔을 떨었다고. 자네가 살던 그 산 구석에 비하면 양반 아닌가. 그리고 애초에 방이 이리 좁고 후진 것을 나보고 어쩌란 말인가!"

방귀 뀐 놈이 성낸다더니, 딱 그 격이었다. 하지만 그런 반성을 할 새도 없이 효원은 문을 벌컥 열고는 밖으로 뛰쳐나갔다. 저 방에 더 있다가는 답답한 마음에 정신이 이상해질 것 같다는 생각에서였다.

효원이 떠난 방 안에는 사로와 금두꺼비가 덩그러니 남겨진 채 사라져 가는 효원의 뒷모습을 멀뚱히 바라보고 있었다.

꽈괙—

"그러게나 말입니다."

마치 대화하듯 사로가 금두꺼비의 소리에 맞장구를 쳤다.

"뭐든 겪어봐야 알지 않겠습니까."

사로가 금두꺼비에게 그리 말을 건네고는 작게 한숨을 내쉬었다. 철없는 아들을 둔 부모의 심정이 이런 것일는지. 그런 뒤 방바닥을 청소하려다 멈칫하고는 다시 몸을 일으켰다. 그래, 역시 뭐든 겪어봐야 아는 법이니.

졸지에 철없는 아들이 되어버린 효원은 씩씩대며 저잣거리를 향해 걸어 내려갔다. 상단이 미리 숙소를 차지해 이 방밖에 없었다고? 천만에. 그럴 리가 없었다. 제가 아는 사로라면 이런 상황 또한 예견했을 터. 어쩔 수 없이 저런 좁은 방에 묵게 된 게 아니라 저를 괴롭히려 일부러 저곳으로 간 게 분명하다.

그런 생각까지 들자 효원은 사로가 점점 미워지기 시작했다. 제가 고생하는 꼴을 보며 몰래 웃는 모습을 평소에도 본 것도 같았다. 나를 고생시키려 일부러 이 방랑길에 데려온 것이 아닌가. 애초에 제가 데려가 달라 청한 것이었거늘 힘든 상황에 내몰리자 생각은 꼬리에 꼬리를 물고 점점 망상으로 이어지고 있었다. 그 이상한 방 때문일지도 몰랐다.

꼬르륵.

그 와중에도 배는 착실히 고파왔다. 효원이 주린 배를 손으로 부여잡았다. 아직 저잣거리에 이르기도 전, 언덕을 막 내려온 참이었다. 그러고 보니 저녁을 먹어야 할 때였다. 저녁 식사 자리에도 나올 맛있는 해산물을 기대하고 있었거늘 왜 하필 밥도 먹기 전에 성을 낸 것인지. 효원은 잠시 제 성질머리를 책망하며 떠나온 곳을 돌아봤다. 하지만 벌써 돌아가기엔 모양이 빠진다는 생각이 들었다. 그러니 밖에서 배를 채우고 돌아가야 했다. 생각을 마친 효원이 옷에 달린 주머니를 급히 살펴보았다.

"어디 보자, 돈이……."

하지만 주머니엔 멀건 국밥 한 그릇 겨우 먹을까 말까 한 엽전 몇 푼뿐. 그 정도로 찰 배가 아니었다. 효원이 곤란한 표정으로 중얼거렸다.

"이를 어쩐다."

이럴 줄 알았다면 돈이라도 좀 챙겨 나올 것을. 그렇게 망설이고 있을 때였다.

"도움이 필요하신지요?"

갑작스레 들려온 목소리에 놀란 효원이 고개를 휙 돌렸다. 당연하게도 제가 아는 목소리는 아니었다.

"저잣거리로 가던 참인데 곤란해 보이셔서 저도 모르게 말을 걸었습니다."

상대가 효원의 의아한 시선을 느꼈는지 덧붙이듯 말했다. 효원은 찬찬히 상대의 얼굴을 살폈다. 우선 목소리에서 느껴진 성별은 남자. 하지만 이상하게도 마치 햇빛에 눈이 부신 것처럼 남자의 얼굴이 제대로 눈에 들어오지 않았다. 겨우 보이는 건 기분 좋게 웃고 있는 남자의 입매. 그럼에도 효원은 왠지 모를 호감을 느꼈다.

"마침 말벗이 필요하던 참인데 함께 식사라도 어떠신지요? 물론 제가 사겠습니다."

저 또한 말벗과 함께하는 식사가 필요하던 참이었다. 정확히는 말벗보다는 식사가 더. 그러니 남자의 말에 그를 향한 효원의 호감은 극대화될 수밖에 없었다. 거기다 남자의 차림새로 보아 신분은 중인 정도 되었을까. 옷에 주렁주렁 달린 화려한 장신구로 보아하니 보통 재력은 아닌 듯했다. 사 준다는 식사가 허접한 것이 아니리라는 기대가 들었다.

"초면에 이것 참. 그럼 신세 좀 지겠습니다."

그러고는 호탕하게 웃는 효원의 얼굴을 남자가 지그시 바라보았다. 여전히 자세히 보이지 않는 남자의 얼굴이 잠시 마음에 걸렸으나 효원에겐 그보다 더 중요한 일이 있었다. 바로 맛있는 식사. 남자와 함께 저잣거리로 향하는 효원의 발걸음이 더없이 가벼웠다.

　남자가 효원을 데려간 곳은 돈깨나 썼을 법한 화려한 주점. 평소 사로와 묵던 주막들과는 차원이 다른 곳이었다.

　"허어, 참으로 멋진 곳이구먼."

　효원이 감탄하듯 중얼거렸다. 술을 즐기지 않더라도 이런 자리를 굳이 마다할 이유는 없었다. 게다가 좁고 불편한 숙소에 심신이 지친 터였다. 그러니 이 상황이 누구보다 반가울밖에.

　"그……."

　"서 공자라 불러주시면 됩니다."

　무어라 불러야 할지 망설이던 효원의 마음을 귀신같이 눈치챈 남자가 자신을 소개했다.

　"서 공자, 이리 좋은 대접을 해주어 정말 고맙소이다."

　이 얼마만의 따뜻하고 푹신한 자리란 말인가. 널따랗고 따뜻한 방바닥에 폭신하고 부드러운 방석. 만족스러운 마음에 효원의 입꼬리가 하늘 높은 줄 모르고 올라갔다. 눈앞의 서 공자라는 자는 씀씀이만큼이나 마음도 넉넉한 것 같았다.

　"말씀 편하게 하시지요. 상단에서 일하며 재산은 쌓았으나 신분이 미천합니다."

　겸손함까지. 서 공자의 이어진 한마디에 효원은 감격하며 고개를 크게 끄덕였다. 아무래도 두고두고 알고 지내야 할 귀한 인연이라는 생각마저 들었다.

"그나저나 서 공자는 어찌 이곳에 온 겐가?"

"상단 일을 하다 보니 이곳저곳을 떠돌아다닙니다."

"허어, 그렇군."

서 공자는 제가 속한 상단에 대해 효원에게 설명해 주었다. 효원은 처음 듣는 이야기에 흥미로운 표정으로 귀를 쫑긋 세우고는 집중했다. 깐깐한 도방이며 함께 일하는 사환들의 이야기, 거기다 배를 타고 이국에 갔던 이야기까지. 효원에겐 무엇 하나 새롭지 않은게 없었다.

서 공자와 담소를 나누는 사이 어느새 식사가 차려져 있었다. 커다란 밥상에 효원의 눈이 휘둥그레졌다. 두툼한 고기에 귀하디귀한 삼(蔘), 거기다 이국의 과일까지. 평소 제 집에서조차 보기 힘들었던 신기하고 귀한 음식들이 가득했기 때문이었다.

"아니, 이리 귀한 것들을 어찌."

"말씀드렸다시피 상단에서 일하다 보니 새로운 것을 접할 기회가 많습니다."

"아무리 그래도……."

처음 만난 저를 위해 이렇게까지. 보통이라면 저의를 의심할 정도의 과한 호의였다. 하지만 사람에 대한 경계심이 적은 효원에게 서 공자는 그저 좋은 사람으로 비칠 뿐이었다. 효원은 감동한 표정으로 눈앞의 진수성찬을 바라보았다.

"어서 드시지요."

서 공자가 효원에게 권하자 효원은 예의상 하는 거절 한마디 없이 바로 수저를 들었다. 배가 고팠던 만큼 입에 들어가는 모든 음식이 꿀맛이었다. 시장이 반찬이라더니 딱 그러했다. 게다가 보통 음식도 아닌 희귀한 음식들이었다. 그간 배를 채워온 허섭한 음식들과는 수준이 달랐다.

"입에 맞으십니까?"

"맞다마다. 내 오늘 이리 귀하고 맛있는 음식을 맛볼 줄은 몰랐네."

효원은 양반의 체면을 내려놓은 채 입안 가득 음식을 넣고 씹기 시작했다. 서 공자의 얼굴이 슬며시 웃는 것도 같았다. 여전히 그 얼굴은 안개에 싸인 듯 뚜렷이 보이지 않았음에도 효원은 전혀 이상함을 느끼지 못하고 있었다. 눈앞에 보이는 음식과 따뜻하고 쾌적한 방, 그것이 주는 안락함에 완전히 취해 있었다.

"이런 자리에 음악이 빠져서야 되겠습니까."

서 공자가 그리 한마디를 꺼내자 어디선가 거문고 소리가 들려왔다. 효원이 주위를 둘러보자 어느새 거문고를 켜고 있는 여인의 모습이 보였다. 저 여인이 언제부터 저기에 있었는고. 효원의 기억이 희미해졌다. 하지만 그런 희미해진 머릿속을 또렷이 할 의지마저 들지 않았다. 그저 지금 이 음악과 이 자리를 즐기고만 싶었다.

"역시 풍류를 아는구먼."

이를 시작으로 효원의 입에서 서 공자를 향한 칭찬이 쏟아지기 시작했다.

"누구와는 정반댈세. 아주 마음에 들어."

"누구라 하심은?"

"그런 자가 있네. 풍류라고는 하나도 모르고 그저 잔소리만 해대는 자가."

어느 정도 배가 차고 음악이 귀에 들어오자 효원의 마음이 더욱 느슨해졌다. 그런 효원을 눈치챘는지 서 공자가 슬그머니 술병을 꺼내 들었다.

"속상한 마음은 술로 달래야지요."

"술?"

집안 내력으로 술을 금지당한 탓에 효원은 술맛을 잘 알지 못했다. 하지만 몸과 마음이 풀어진 지 오래였다. 서 공자가 제게 주는 즐거움이 하나 더해진다는 생각에 효원은 더욱 흐뭇해졌다.

"이게 나라님께도 진상된 적 있는 술입니다."

"이런 귀한 술을……."

효원은 또 한 번 감탄했다. 어찌 이리 좋은 자가 있단 말인가. 제가 너무 사로와 붙어 다닌 탓에 이런 좋은 벗을 만날 기회를 잃었던 게 아닌가 하는 생각까지 들 정도였다.

서 공자가 효원의 술잔에 술을 따라 주었다. 효원이 술잔을 들어 찬찬히 그것을 살펴보았다. 오색이 감도는 특이한 술잔. 그리고 그 술잔 안에 든 맑은 술을 보니 효원은 절로 입맛이 돌았다. 천천히 술 잔을 입에 가져다 대고 술을 입에 털어 넣었다. 입에 감도는 술맛이 일품이었다.

"이게 술맛이구먼."

효원이 맛을 음미하듯 슬며시 눈을 감고는 고개를 끄덕였다. 음 식과 음악, 거기다 술까지. 삼박자가 맞아떨어지자 효원의 마음은 완전히 활짝 열려버렸다.

"너무 지쳐서 말일세."

효원은 고개를 푹 숙이며 한숨을 내쉬고는 솔직한 속마음을 털어놓기 시작했다. 만난 지도 얼마 안 된, 서 공자라는 이름만 아는 정체 모를 자에게.

"무엇이 그리 지치셨습니까?"

서 공자가 안타까운 목소리로 묻자 효원은 저도 모르게 울컥해 제 마음을 쏟아냈다.

"벗을 따라 이리저리 떠도는 중인데 말일세. 아무래도 그 벗이 날 괴롭히는 재미에 빠진 것 같네. 매번 좁아터지고 지저분한 곳에서만 머물려 하질 않나. 방을 어질러놨다고 수십 번 잔소리를 하질 않나."

사실 매번 그런 곳에서만 머물진 않았으나 흥분한 효원의 머릿속에 그런 사실은 지워진 지 오래였다.

"아이고, 그러셨군요. 도련님께서 참 힘드셨겠습니다."

서 공자는 효원의 술잔을 바라보았다.

"한 잔 더 드시지요."

효원이 제 손에 들린 술잔을 내려다보았다. 분명 다 마신 줄 알았는데. 저도 모르는 사이 채워진 술잔에 효원이 어리둥절하다 다시 술을 단숨에 들이켰다. 서 공자가 재치 있게 제 술잔을 채워준 모양이라 생각했다.

"아까도 말일세. 방에 옷가지가 너저분하게 널려 있다며 나를 벌레 보듯 쳐다봤다네. 내가 벌레라도 된단 말인가?"

한번 서러움을 쏟아내기 시작하자 효원의 한탄은 끝도 없이 이어졌다. 말하고 있는 스스로도 놀랄 정도였다. 급기야는 제 과거까지 털어놓기 시작했다.

"내가 이래 봬도 우리 집안에선 귀한 막내 도련님이라네."

"그러시군요. 그런데 어찌 그런 천것과 다니게 되셨습니까?"

"천것…… 은 아닐세. 자네 말 가려서 하게나."

그 와중에 사로를 홍보는 제 말을 효원이 지적하자 서 공자의 입꼬리가 약간 배뚤어졌다. 대체 어느 장단에 맞추라는 건지. 그러나 금세 미소를 머금고는 효원의 말을 경청했다.

그 후로도 계속해서 길어지는 효원의 한탄에도 서 공자는 그렇군요, 아이고 저런, 하고 적당한 추임새를 넣으며 열심히 이야기를 들어주었다. 그 탓에 말이 더 길어진 것도 있었다.

한창 얘기에 빠져 있던 효원이 미간을 찌푸리며 손에 들린 술잔을 들여다보았다. 시야가 맑지 않아 집중하기가 힘든 모양이었다. 분명 잔이 비어 있던 것 같은데. 효원이 고개를 갸웃하고는 서 공자를 쳐다보며 물었다.

"방금 술잔에 술이 차오르지 않았는가?"

"무슨 말씀을. 벌써 취하신 모양입니다."

"그런가. 비어 있었는데."

그리 중얼거리는 효원의 발음이 스스로 듣기에도 꼬여 있었다.

"한 잔 또 드시지요."

서 공자의 권유에 한 잔을 비우고, 또 비우고. 그러자 이번엔 눈꺼풀이 점점 무거워졌다. 돌덩이라도 얹어놓은 것처럼 눈꺼풀이 천천히 내려가더니 굳게 닫혔다.

눈을 떴을 때 효원은 어딘가에 묶여 꼼짝할 수 없었다. 그리고 저 멀리 보이는 사로의 모습.

"사로, 사로!"

아무리 소리쳐 봐도 사로는 들리지 않는 모양이었다. 그러다 사로의 옆에 선 자를 보고 효원의 말문이 턱 막혔다. 그는 다름 아닌 효원 자신이었다.

평소와 다를 바 없이 길을 떠나는 둘의 뒷모습. 하지만 효원의 뒤로 기다란 꼬리가 보였다. 어찌 사로는 저것을 보지 못한단 말인가.

"사로, 그자는 내가 아닐세! 가짜일세!"

목이 터져라 소리쳤지만 결국 둘의 뒷모습은 점점 더 멀어져만 갔다. 그리고 저는 여전히 꽁꽁 묶인 채……

"……도련님?"

서 공자의 부름에 효원이 눈을 떴다. 꿈이었나. 깜빡 잠이 든 모양이었다. 효원이 눈을 비비며 잠을 깨려 애썼다. 그러고는 눈을 껌뻑이다 자리에서 벌떡 일어났다. 아무래도 꿈자리가 사나운 것이 사로에게 무슨 일이 생길지도 모르겠다는 생각이 들었다.

"이제 돌아가 봐야겠네."

"예?"

당황한 서 공자의 얼굴이 두 겹 세 겹으로 겹쳐 보이기 시작했다. 휘청이던 효원이 겨우 균형을 잡으며 말했다.

"서 공자, 이리 초대해 주어 정말 고마웠네. 자네는 내 친우일세……"

그 말을 마지막으로 효원은 풀썩 쓰러졌다. 마지막 기억 속, 그런 저를 내려다보는 서 공자의 입매가 슬며시 웃고 있던 것도 같았다.

❦

곰쇠가 엉덩이를 손으로 문지르며 천천히 걸어갔다. 거의 절뚝이다시피 하는 걸음걸이였다. 나흘 전 곤장을 맞은 탓에 움직일 때마다 온몸이 욱신거렸다. 엉덩이는 잔뜩 피딱지가 앉은 상태. 그나마 이렇게 혼자 걸어 다닐 수라도 있게 된 것이 다행일 정도였다.

"이 망할 놈을 대체 어디서 찾는담."

곰쇠가 남자를 떠올리며 분한 표정으로 중얼거렸다. 저야 술에 취해 정신을 잃었다 치지만 하루이틀 봐온 사이도 아니고 적어도 몇 년은 함께 지내온 상단 사람들마저 껌뻑 속을 정도로 저와 똑같았다니. 대체 어떻게 속인 것인지 그야말로 귀신이 곡할 노릇이었다.

씩씩대며 나서긴 했지만 이름은커녕 얼굴조차 알지 못했다. 그런 자를 어디서 어떻게 찾아야 할지 막막했다. 하지만 손 놓고 가만히 있을 수도 없는 노릇이었다. 무엇보다 사라진 물건들로 인한 상단의 손해가 막심했다. 그러니 뭐든 찾는 시늉이라도 해야 우선은 쫓겨나지 않을 터였다. 답답한 마음에 곰쇠의 입에서 아이고, 아이고 소리가 절로 나왔다.

그렇게 겨우 발걸음을 떼며 걸어가고 있을 때였다. 길모퉁이를 도는 찰나 누군가와 몸이 부딪히는 바람에 곰쇠는 뒤로 벌러덩 자빠졌다.

"악, 내 엉덩이!"

졸지에 엉덩방아를 찧어버린 곰쇠는 배가 된 고통에 버럭 소리를 내질렀다. 저와 달리 상대방은 멀쩡히 서 있었으나 제 큰 비명에 놀란 듯 상체를 기울여 제게 손을 내밀었다.

"괜찮으십니까?"

남자가 곰쇠를 보며 물었다. 겨우 아물어가는 엉덩이였건만 또 피가 터진 것 같았다. 한바탕 화풀이라도 해야 직성이 풀릴 판이라 곰쇠가 눈을 부릅뜨며 남자를 올려다봤을 때였다. 저를 내려다보는 남자의 뒤로 햇살이 비추었다. 하얀 얼굴의 가느다란 눈. 범상치 않은 기운이 느껴져 곰쇠가 눈을 부릅떴다.

'설마!?'

곰쇠가 서둘러 몸을 일으키고는 눈을 비볐다. 그제야 남자의 얼굴이 확연히 눈에 들어왔다. 그 남자와 비슷한 느낌이었지만 곧게 뻗은 입매가 전혀 다르다. 또 모든 게 희미하게 보였던 그 남자와 달리 맑고 또렷한 기운. 잠시나마 그 남자로 의심했다는 생각에 미안한 마음이 들 정도였다.

화풀이를 하려던 마음은 금세 수그러들었다. 곰쇠가 눈에 힘을 풀며 대답했다.

"왜 그러십니까?"

"아, 아니오. 찾고 있는 사람과 비슷해 보여서 그만."

"사람을 찾는 일이라면 제가 도와드릴 수도 있습니다. 저도 누군가를 찾는 중이라."

곰쇠가 그 말을 듣고는 남자의 생김새를 찬찬히 살폈다. 하나로 묶은 붉은 기가 도는 기다란 머리에 신분을 알 수 없는 묘한 차림. 곰쇠는 괜한 긴장감을 느꼈다.

"괜찮수다. 사실 얼굴도 기억이 안 나서 도움을 청하기도…….."

"얼굴이 기억 안 난다라. 그럼 어찌 찾을 수 있겠습니까."

"정확히는 기억이 안 난다기보다 보이지가 않았달까."

그 말에 남자의 눈썹이 움직였다. 흥미로운 것을 들었다는 표정이었다. 남자의 반응에 곰쇠가 입을 다물고 잠시 망설이다 다시 입을 열었다.

"이상하게 들리겠지만, 분명 마주 보고 대화도 하고 술도 마셨지만 도무지 얼굴만큼은 보이지가 않았단 말이오."

그 말과 함께 그간의 설움과 답답함이 터져 나오듯 사로라는 남자에게 제가 겪은 일을 상세히 털어놓기 시작했다. 제아무리 말해 봐야 아무도 믿어주지 않을 이야기였다. 그렇기에 큰 기대는 없었다. 기껏해야 미친놈 취급을 하며 가던 길을 가겠지, 하는 마음이었다.

"그날 그 남자를 만나기 전 무얼 하고 있었습니까?"

예상외로 사로는 제 이야기를 진지하게 듣더니만 그날의 자세한 행적에 대해 물었다. 곰쇠가 잠시 머리를 긁적이며 기억을 떠올렸다.

"그거야…… 상단 물건들을 정리하고 나와서 한잔하려던 참이었지. 요즘 좀도둑들이 기승이란 소문에 문단속을 단단히 하고. 쥐새끼들도 얼씬 못 하게 말이오."

그렇게 문단속을 한 상단 창고의 문을 제 손으로 열어젖히고 물건들을 꺼내 갔다니. 아무리 술에 취했어도 있을 수 없는 일이었다. 다시 생각해도 어이가 없는 듯 곰쇠는 고개를 절레절레 저었다.

　"상단에서는 뭐라 합니까?"

　"비난 일색이지요. 내가 본래도 술버릇이 좀 안 좋긴 해서."

　대답하다 보니 곰쇠는 다시 억울한 마음이 불쑥 올라왔다.

　"아무리 그래도 내가 상단 물건에 손을 댄 적은 없소이다. 어떻게 이 자리까지 왔는데. 그 점은 상단 사람들도 다 인정하는 부분이오. 그런데……."

　곰쇠는 말을 마치지 못한 채 괴로운 듯 제 머리를 감싸 쥐었다.

　"내가 그랬을리 없소. 그 묘한 놈의 소행이 분명해."

　그런 곰쇠를 지켜보던 사로가 다시 입을 열었다.

　"아무래도 그날 밤 일에 대해 좀 더 자세히 들어봐야 할 것 같군요."

　범상치 않은 반응에 곰쇠가 머리를 감싸 쥐고 있던 두 팔을 풀었다. 그 순간 사로의 눈동자가 금빛으로 빛난 것만 같았다.

　"눈이……."

　놀란 곰쇠가 눈을 세게 껌뻑이고 다시 바라보았다. 사로의 눈은 전과 같은 갈색이었다.

　"왜 그러십니까?"

　"아니오. 아무것도."

　아무래도 심신이 허약해 잘못 본 모양이다. 곰쇠는 그리 생각한 뒤 사로를 데리고 상단으로 향했다.

두 사람이 도착한 곳은 곰쇠가 대행수로 일하는 상단. 좀 더 자세한 이야기를 듣겠다던 사로의 말은 빈말이 아니었다. 곰쇠를 통해 상단 사람들을 불러 모아 그날 일에 대해 꼬치꼬치 캐묻기 시작한 것이다. 사람들은 어리둥절해하면서도 어쨌거나 곰쇠가 가져간 물건을 되찾아야 했기 때문에 작은 도움이라도 보태려 애썼다.

그렇게 모두가 열심히 기억을 더듬던 중, 한 사환이 무언가 떠오른 듯 입을 열었다.

"아, 그러고 보니 대행수께서 평소 예뻐하시던 고양이가 있지 않습니까."

"그렇지. 금덕이 말인가."

곰쇠가 평소 아끼던 노란 털의 고양이었다. 길고양이 출신이지만 아주 영특한 것이, 곰쇠가 고기반찬이라도 나눠준 날엔 새나 쥐를 물어와 곰쇠를 기쁘게 했다. 또 화가 나거나 기분이 안 좋을 때 금덕이 털을 살살 쓰다듬으면 마음이 가라앉았다. 금덕이가 상단에 드나든 후로 곰쇠의 성질머리가 좀 고쳐졌다며 도방도 금덕이를 칭찬하곤 했다.

"예에, 그런데 대행수께서 그날은 이상하게 그놈을 본체만체하시더란 말입니다."

"내가?"

"예, 상단 물건에 정신이 팔려선지. 옆에서 그놈이 앵앵 우는데도 피하기만 하시더라니까요."

사환의 말에 다른 이들도 그제야 기억이 났는지 이런저런 말을 보태기 시작했다.

"맞네, 맞아. 금덕이도 털을 바짝 세우고는 대행수를 경계하는 게 좀 이상하다 생각은 했지요."

"이놈들, 왜 진작 얘기하지 않았느냐!"

"이야기해서 뭐 합니까. 별로 중요한 일도 아닌 것을요. 그날 밤에 대행수가 직접 물건을 빼 가는 걸 본 자가 한둘이 아닙니다."

"금덕이도 대행수 하시는 짓이 이상하니 그랬겠지요. 정말 대체 왜 그러신 겁니까?"

"내가 한 짓이 아니래도!"

사환들의 말에 곰쇠는 억울함이 배가 되어 펄펄 날뛰기 시작했다. 평소 술을 좋아하고 다혈질이라던 사환들의 증언이 딱 맞아떨어지는 모습이었다.

"이유야 뭐가 됐든 가져가신 물건들은 빨리 되돌려 놓으십시오. 당장 손해도 손해지만 다른 곳까지 소문났다간 우리 상단 망하게 생겼습니다."

한 사환의 말에 다른 사환들이 동의하듯 고개를 끄덕였다. 당장의 손해야 그렇다 치더라도 앞으로 상단의 신용이 걸린 일이었다. 이는 곧 사환들의 밥줄과도 직결되는 문제다. 그러니 사환들이 곰쇠를 차가운 눈빛으로 바라보는 것도 당연했다.

그 눈빛에 그제야 정신이 든 듯 곰쇠는 입을 꾹 다물더니 고개를 푹 숙였다. 아무리 제 기억에 없는 일이라 해도 사환들 볼 낯이 없었다. 바로 그때였다.

야옹.

그런 곰쇠의 앞에 노란 고양이가 나타났다. 관아에 끌려간 후로 처음 마주치는 금덕이였다.

"금덕아!"

금덕이는 곰쇠를 보고 잠시 경계하듯 몸을 키웠다. 그러다 이리저리 곰쇠를 살피고 코를 들이대더니 금세 곰쇠의 발치로 다가와 몸을 부비기 시작했다.

"그래, 이놈은 날 알아주는구나. 이놈은 날 알아줘."

서러움이 극에 달한 듯 곰쇠가 금덕이를 들어 껴안고는 엉엉 울기 시작했다. 그런 곰쇠의 모습을 사환들이 안타까운 듯 혀를 차며 바라보고 있었다.

곰쇠는 품 안에 금덕이를 안은 채 상단 숙소에서 걸어 나왔다. 금덕이의 머리를 쓰다듬어 주자 금덕이는 기분이 좋은 듯 그르릉 소리를 내며 곰쇠의 손을 핥기 시작했다.

"그런데 찾는 사람이 있다 하지 않았수?"

곰쇠는 찾는 사람은 어쩌고 제 일에 이리 열심이어도 되냐는 표정을 지었다. 사로는 무덤덤하게 대답했다.

"저도 이자를 찾는 게 먼접니다."

곰쇠는 어리둥절한 표정을 지었다. 사로의 생각을 도통 알 수가 없었다.

"뭐 나야 그래주면 감사하지만."

"술에 취해 정신을 잃었다 하셨지요. 무슨 술인지 기억나십니까?"

사로는 마음이 급한지 곰쇠의 말을 끊고 술에 대해 묻기 시작했다. 곰쇠의 기억 속에서 잊힌 것들을 끄집어내려는 모양이었다.

"술 말이오? 술은 처음 먹어보는 맛이었소. 향도 기가 막혔지. 그래서 그 향에 이끌려 갔는데……."

당시 일을 회상하던 곰쇠가 잠시 말을 멈추었다. 무언가 새롭게 떠오른 눈치였다.

"그러고 보니 술잔이 이상했던 것 같소."

"술잔이요?"

"한 잔을 비워도 금세 다시 술이 차 있지 뭐요. 누가 따라 준 것도 아닌데."

"……."

"그, 그러니까. 마치 술이 다시 차오르는 것 같았소."

사로의 침묵에 곰쇠가 머쓱한 듯 고개를 숙이고는 잠시 말을 거두었다. 그러고는 익숙한 손짓으로 금덕이의 머리를 쓰다듬으며 말했다.

"술주정뱅이의 헛소리로 들리겠지."

곰쇠의 시무룩한 목소리에 사로가 슬며시 미소를 지으며 대답했다.

"아닙니다. 그런 장난을 칠 만한 자가 누구일지 생각하고 있었습니다."

애초에 이 세상의 것이라곤 믿기지 않는 술잔이었다. 그런 술잔을 한낱 '장난'으로 치부하는 반응이 놀라워 곰쇠는 고개를 들어 사로의 얼굴을 바라보았다.

"만나게 된다면 아주 혼쭐을 내줘야 할 것 같군요."

사로가 결연한 표정으로 한마디를 내뱉었다.

'눈이…….'

사로의 눈동자에 다시 금빛이 맴돈 것만 같아 곰쇠의 몸이 뻣뻣
하게 굳었다. 그러자 곰쇠의 품에 안겨 있던 금덕이가 야아옹, 긴 울
음소리를 냈다.

⟡

어디선가 풍겨오는 비릿하고 퀴퀴한 냄새에 효원이 겨우 눈을
떴다. 뿌연 시야에도 정신을 차려보려 애썼다. 대충 둘러보아도 제
가 잠들어야 할 장소가 아니란 것을 알았다. 사로에게 말도 없이 외
박을 했다는 생각에 걱정부터 앞섰다.

"사로에게 말을 해주어야……."

효원은 말 한마디도 채 끝마치지 못했다. 온몸을 두들겨 맞은 것
처럼 힘이 없었다. 평소 자랑하던 건장한 몸이 이리도 맥을 못 추다
니. 힘없이 묶인 제 팔다리가 그제야 느껴졌다. 효원이 지난 제 행적
을 떠올리려 애쓰던 그때였다.

"정신이 좀 드십니까?"

익숙한 듯 낯선 목소리. 효원이 겨우 눈을 떠 목소리의 주인공을
올려다보았다. 누군가가 제 앞에 쭈그려 앉은 채로 누워 있는 저를
내려다보고 있었다.

"서 공자……."

여전히 얼굴은 보이지 않았지만 목소리와 느낌으로 알아차릴 수
있었다. 그러니까 저, 서 공자에게 맛있는 술을 얻어먹다 지금 이렇

게 쓰러져 있는 것이었다.

"여기가 어딘가?"

겨우 힘을 내 말을 이었다. 그러자 서 공자의 옹졸한 입매가 슬며시 위로 올라갔다.

"그건 중요하지 않습니다. 그보다도, 아까 하던 얘기나 계속해 보시지요."

"아까…… 하던 얘기?"

"예에, 그 못된 친구분과 금두꺼비 이야기 말입니다."

못된 친구라 함은 아마 사로를 뜻하는 듯했다. 효원이 몽롱한 머릿속을 또렷이 하려 애썼다. 그리고 금두꺼비. 금두꺼비!?

"내가 그런 얘기까지 했던가?"

"예에, 다 얘기해 주셨지요. 영물 금두꺼비를 찾다 그 친구를 만났다. 함께 길을 떠나왔는데 그 친구가 도련님을 그리도 괴롭힌다. 그리고 그 친구는……."

잠시 말을 멈춘 서 공자의 입매가 찢어질 듯 더욱 치솟았다.

"사람이 아닌 것 같다."

효원의 이마에 식은땀이 났다. 아무래도 사람이 아닌 건 저쪽인 듯했다. 저런 자에게 어찌 그런 속사정까지 다 밝혀버린 것인가. 효원은 자신이 원망스러웠다.

"그리 싹 다 얘기해 주셨습니다."

효원은 입을 꾹 다물었다. 말을 할 힘이 없기도 했지만 저 수상한 서 공자란 자에게 더 이상 비밀을 알려주고 싶지 않았기 때문이다. 상대는 요물이다. 사로가 보통 인물이 아니라 한들 무슨 해코지를 당할지 몰랐다.

"더 이야기할 생각이 없으신 모양입니다?"

서 공자는 입꼬리를 아래로 주욱 내리고는 아쉬운 척 말했다.

"그럼 우리는 여기까지인가 봅니다. 도련님, 푹 쉬십시오."

그러고는 미련 없이 벌떡 일어서더니 몸을 돌려 반대편으로 걸어 나갔다. 멀어져 가는 뒷모습이 조금씩 변하더니 어딘가 익숙한 모습이 되었다. 건강한 몸이며 걸친 옷가지가 영락없는 제 모습이었다. 그와 동시에 효원은 온몸에 두꺼운 이불을 덮은 것처럼 무거운 졸음이 몰려왔다. 졸음을 물리치고 사로에게 저 요물과 수상한 술잔에 대해 알려야 했다.

"가야 하는데……."

그 한마디를 마지막으로 몰려오는 졸음을 물리치지 못한 효원의 시야가 완전히 까매졌다.

사로가 무언가를 기다리듯 방 안에 가만히 앉아 있었다. 효원이 그토록 불만을 토로하던 그 방은 사로의 손길 덕에 그나마 지낼 만한 모습이 되어 있었다. 조용한 방 안엔 간간히 금두꺼비의 울음소리만 들려올 뿐이었다.

그렇게 얼마를 기다렸을까. 쿵쿵대는 발소리가 들려오더니만 방문이 벌컥 열리며 커다란 인영이 모습을 드러냈다.

"사로, 내가 돌아왔네!"

효원이었다. 그간 꽁하던 마음은 어디 갔는지 입을 크게 벌려 웃으며 사로를 불러댔다.

"……."

"사로?"

하지만 효원과 달리 사로는 그런 효원이 영 반갑지 않아 보였다. 반기지는 않더라도 최소한 어디 있다 이제 왔냐는 등의 반응을 기대했던 효원의 눈썹이 아래로 축 처졌다.

"사로, 혹시 삐친 겐가?"

"……."

"아무리 말없이 외박을 했다지만 사람을 이리 무시할 수가 있는가. 기분 좀 풀게나."

계속되는 효원의 말에도 사로는 그를 몇 번 흘끗댈 뿐 별다른 대꾸를 해주지 않았다.

"그나저나 금두꺼비 님은 어디 계신가?"

답지 않게 금두꺼비부터 찾는 모양새에 그제야 사로가 고개를 돌려 효원을 마주했다.

"누구신지요?"

효원이 긴장한 듯 침을 꼴깍 삼켰다.

"나, 나일세! 효원일세."

"글쎄요. 누구신지……."

"자네 정말! 내가 어찌해야 마음을 풀겠는가."

효원이 억울한 듯 제자리에서 발을 동동 구르며 말했다. 커다란 몸동작에 방 전체가 울리는 것만 같았다. 하지만 그런 효원과 달리 사로는 여전히 무덤덤한 표정이었다.

"도련님."

여전히 앉은 채로 사로가 효원을 올려다봤다. 그러자 효원은 눈을 반짝이며 사로의 다음 말을 기다렸다.

"우리는 사실 오래전에 만난 적이 있습니다. 기억하시지요?"

"아, 기억하다마다!"

호기롭게 외치는 효원의 한마디에 사로의 눈이 가늘어졌다.

"그럴 리가요."

그게 무슨 소리냐며 효원이 입을 열려던 찰나였다.

야아옹.

어디선가 들려온 고양이 울음소리에 화들짝 놀란 효원이 마치 몸이 굳은 것처럼 가만히 멈춰 섰다.

"이, 이게 무슨 소린가."

"그간 사람 찾는 일을 돕고 있었습니다."

사로의 말이 끝나자 노란 고양이를 품에 안은 남자가 슬그머니 모습을 드러냈다.

"저를 도와주신다 하여 이리 따라왔습니다."

효원이 경계심 가득한 눈빛으로 남자를 보고는 놀란 듯 눈을 크게 떴다. 효원은 남자에게 어색한 웃음을 지으며 말을 이었다.

"아, 찾고 있단 분이."

"제 이름은 곰쇠입니다."

남자가 꾸벅 인사를 했다. 효원의 시선이 품에 안긴 고양이를 향하자 곰쇠는 흐뭇한 얼굴로 웃으며 고양이를 쓰다듬었다.

"귀엽지요? 금덕이라고 합니다. 아주 영리한 녀석이지요."

그러고는 금덕이를 만지게 해주려는 듯 효원에게 가까이 다가서

자 효원은 몸서리를 치며 뒤로 물러났다.

"가, 가까이 오지 말게! 어디 그런 삿된 것을."

"삿된 것이라니요."

효원의 말에 곰쇠가 눈을 부릅뜨며 대꾸했다. 아무리 대단한 양반이라 한들 금덕이를 욕하는 것은 참을 수 없었다. 금덕이도 저를 향한 반감을 느꼈는지 하악질을 하며 효원을 경계하기 시작했다.

"뭐가 됐든 얼른 내 눈앞에서 치우란 말일세."

효원이 곰쇠에게 휘이휘이 손짓하며 고개를 돌렸다. 그때 금덕이의 동공이 커졌다.

야아옹.

곰쇠의 품에 안겨 있던 금덕이가 부리나케 그 품을 빠져나오더니 효원을 향해 달려들었다.

"으악!"

그러자 효원은 외마디 비명과 함께 뒤로 넘어갔다. 그 위로 갑자기 커다란 인영이 나타나더니 효원을 덮쳤다. 그 탓에 효원은 꼼짝할 수 없이 아래에 깔려버렸다. 불현듯 모습을 드러낸 이가 사로를 향해 소리쳤다.

"사로! 이자는 가짜일세!"

"알고 있습니다."

사로의 무심한 말투에 효원이 머쓱한 표정을 지었다.

"같은 사람이 둘……."

놀란 곰쇠가 손가락으로 둘을 번갈아 가리켰다. 하나는 아까까지 제 앞에 있던 자고, 다른 하나는 팔과 다리가 묶인 채 몸을 날려

앞선 이를 덮친 자였다.

그러다 갑자기 아래 깔려 있던 효원의 모습이 사라졌다. 대신 꽁무니를 빼며 달려가는 작은 생쥐 한 마리가 보일 뿐이었다. 그나마도 얼마 가지 못해 금덕이의 날쌘 발에 꼬리를 붙들렸다.

금덕이의 발에 잡힌 생쥐의 꼬리를 집어 든 사로가 그를 바닥에 패대기쳤다. 그러자 이번엔 효원이 아닌 웬 남자의 모습이 나타났다. 새하얀 얼굴에 옹졸한 입매. 어디선가 본 듯한 얼굴이었다. 그 모습에 놀란 효원이 입을 떡 벌렸다.

"아이고, 선생님, 도사님, 신령님."

사로 앞에 바짝 엎드린 남자의 입에서 좋은 호칭은 죄다 불려 나오기 시작했다.

"여기저기서 신령님에 대해 들은 적은 있는데 이리 직접 만나 뵌 건 처음입니다. 서 공자라 합니다."

사로에게 아부 섞인 말을 하는 서 공자를 바라보던 곰쇠가 두 눈을 비비더니 놀란 얼굴로 손가락질했다.

"저, 저놈이오. 제게 술을 먹였던 놈이. 어, 얼굴이 보입니다."

서 공자를 가리키는 손가락이 놀람과 두려움으로 벌벌 떨리고 있었다. 서 공자는 옆으로 쭉 찢어져 올라간 눈매로 곰쇠를 노려보고는 다시 싱글거리는 얼굴로 사로에게 아부를 떨었다.

"서(鼠) 공자라……."

"예, 예."

"쥐새끼 주제에 대단한 이름이구나."

사로의 한마디에 순간 서 공자의 비굴한 미소가 사라졌다. 눈알

이 이리저리 돌아가는 게 이다음을 어찌 대처해야 할지 머리를 굴리는 모양이었다.

"즐거웠느냐?"

"예?"

"이런 잡스러운 술수로 사람들을 농락하니 즐거웠냐 이 말이다."

사로가 서 공자의 주머니에 있던 술잔을 꺼내 들며 말했다. 제 발밑에 엎드린 서 공자를 내려다보는 표정이 오싹할 정도로 차가웠다.

"저, 저……."

익숙한 술잔을 발견한 곰쇠가 그것을 가리키며 말을 잇지 못했다.

"그, 그것이. 한 번만 봐주시면……."

서 공자는 헤헤, 하고 다시 비굴한 웃음을 지었다.

"나이를 먹고 못된 짓만 배웠구나."

사로가 차가운 얼굴로 서 공자를 향해 말했다. 그러고는 손에 쥐고 있던 술잔을 땅에 내던졌다. 술잔은 산산조각이 났다.

"아, 아이고. 내 술잔."

"어쩌다 얻은 귀한 것으로 사람들을 농락해서야. 그럴 바에 아예 사라지는 게 낫다."

"아이고, 아이고……."

서 공자는 깨져버린 술잔이 아까운 듯 끝까지 우는 소리를 내며 깨진 조각을 모으려 애썼다.

그 후 서 공자는 탈출을 시도하다 다시 생쥐 꼴이 되어 사로의 손에 거꾸로 대롱대롱 매달린 채 상단에서 훔친 나머지 물건들의 행방을 실토할 수밖에 없었다. 저 쥐새끼가 자신이 그리도 칭찬하던 서 공자라는 사실에 효원은 경악하다 못해 치를 떨었다.

"대체 뭘 어쩌려고 했던 겐가!"

사로의 손에서 쥐 꼬리를 잡아채 그 몸을 달랑달랑 흔들며 소리치는 그 모습이 영 보기 좋지 않았다. 곧 쥐의 입에서 거품이 나올 것만 같았다.

"친우 간의 해후는 그 정도로 하시지요."

"친우라니! 내가 저런 쥐새끼와……."

사로의 말에 발끈한 효원이 버럭 소리를 지르려다 입을 다물었다.

서 공자, 이리 초대해 주어 정말 고마웠네. 자네는 내 친우일세…….

정신을 잃기 직전 제가 서 공자에게 했던 말이 떠오른 탓이었다. 민망함에 효원의 얼굴이 붉게 달아올랐다.

"그…… 무슨 소린지 모르겠군. 술이 너무 과했던 모양일세."

시선을 피하는 효원에게 사로가 손을 뻗었다.

"자, 잘못했네. 용서해 주게!"

가뜩이나 지난 잘못으로 움츠려 있던 터였다. 하지만 사로의 손은 효원을 지나쳐 그 손에 매달려 있던 쥐를 향했다. 효원에게서 다시 쥐를 가져온 사로가 그 작은 몸뚱이를 들어 제 눈앞에 가져다 댔다.

"앞으로는 네 마음처럼 되지 않을 것이다. 사람의 몸이 되려면 다시 한참을 기다려야 할 터이니.”

마치 주술이라도 걸듯 그렇게 중얼거리자 갑자기 쥐가 거부하듯 버둥거리기 시작했다. 사로는 천천히 그 몸을 땅에 내려주고 쥐 앞에 작은 떡 한 덩이도 내려놓았다. 쥐는 냉큼 그 떡을 집어 들었다. 그러고는 잠시 사로를 노려본 후 부리나케 도망가기 시작했다.

“어찌 된 거요?”

옆에서 모든 과정을 지켜본 곰쇠가 어리둥절한 표정으로 묻자 사로는 별일 아니라는 듯 어깨를 으쓱하며 대답했다.

“한동안은 다시 쥐로 살아가야겠지요. 당분간은 전처럼 사람을 농락하는 일은 하지 못할 겁니다. 대단한 공덕이라도 쌓으면 모를까.”

그러자 곰쇠의 품에 안긴 금덕이가 야옹 하고 대답했다. 사로의 시선이 금덕이를 향했다.

“네 활약이 아주 돋보였구나.”

사로의 말에 곰쇠 또한 자랑스러운 표정으로 금덕이를 쓰다듬었다. 금덕이는 그 손길이 기분 좋은 듯 눈을 감고 그르렁 소리를 내기 시작했다.

❀

“아무 데나 손발톱을 버리면 그리되는 것입니다.”

한바탕 난리를 치른 뒤였다. 효원은 사로의 감시 감독하에 방을 깨끗이 정리했다.

"유모가 나를 겁주려 한 이야기인줄만 알았네."

효원이 시무룩한 얼굴로 대답했다. 어디까지나 잔소리로 생각했던 말이 이런 뜻에서 비롯된 것이었다니. 만약 사로가 아니었다면 지금도 서 공자가 제 모습을 한 채 돌아다녔을 거란 생각을 하자 효원은 등골이 오싹해졌다.

"모든 쥐들이 다 그런 것은 아니지만, 서 공자란 놈처럼 나이를 먹고 어쩌다 영물을 얻게 되면 그런 조잡한 술수를 부리기도 하는 법입니다."

"그렇구먼……."

효원은 씁쓸한 목소리로 대답했다. 술도 술이거니와 귀한 음식을 내오자 눈이 뒤집혔던 제가 생각났다. 나란 인간은 아직도 멀었다는 생각이 들어 절로 한숨이 새어 나왔다. 그나저나 그 음식은 대체 무슨 수로 구해온 것이었는지.

순간 무언가가 뇌리를 스쳐 가 효원이 동작을 멈추었다.

"설마 내가 먹은 음식이……."

효원의 얼굴이 새하얗게 질렸다. 사로는 고개를 천천히 끄덕였다.

"상단의 것이었단 말인가!?"

제가 허겁지겁 먹어치운 그 음식이 상단에서 훔친 것이었다는 사실을 알게 된 효원은 마음에 심한 가책을 느꼈다. 애초에 곰쇠라는 자가 서 공자를 찾아 나선 이유도 도둑맞은 상단의 물건을 되찾기 위해서였지 않은가. 하지만 음식은 이미 제 뱃속으로 사라진 지 오래였다. 어쩐지 너무 귀하고 맛이 있더라니. 효원이 울상을 지으며 말했다.

"어찌해야 하나, 사로. 조금이라도 물어주어야 하지 않겠는가."

또다시 철없는 아들의 뒤치다꺼리하는 부모가 된 기분에 사로는 한숨을 내쉬며 입을 뗐다.

"이미 물어주었습니다. 두꺼비 어르신께서."

"어, 어찌 물어주었던 말인가."

"어르신께서 주신 금으로 갚았습니다."

"금을, 가지고 있었단 말인가, 어르신이?"

효원의 물음에 사로가 어이없다는 표정으로 대답했다.

"모르셨습니까? 어르신의 배설물이 금……."

"아아, 알았네. 거기까지만 하게."

더 듣고 싶지 않다는 표정으로 효원이 사로의 말을 끊었다.

"그럼 그간 도련님의 무지막지한 식비를 어찌 감당했다고 생각하셨습니까?"

"그야…… 아버지께서 주신 돈으로 해결했다 생각했네."

"도련님, 도련님이 오죽 드십니까. 그것으론 턱도 없었습니다."

사로가 저를 괴롭히고 있다고 생각했지만 막상 괴로웠던 건 사로였을지도 모른다는 생각이 들었다. 그러자 효원은 미안한 감정이 솟구쳐 사로를 와락 껴안았다.

"왜 이러십니까."

사로가 효원의 몸에 짓눌린 채 불쾌한 표정을 지었다. 평소 수가 다 읽히는 효원이었지만 이번만큼은 도저히 그 흐름을 따라갈 수 없었다.

"미안하네, 난 그런 줄도 모르고."

그와 달리 효원은 혼자 감격한 표정이었다.

"자네야말로 진정한 내 친우일세."

잠시나마 사로의 진의를 의심했던 자신이 부끄러운 데다, 그런 저를 내치지 않은 사로가 고맙기도 하여 효원의 눈엔 살짝 눈물이 맺혔다.

겨우 진정된 효원이 잠시 입을 다무는가 싶더니 다시 사로를 불렀다.

"그나저나 서 공자, 아니 그 쥐새끼 말일세. 어찌 자네를 알아봤을꼬."

사로에게 바짝 엎드렸던 서 공자의 모습이 떠오른 탓이었다. 사로에게 신령님이니 도사님이니 하며 최선을 다해 아부를 떨던 그 모습이.

"역시. 같은 영물끼리는 통하는 것인가."

"영물이라니요. 그런 건 그냥 잡것입니다."

사로가 정말 기분 나쁘다는 표정으로 입을 열었다. 그런 잡것과 하나로 엮이는 게 영 불쾌한 기색이었다.

"영물은 오히려 그 술잔이었지요. 깨져서 안타깝게 되었지만."

"허어, 그 술잔이. 신기하다고 생각은 했네만."

"하지만 아무리 영물이라 한들 결국 주인을 잘 만나야 영험한 덕을 보는 것입니다."

"아깝구먼."

진심으로 아쉬운 표정으로 효원은 입맛을 다셨다. 그런 효원을 보던 사로가 단호한 말투로 말을 이었다.

"술이 저절로 차오르는 술잔이라니. 누가 가지고 있든 그런 건 백해무익합니다."

여전히 효원의 몸에서 나는 짙은 술 냄새에 사로는 어느새 코를 틀어막고 있었다. 머쓱해진 효원이 뒤통수를 긁적이며 사로와 거리를 두었다.

코를 틀어막은 채 좀 씻고 오겠다며 일어선 사로가 방문 앞에서 말을 이었다.

"무엇보다 이제 아셨겠지요. 앞으론……."

"알았네, 알았어. 앞으론 손발톱을 아무 데나 버리지 않겠네."

사로의 훈계가 더 이어질 것 같아 효원은 서둘러 반성의 기미를 보였다. 하지만 그런 노력에도 사로의 표정은 영 탐탁지 않아 보였다.

"그게 아니라."

사로가 진지한 얼굴로 이야기했다.

"세상에 공짜 술이란 없으니 조심하라는 말입니다."

그 한마디와 함께 방문이 닫혔다. 사로의 마지막 말에 효원이 끄응 소리를 내며 반성하듯 고개를 끄덕였다. 도저히 반박할 수 없는 사실이었다.

五.

열리지 않는 문

덕춘이 곤란한 표정으로 별당 문 앞에 서 있었다. 드넓은 집 안에서 자세히 보지 않으면 지나칠 법한 장소였다. 그런 곳에 덕춘이 밤마다 남몰래 서 있는 것도 오늘로 사흘째였다.

'오늘은 꼭 열려야 할 텐데…….'

덕춘이 양손에 침을 퉤, 뱉고는 배목 구멍에 긴 비녀못을 꽉 잡았다. 그러고는 온 힘을 다해 잡아당겼다. 하지만 오늘도 비녀못은 꿈쩍도 하지 않았다.

제 손바닥보다도 작은 비녀못이었다. 궂은일만 30년째, 어디 가서 힘으로는 빠지지 않는다고 자부했다. 제 손에 튼실히 박인 굳은살이 그를 증명하고 있었다. 하지만 이리 작은 비녀못에 며칠이나 쩔쩔맬 줄은 생각지 못한 일이었다.

"어디 보자……."

대체 무엇을 이리도 꽁꽁 숨겨두었는지. 처음에 비녀못을 빼려 몇 번을 시도하다 실패한 덕춘은 비녀못이 배목 구멍에 한 치의 틈도 없이 꽉 끼어 있다고 생각했다. 그래서 비녀못에 기름칠을 한 뒤 몇 번을 흔들다 결국 포기하고 다음 날 다시 와보기로 결심했다.

하지만 다음 날도 마찬가지였다. 기름칠을 한 것이 무색하게 비녀못은 여전히 꽉 낀 상태였고, 문을 여는 건 언감생심. 게다가 문고리를 덜그럭대다 그 소리에 잠에서 깬 행랑아범에게 들킬 뻔한 적도 몇 번 있었다. 덕춘은 뒷간에 가려던 참이라는 핑계를 대고 겨우 그 자리에서 빠져나왔다.

"요즘 좀도둑이 기승이라. 아무래도 집안사람부터 조심해야지 싶어."

마치 저를 향한 것만 같은 행랑아범의 말에 뒤통수가 따가웠다. 몇 번 더 이 짓을 계속하다간 제가 그 좀도둑으로 몰릴 지경이었다. 덕춘은 어떻게든 이 일을 빨리 끝내기로 다짐하며 잠이 들었다.

그리고 사흘째 되던 오늘, 덕춘은 무조건 힘만 쓰는 게 능사가 아니라는 생각이 들었다. 그래서 비녀못 옆으로 얼굴을 들이밀고는 샅샅이 살펴보았다.

그러다 이상한 점을 발견했다. 눈으로 보기에 비녀못은 그렇게까지 꽉 끼어 있지 않았다. 오히려 배목과 비녀못 사이 확연한 틈이 보일 정도였다. 하지만 아무리 손으로 비녀못을 당겨보아도 조금도 움직일 기미가 없었다. 마치 눈에 보이지 않는 무언가가 비녀못을 단단히 붙잡고 있는 것만 같았다. 문고리를 부러뜨려 볼까도 생각했으나, 그랬다가는 나중에 도둑이 들었다는 의심을 살지도 모를 노릇이었다.

"아이고오, 이게 무슨 일이래."

덕춘은 힘이 빠져 바닥에 벌렁 드러누웠다. 그야말로 귀신이 곡할 노릇이었다. 도깨비의 장난일지도 몰랐다. 새까만 밤하늘을 바라보며 넋이 나가 있던 덕춘은 다시 벌떡 일어나 앉았다.

"귀신이든 도깨비든 한번 해보라지."

그리 중얼거리고 덕춘은 다시 한번 양손에 불끈 힘을 주었다. 지난달에 남쪽 지방으로 시집간 막내 아씨의 얼굴이 떠오른 탓이었다.

위의 두 도련님이 장성한 뒤 태어난 귀한 막내 아씨였다. 거기다 어려서부터 기가 허한 탓에 신경 쓸 부분이 한두 가지가 아니었지만, 덕춘은 그런 것들이 전혀 귀찮지 않았다. 오히려 제 자식처럼 느껴지기도 했다. 엄격한 대감마님 아래서 자라 제 속마음을 좀처럼 보이지 않던 아씨가 유일하게 솔직해지는 순간은 바로 유모 덕춘의 앞에서였다.

"우리 집에서 내 마음을 알아주는 건 유모뿐이오."

막내 아씨 또한 덕춘을 때로는 어미나 언니처럼, 때로는 친구처럼 대하곤 했다. 그러다 보니 아씨가 시집을 간다고 했을 때도 마치 제 자식을 떠나보내는 것처럼 가슴이 아팠다. 들려오는 소식으론 다정한 신랑과 좋은 집안에서 잘 지내고 있는 것 같아 다행이었다.

그러던 어느 날, 막내 아씨가 덕춘에게 비밀스레 서신을 보내왔다. 별당에 있는 어느 물건을 남몰래 처리해 달라는 것이었다. 시집 오기 전 처리를 했어야 했는데 깜빡했다고. 그 물건이 무엇인지는 알 필요 없고, 붉은색 상자에 담겨 있으니 그 상자를 절대 열어보지 말고 상자째로 불태워 달라는 것이었다. 기한은 지금 제 집에 와 계신 어머니가 집으로 돌아가시기 전까지.

　　　　누구에게도 들키지 말고 처리해 주시오, 유모.

　이리 보고 저리 봐도 막내 아씨의 글씨가 분명했다. 덕춘은 다 읽은 서신을 몰래 불태웠다. 아씨가 원하는 대로라면 그 어떤 흔적도 남겨선 안 됐다. 그 상자에 담긴 것이 무엇인지는 몰라도 덕춘은 아씨의 요청을 반드시 들어주리라 다짐했다.

　하지만 지금, 덕춘은 과연 제가 그 약속을 지킬 수 있을지 불안해졌다. 이 작은 비녀못에 남몰래 쩔쩔맨 지도 벌써 사흘. 안방마님이 돌아오시기 전까지도 사흘이 남아 있었다. 그 전에 방법을 찾아야 했다.

　"조금만 기다리소, 아씨. 내 어떻게든 문을 열고 그걸 싹 다 없애주리다."

　덕춘이 다짐하듯 중얼거리고는 입가에 힘을 주었다. 다시 힘을 써야 할 시간이었다. 덕춘이 두 손에 입김을 불어 넣은 뒤 세차게 비비고는 다시 비녀못을 잡아당겼다.

　"아버지께서 꼭 들르라 하신 곳일세."

　이번엔 효원의 요청에 따라 행선지를 정한 탓에 길을 찾는 데 진땀을 뺐다. 이쪽인가, 저쪽인가. 몇 번이고 망설이며 중얼거리는 효원을 보며 사로는 몸에 기운이 다 빠져나가는 것만 같았다. 가뜩이나 더운 한여름이었다. 이러고 있다간 길에서 말라죽는 게 먼저일지도 몰랐다.

"이리 주십시오."

사로가 효원에게서 지도를 뺏어 살폈다. 전국 방방곡곡을 누빈 사로에게 이 정도야 식은 죽 먹기였다. 지도를 훑는 사로의 눈동자가 빠르게 움직이는 동안 옆에 선 효원은 머리만 긁적이고 있을 뿐이었다.

"이쪽입니다."

결국 다시 효원이 사로의 뒤를 따라가는 모양새가 되었다. 뒤바뀐 형세에도 아랑곳 않고 효원은 어딘가 기대에 찬 얼굴로 사로에게 말했다.

"들르는 김에 안부도 전하고 인사도 드리라는 말씀이 있으셨네."

어쨌거나 효원의 심신을 수양하고 견문을 넓힌다는 게 이 방랑의 공식적인 목적이었다. 그러니 다른 지방에 사는 막역한 지인에게 효원을 인사시키려는 윤 대감의 생각도 틀린 것은 아니었다. 하지만 윤 대감의 지인이라 하면.

"조상 대대로 큰 벼슬을 지낸 집안일세. 이 집이야말로 금두꺼비가 있는 게 아닐까 싶을 정도야."

효원은 그리 말하고는 혼자 소리 내어 웃었다. 금두꺼비를 운운하는 효원을 빤히 보다 사로가 말했다.

"많이 괜찮아지신 모양입니다."

"뭐가 말인가?"

"그때 일로 많이 상심하신 줄 알았더니."

그때 일이라 함은 금두꺼비를 떠나게 한 지형의 악행을 말하는 것이었다. 사로의 말에 효원이 잠시 생각에 잠긴 듯 말을 멈추었다. 그러고는 흐음, 소리를 내더니 다시 입을 열었다.

"덕분에 많이 배웠지 않은가. 뭐든 겉만 봐선 알 수 없다는 것도, 또 내가 알 수 없던 영험한 능력도 말일세."

이야기를 마친 효원이 한숨을 내쉬며 하늘을 바라보았다.

"세상이란 참 알 수 없는 것이란 생각이 들어."

대답을 바라지는 않은 듯 효원은 계속해서 말을 이어나갔다.

"아마 이 방랑이 끝나도 여전히 알 수 없겠지. 그래도 나는 이 방랑길이 즐겁네."

그리 말하는 효원의 얼굴이 조금 어른스러워 보여 사로는 이상한 마음이 들었다. 그렇게 생각에 빠져 있던 효원이 문득 정신이 든 듯 고개를 돌리며 물었다.

"그래서 황 대감댁은 아직인가?"

효원이 지도를 향해 고개를 불쑥 들이밀자 사로는 손가락으로 앞을 가리켰다.

"이곳입니다."

"아니, 진작 말하지 않고."

"도련님의 감상이 길어져서 말입니다."

머쓱해진 효원이 사람 민망하게 만든다며 불퉁한 표정으로 앞장서 걸어갔다. 사로가 웃음을 참으며 그 뒤를 따랐다.

집 앞에 선 두 사람의 시선이 커다란 대문을 넘어 저 멀리 담장 끝을 향했다가 다시 돌아왔다. 가문의 위세만큼 효원의 집 또한 크기로는 대단했으나, 이 집이 압도적으로 크다는 느낌이었다. 듣기로는 아흔아홉 칸 대궐집이라는 것 같았다.

"어디 보자, 아버지의 서신이. 여기 있네."

효원이 봇짐을 뒤져 서신을 찾아냈다. 내용이야 뻔했다. 아마도 효원을 극진히 모셔달라는 것일 터였다.

"등 따숩게 지낼 수 있겠군요."

사로의 말투에서 어딘가 아쉬움이 묻어났다. 저를 고생시켜야만 속이 풀린다는 듯한 심술궂은 사로의 심보에 효원은 울상이 되어 대답했다.

"하지만 사로, 어젯밤은 정말 힘들었단 말일세."

효원은 고생스런 지난밤을 회상했다. 길을 잘못 들었는지 날은 어두워지고 몸을 누일 마땅한 곳을 찾다 작은 주막을 겨우 발견했다. 주막이라 하기에도 민망한 것이, 방이라곤 작은 방 하나에 음식이라곤 술과 피죽 같은 것이 다였다.

게다가 온 방을 뛰어다니는 쥐새끼며 여름에도 싸늘한 방바닥에 효원은 답지 않게 오들오들 떨다 잠을 거의 이루지 못한 모양이었다. 출가 이후 집이 떠오른 몇 안 되는 날이기도 했다.

"단 하루라도 좋으니 제대로 쉬고 싶네."

이것이 효원의 솔직한 심정이었다. 그도 그럴 것이 술잔 소동 이후 몇 달간 효원은 그 어떤 잠자리도 마다 않고 군말 없이 몸을 누였다. 개중에는 그래도 지낼 만한 절이나 주막도 있었으나, 어젯밤처럼 도저히 지내기 어려운 곳도 있었다. 도련님으로선 좀처럼 하기 힘든 경험을 한 셈이었다. 그러니 한 번 정도는 예전과 같은 호사를 누리고 싶어 하는 것도 이해 못 할 바는 아니었다.

"고생할수록 성장하는 법입니다."

사로의 냉정한 말에 효원은 눈물을 훔치는 시늉을 하면서도 입은 웃고 있었다. 어쨌거나 당분간은 좋은 곳에서 머물 수 있다는 생각에 절로 웃음이 나는 모양이었다.

대문 앞에 선 효원이 몸을 꼿꼿이 펴고 목을 가다듬고는 사람을 불렀다.

"이리 오너라."

효원의 목소리에 커다란 대문이 끼익 소리를 내며 천천히 열렸다. 열린 대문 사이로 하인의 얼굴이 빼꼼 나와 있었다. 하인은 둘의 모습을 위아래로 훑고는 그 꾀죄죄한 행색에 고개를 갸웃했다.

"뉘신지요?"

"파주 윤가의 효원이라 하네. 벗과 함께하는 방랑길에 잠시 들렀다고 대감마님께 전해주게나."

"예에?"

하인은 눈을 크게 뜨고는 효원을 꼼꼼하게 뜯어보았다. 그도 그럴 것이 모두가 아는 그 윤가의 도련님이라면 이런 행색일 리가 없을 터. 하지만 행색과는 무관하게 장대한 기골에 총명한 눈빛이 효원의 신분을 증명해 주고 있었다. 하인은 몇 번 눈을 껌뻑이다 허둥대며 대문을 열고는 둘을 안으로 안내했다.

"아무래도 너무 열심히 다닌 모양이네."

효원이 제 옷을 내려다보며 말했다. 평소 부끄러움이 없는 효원은 방랑 중 옷차림의 누추함을 알고는 있었으나 이리저리 유람하는 길이니 크게 신경 쓰지 않았다. 그러나 양반집의 귀한 몸으로 지내온 세월이 길었다. 오래 지내던 곳과 같은 장소에 들어서자 다시금 제 모습이 눈에 들어와 약간 부끄러워진 모양이었다.

마당으로 들어서자 한 나이든 남자가 허겁지겁 달려 나와 효원과 사로를 맞았다. 그리 큰 키는 아니지만 다부진 몸에 재빠른 몸짓이 믿음직한 하인이란 인상을 주었다.

"제가 이 집 행랑아범입니다. 도련님, 잘 오셨습니다."

"대감마님은 댁에 계신가?"

"잠시 출타하셨습니다. 하지만 도련님께서 오시면 언제든 바로 사랑채로 안내드리라 말씀을 들었습니다."

행랑아범이 굽실거리며 둘을 먼저 사랑채로 안내했다. 행랑아범은 효원과 사로를 계속해서 흘끗댔다. 시선을 느낀 사로가 행랑아범을 쳐다보자 행랑아범은 허둥대며 다시 시선을 돌렸다.

"언젠간 오실 거란 말씀은 들었습니다만 이리 오실 줄은……."

"내 행색이 너무하단 말인가?"

"아, 아닙니다. 그런 게 아니라."

농담처럼 건넨 효원의 말에도 행랑아범은 당황하며 말을 얼버무렸다. 그 반응이 오히려 진심처럼 느껴져 효원은 시무룩해졌다.

"그런데 도련님 옆에 계신 분은……."

"아, 사로라 하네. 내 벗일세."

명쾌한 효원의 대답에도 행랑아범은 사로의 묘한 외양을 훑으며 고개 숙여 인사했다. 고개를 드는 순간까지도 미심쩍은 표정을 거두지 않은 채였다. 사로는 아무렇지 않은 얼굴로 작게 고개를 까닥였다. 이런 취급 정도야 익숙한 탓이었다.

"집이 조용하구먼."

"예에. 요즘 안방마님께서도 잠시 막내 아씨 댁에 가 계셔서 대 감마님께서 많이 적적해하십니다. 도련님께서 오셨다고 하면 정말 좋아하실 겁니다."

"혼례를 치렀단 소식은 들었네만 모친께서도 함께 가신 줄은 몰 랐네."

"막내 아씨께서 워낙 허약하셨으니 걱정이 되신 모양입니다. 잠 시 얼굴을 보러 다녀오신다 하셨으니 이달 안에는 오시지 않을까 싶습니다."

효원은 어릴 적 잠시 만났던 여자아이의 모습을 떠올렸다. 작고 마른 데다 숫기도 없어 사람들의 걱정을 사곤 했었다. 함께 놀고 싶 었지만 저 때문에 아이가 다칠까 두려워 오히려 피해 다녔던 기억 이 났다. 그랬던 아이가 혼인을 했다니. 새삼 세월이 유수와 같았다.

사랑채로 안내받은 두 사람은 짐을 내려놓고 한숨을 돌렸다.

"대감마님께 인사드리기 전에 우선 좀 씻고 싶네만."

"예에, 바로 준비해 두겠습니다."

행랑아범은 부리나케 몸을 움직여 나갔다. 큰 소리로 하인들에 게 이것저것 지시하는 목소리가 들렸다. 그러고는 다시 사랑채로 돌아와 웃는 얼굴로 효원 앞에 섰다. 사로는 여전히 이방인 취급이 었다.

"필요한 게 있으시면 저나 이 덕춘이에게 말씀하시면 됩니다."

그리 말하는 행랑아범의 뒤에 어느새 한 여종이 다가와 있었다. 행랑아범보다 조금 젊은 정도의 얼굴이었다. 행랑아범은 뒤에 선 여종에게 두 분을 잘 모시라며 신신당부했다. 둘을 대할 때와는 사뭇 다른 엄격한 표정이었다.

덕춘이라 불린 여종이 고개를 꾸벅 숙이며 둘에게 인사했다.

"잘 부탁하네."

효원이 호기롭게 대답하고는 뒷목을 벅벅 긁었다.

"소문대로 정말 넓은 집이구먼."

"대궐 같다고들 합니다. 이 근방에선 가장 넓은 집이니까요. 이게 다 대감마님의 인품 덕입니다."

그리 말하는 행랑아범의 말투에서 대감마님에 대한 존경심이 묻어났다.

"그러게나 말일세."

효원 또한 감탄하듯 맞장구를 쳤다.

"무엇 하나 숨겨두어도 쉽게 찾지 못할 것 같군요."

그간 아무 말이 없던 사로의 갑작스런 말에 행랑아범은 눈을 부릅뜨며 대답했다.

"숨겨두다니요. 이리 넓다 한들 대감마님과 안방마님의 신경이 미치지 않는 데가 없습니다. 게다가 자잘한 것도 제가 다 챙기고 있으니 아무리 구석진 곳이라도 함부로 손을 대거나 할 수 없는 노릇이지요."

"그, 그렇구먼."

일장연설을 늘어놓는 행랑아범의 모습에 당황한 효원이 대충 넘어가려 했으나 행랑아범은 말을 끝내지 않았다. 좋게 보면 일에 대한 강한 자부심이라고도 할 수 있었다.

"그랬다간 아주 혼쭐이 날 겁니다."

행랑아범의 마지막 말에 뒤에 서 있던 덕춘의 눈동자가 심하게 흔들렸다. 마치 저를 향한 경고인 것만 같아 덕춘은 양손을 주무르며 당황한 기색을 감추려 애썼다.

"그런데 목욕 준비는 아직인가?"

뒷목을 벅벅 긁던 효원의 한마디에도 덕춘은 다른 생각에 빠진 듯 입술을 깨물고만 있었다.

"이보게, 덕춘이."

"예, 예에!"

보다 못한 행랑아범의 부름에 덕춘은 화들짝 놀라며 생각에서 빠져나왔다. 고개를 들자 여섯 개의 눈동자가 저를 빤히 쳐다보고 있었다.

"도련님께서 목욕 준비에 대해 물으셨지 않나."

"거, 거의 준비가 끝났을 겁니다. 바로 모시겠습니다."

효원이 민망한 듯 너무 그러지는 말라며 행랑아범을 말렸다.

"사로, 자네는 생각 없나?"

"저는 알아서 씻을 테니 신경 쓰지 마십시오."

양반가의 극진한 대접이 오히려 불편한 모양이었다. 그리 이해한 효원은 알겠다며 고개를 끄덕였다. 그러다 무언가 생각난 듯 몸을 휙 돌려 사로의 모습을 훑어보았다.

그러고 보면 사로는 이상하게도 멀끔함을 유지했다. 옷 이곳저
곳이 해지고 얼굴이 꾀죄죄한 저와는 영 딴판이었다. 효원의 눈동
자가 의문을 담은 채 제 모습을 훑자 가만히 있던 사로가 입을 열
었다.

"그거야 도련님께서 이리저리 구르고 다닌 탓이 아닙니까."

"구르다니."

누가 들으면 눈밭의 강아지라도 되는 줄 알겠군. 효원이 속으로
생각한 말에 사로가 슬쩍 웃으며 대답했다.

"정확히는 진흙탕의 강아지가 되겠습니다."

"자네 또 내 마음을 읽었구먼!"

마치 무슨 대단한 비밀이라도 들킨 것처럼 효원은 양팔로 커다
란 제 몸을 감싸며 장난스레 사로를 노려보았다. 장난에 맞춰주면
끝을 보는 효원의 성미를 알기에 사로는 더 반응을 하려다 그만두
었다.

"어서 씻고나 오십시오."

찝찝했던 어젯밤 탓인지 몸을 벅벅 긁고 있는 효원을 사로가 목
욕간으로 보냈다. 그러고는 사랑채를 나와 홀로 찬찬히 집을 둘러
보기 시작했다. 안채와 마주 보고 있는 안행랑채에, 안사랑채, 바깥
행랑채까지. 대궐집이라는 표현에 걸맞은 대단한 구성이었다.

"찾으시는 것이라도?"

그런 사로의 뒤에서 행랑아범이 나타나 물었다. 사로는 놀란 기
색 하나 없이 고개를 돌려 그를 바라보았다.

"아닙니다. 그저 저택이 아주 대단하여 감탄 중이었습니다."

행랑아범은 슬그머니 눈치를 살피고는 말했다.

"말씀 편하게 하십시오. 효원 도련님의 친우시니 제게 하대하셔도 됩니다."

그러면서도 어딘가 마뜩찮은 표정이었다. 사로는 그런 행랑아범의 마음을 읽은 듯 슬며시 웃으며 대답했다.

"괜찮습니다. 제가 편해 이러는 것이니."

사로의 대답에 행랑아범의 표정이 조금 풀어졌다. 아무리 도련님의 친우라 한들 누가 봐도 수상쩍은 행색이었다. 굳이 따지자면 양반은커녕 천것에 더 가까워 보이는. 그러니 사로에게 윗사람 모시듯 할 마음이 들지 않는 것도 당연했다.

"그런데 저곳은 무엇입니까?"

"아, 막내 아씨가 계시던 별당입니다. 지금은 비어 있……."

"그 옆은요?"

제 말을 끊은 사로에게 약간의 불쾌한 마음이 든 행랑아범이 잠시 멈칫했다. 그러나 내색하지 않고 이어 대답했다.

"그 옆은 잡동사니를 넣어둔 광입니다. 지금은 쓸 일이 없지요."

사로는 말없이 고개를 끄덕일 뿐이었다. 그 반응에 행랑아범의 미심쩍은 눈초리가 사로를 향했다.

"그것이 왜 궁금하신지요?"

"……아무것도 아닙니다."

사로는 행랑아범에게 가볍게 인사를 하고는 자리를 떴다. 남은 곳곳을 더 둘러볼 생각이었다. 사로가 떠나간 자리에 행랑아범은 홀로 남아 불안한 듯 사로의 뒷모습을 바라보다 할 일이 생각났는지 자리를 떴다.

그리고 그런 둘의 모습을 저 멀리서 덕춘이 안절부절못하며 지켜보고 있었다.

❧

다음 날 아침, 덕춘의 얼굴이 사색이 되었다. 우선은 어젯밤에도 결국 별당 문을 열지 못한 게 가장 큰 원인이었다.

지난밤 별당 문 앞에서 애태우던 덕춘은 누군가 다가오는 소리에 재빨리 몸을 숨겼다. 어둠 속 모습을 드러낸 건 행랑아범. 아무래도 저를 좀도둑으로 의심하고 있는 게 분명했다. 행랑아범은 등롱을 든 채 별당 근처를 휘휘 돌더니 아무도 없는 것을 확인한 뒤에야 자리를 떴다. 숨을 참다시피 하고 있던 덕춘은 그제야 밭은 한숨을 내쉬었다. 이 자리에서 행랑아범에게 모습을 들켜서야 제 목적을 달성할 수도 없을뿐더러 마땅한 변명도 하지 못한 채 도둑으로 몰릴 게 뻔했다. 그렇게 덕춘은 또다시 낙담했다.

그런데 날이 밝자 좀도둑이 들었다며 집안이 난리였다. 사라진 건 대감마님의 물건이었다. 평소 아끼던 붓 몇 자루와 옷 한 벌.

"먹고사는 데 어려움이 있는 놈이라면 응당 쌀부터 퍼 가지 않았겠는감."

하인 하나가 머리를 긁적이며 말했다.

"그러게나 말이여. 대감마님 물건을 가져다 팔아봐야 금방 잡혀 갈 것을."

그 말처럼 다른 좀도둑들과 달리 아무래도 다른 목적이 있는 것 같다는 게 하인들의 생각이었다. 그 의견에 동의하듯 고개를 끄덕이면서도 저를 흘끗대는 행랑아범의 시선에 덕춘은 등골이 오싹했다.

엎친 데 덮친 격으로 평생 고뿔 한번 걸린 적 없던 황 대감이 갑작스레 앓아누웠다. 원인을 알 수 없는 피부병이었다. 새벽에만 해도 점잖게 의원을 부르라던 황 대감은 순식간에 다른 사람이 된 듯 소리를 지르며 온몸을 긁어대더니 고열과 함께 쓰러졌다. 증상은 반나절 만에 급격히 심해져 처음에는 피부가 벌겋게 올라오기만 했던 것이 곧 피와 진물이 나왔고, 나중에는 딱딱하게 굳어 황 대감의 몸에 단단히 자리 잡고 있었다. 사람을 물어 죽이는 벌레라도 들어온 게 아니냐며 또 한 번 집안이 뒤집어졌다.

"좀도둑에 피부병까지. 이게 갑자기 무슨 일인지 몰러."

하인들은 계속해서 수군댔다. 애초에 떠들기를 좋아하는 이들이었다. 그런 와중에 이 집을 새로이 방문한 것이 바로 사로와 효원이니 안타깝게도 의심의 눈초리를 받게 될 수밖에 없었다.

"혹시…… 어제 그 도련님 말이어요."

어제 효원이 몸을 벅벅 긁던 모습을 떠올린 덕춘이 행랑아범에게 넌지시 운을 뗐다. 하지만 무엇보다 효원은 너무나 멀쩡한 데다 만약 그랬다면 저 또한 옳았어야 하는 게 아니냐는 행랑아범의 말에 덕춘을 비롯한 하인들의 입이 다물렸다. 거기다 부랴부랴 달려온 의원이 아무래도 과한 음주로 몸이 허해진 것 같다는 처방을 내린 후였다. 어딘가 석연치 않은 처방이었지만 당장 이렇다 할 진단

을 내릴 사람은 의원뿐이었다. 그렇게 피부병의 원인은 해결되는
듯 했고 남은 건 도둑질이었다.

"명문가 도련님이 무엇이 아쉬워 그런 좀스런 짓을 하겠는가."

마찬가지로 행랑아범의 한마디에 상황이 일단락됐다. 그러자 의
혹의 눈길은 자연스레 나머지 한 명, 누가 봐도 이방인인 사로를 향
했다. 하지만 어쨌거나 사로 또한 효원의 일행. 먼저 효원에게 뜻을
묻는 게 예의였다.

"허어, 그것참."

행랑아범의 이야기를 전해 들은 효원의 첫마디였다. 정자에 앉
아 풍경을 감상하던 효원은 목욕에 이어 거한 대접을 받아선지 얼
굴에서 빛이 났다. 효원이 커다란 부채를 펄럭이며 잠시 생각에 빠
져 있다 행랑아범에게 대답했다.

"어젯밤 대감마님을 뵙고 난 후엔 완전히 곯아떨어져서 말일세.
기억이 잘……."

가뜩이나 방랑으로 지친 몸이었다. 거기다 오랜만에 효원을 만
난 황 대감의 의욕은 대단했다. 평소 애주가로 소문난 황 대감이었
기에 어느 정도 각오는 해두었으나, 저를 핑계로 이 술 저 술을 어찌
나 마셔대던지. 그 모습을 떠올린 효원은 혀를 내둘렀다.

당연하게도 그 자리에 사로는 없었다. 여독을 핑계로 자리를 피
했지만 사실 그 자리에 함께했다면 대단히 어색한 기류가 흘렀을지
모른다. 어쨌거나 황 대감 또한 충분히 납득할 만한 이유였다.

"어디선가 덜컹이는 소리가 들렸던 것도 같네만."

효원의 말에 행랑아범의 뒤에 서 있던 덕춘이 식은땀을 흘렸다. 효원이 잠시 생각에 잠겨 있다 옆에 있던 사로를 돌아보았다.

"사로, 자네는 들은 게 없는가?"

행랑아범과 덕춘의 시선이 사로를 향했다. 붉은 기가 도는 긴 머리를 하나로 묶은 사로는 복장으로만 보면 어느 집 도령 같기도 하다가 가늘게 번뜩이는 눈빛은 이 세상 사람이 아닌 것 같기도 했다. 처음으로 그 모습을 찬찬히 훑은 덕춘은 괜한 한기에 긴장해 침을 꼴깍 삼켰다.

"사로 님 혼자 자리를 비우셨다고요."

행랑아범이 용기를 내어 한마디를 내뱉었다. 자신을 의심하는 듯한 행랑아범의 말에도 사로는 딱히 불쾌감을 느끼지 않는 표정이었다. 발끈한 건 오히려 효원 쪽이었다.

"자네 설마, 지금 사로를 의심하는 겐가?"

"아, 아닙니다. 도련님. 의심이라니요. 저는 그저 사로 님께서 그 자리에 안 계셨기에 혹시 보신 건 없는지 궁금한 마음에……."

효원의 반응에 놀란 행랑아범의 말이 길어졌다. 그도 그럴 것이 출신이 어찌 됐든 효원의 벗이었다. 그러니 표면적으로는 귀한 손님이 맞았다. 안절부절못하는 행랑아범에게 사로가 대답했다.

"아침부터 하도 난리가 나서 저도 집 안을 살펴보았습니다. 그런데 신기하게도 다른 곳은 건드린 흔적이 없고 오로지 대감마님이 계신 사랑채만 뒤진 흔적이 있더군요."

사로의 말에 효원은 기대감에 찬 눈빛으로 사로를 쳐다보았다.

"말씀대로 처음부터 대감마님의 특정한 물건을 노렸다는 이야기입니다."

추임새를 넣듯 효원이 "그렇지" 하며 고개를 세차게 끄덕였다. 계속해서 다음 말을 기대하는 눈치였다.

"우선은 상황을 지켜봐야겠지요. 저희의 도움이 필요한 사람도 있는 것 같으니."

말을 마친 사로가 행랑아범 너머 덕춘을 쳐다보았다. 눈이 마주친 덕춘은 화들짝 놀라 고개를 푹 숙였다.

"그게 다인가?"

맥없는 결론에 실망한 효원이 아쉬운 듯 입맛을 다셨다. 사로는 슬며시 입가에 미소를 띤 채 행랑아범을 바라보았다.

"하지만 제가 그리도 의심되신다면 한번 저를 가두어보는 건 어떻겠습니까."

예상치 못한 말이었다. 그 자리에 있는 모두가 놀라 눈을 크게 떴다. 말을 꺼낸 사로만이 덤덤한 표정이었다.

"사로, 그럴 순 없네. 자네는 내 벗이고 이곳에 손님으로 온 것이야."

"제가 어디든 갇혀 있을 테니 한번 상황을 지켜보시지요."

효원의 만류에도 사로의 의지는 확고했다. 꾸준히 사로를 의심하는 기색이던 행랑아범의 입이 열렸다.

"그럼 하룻밤만 사로 님의 뜻에 따라보겠습니다."

"원하던 바입니다."

"사로!"

그렇게 사로는 스스로 작은 방에 갇혔다. 방 문고리에는 밖에서만 열 수 있는 자물쇠가 걸렸다.

사로가 방에 갇힌 채 날이 저물었다. 대감마님의 병세로 인한 난리통에 좀도둑은 날이 밝은 후에야 관아에서 다룰 수 있다는 모양이었다.

사로가 갇힌 방문 앞에 효원이 등을 기대어 앉았다.

"도둑을 잡으려면 한시가 급할 터인데 이리 늑장을 부려서야……."

효원은 답답한 표정으로 한숨을 내쉬었다. 그러자 문 너머에서 사로의 목소리가 들려왔다.

"저들도 사람입니다. 제 몸이 우선인 게 당연하지요."

표면적으로는 대감마님의 안정을 위해서라지만 원인 모를 피부병이라니, 어느 정도 병세가 완화되기 전까진 웬만해서는 가까이하고 싶지 않은 게 분명했다. 사로의 말에 수긍은 하면서도 효원은 답답한 마음을 지울 길이 없었다.

"그나저나 사로, 도움이 필요한 사람이라는 게 누군가? 대감마님이 아닌 겐가?"

그러다 효원이 문에 얼굴을 갖다대며 사로에게 물었다. 호기심이라면 이 조선 땅에서 누구에게도 지지 않는 게 바로 효원이었다. 그 반짝이는 눈동자를 상상하다 사로가 대답했다.

"황 대감이야 도와줄 사람이 차고 넘치지 않겠습니까. 무엇보다 그건 황 대감의 업보니 참고 견디면 해결될 문제입니다."

"업보라니?"

그리 인품이 훌륭한 대감에게도 그런 것이 있나. 효원은 의문스런 표정을 지어 보였다. 행랑아범도 입이 마르게 칭찬하던 게 바로 황 대감의 인품이었다.

그러다 순간 무언가가 떠올랐다. 바로 지난 밤 황 대감과 나눈 대화. 밤이 깊어지고 어느 정도 술이 들어가자 황 대감은 비릿한 웃음을 흘리더니 속마음을 이야기하기 시작했다. 이 집안의 좀도둑이 다름 아닌 행랑아범일 것이라는 얘기였다.

"설마요."

효원의 말에 황 대감은 슬며시 입꼬리를 올려 웃었다.

"거의 평생을 이 집에서 지내지 않았습니까. 대감마님을 모시면서요."

그러자 황 대감은 고개를 저으며 말을 이었다.

"설마가 사람 잡는 법이지. 얼마를 있었건 그게 무슨 소용인가. 내 그놈을 우선은 지켜보고 있는 중이야."

황 대감은 턱수염을 매만지며 혀를 찼다. 생각할수록 괘씸하다는 얼굴이었다.

"눈치 빠르고 싹싹한 건 그놈 애비를 꼭 빼닮았어. 그런데 손버릇이 안 좋은 것마저 똑같을 줄이야."

여전히 제 말을 믿지 않는 듯한 효원의 반응에 황 대감은 답답한 표정을 지었다. 이 이야기를 계속해도 될지 망설여지는 모양이었다. 하지만 이내 결심한 듯 다시 입을 열었다.

"그래, 효원이 너도 어릴 적엔 살을 피하느라 잠시 양민들 집에 머물렀다지."

대외적으로는 그렇게 이야기가 되어 있는 모양이었다. 사주에

살이 있어 그를 누르기 위해 양민들이 사는 곳에 맡겨두었다고. 사실은 친척 집이었음에도. 효원이 예에, 하고 고개를 끄덕이자 황 대감은 인자한 얼굴로 웃으며 말을 이었다.

"그 덕에 이리 무사히 잘 자란 건 감사할 일이지. 허나 그놈들을 가까이서 봤으니 너도 알 것 아니냐. 그놈들이 어디 믿을 만한 놈들이더냐."

황 대감의 말에 효원의 입이 꾹 다물렸다.

"하나같이 게으르고 거짓말을 일삼지. 잘해줘도 고마운 줄을 모르고 결국 뒤통수를 치는 게 그런 놈들 특성이다. 그러니 우리 양반들은 그런 놈들을 거둬주는 것만으로도 큰 은혜를 베푸는 게 아니겠느냐. 그런데도 분수도 모르고 그리 잔재주를 부리니."

황 대감은 미간을 찌푸린 채 고개를 저었다. 그러다 효원을 쳐다보고는 술잔을 들며 다시 인자하게 웃어 보였다.

"그래, 우리 윤가의 촉망받는 막내 도령에게 한 잔 받아봐야겠구나."

효원은 찝찝한 표정으로 황 대감에게 술을 따랐다. 아무리 윤 대감의 피가 섞였다 한들 저 또한 완전한 양반은 아니었다. 제 불순한 출신을 알기에 아버지조차 살을 피해 다른 곳에서 자랐다는 이유를 더해주지 않았던가. 그동안 별다른 생각 없이 살아왔지만 어쩌면 자신 또한 출신을 숨기고 싶었던 것일지도 몰랐다. 효원의 머릿속이 복잡했다.

"무슨 생각 중이십니까?"

문 너머 들려온 사로의 목소리에 효원은 지난밤의 생각에서 벗어났다. 황 대감과의 술자리를 떠올리며 자연스레 찌푸려졌던 얼굴이 그제야 원래대로 돌아왔다.

"별일 아닐세."

그리 말했지만 본인도 답답했는지 효원은 한참을 앓는 소리를 냈다. 그러자 사로가 슬쩍 운을 띄웠다.

"누구든 숨기고 싶은 게 있기 마련이지요."

"자네도 말인가?"

효원의 눈이 번쩍 뜨였다. 문 너머에선 아무런 대답이 없었다. 잠시 기다리던 효원은 다시 입을 열었다.

"사실은 말일세. 나는 서자라네."

입에서 나온 건 다름 아닌 효원의 비밀이었다. 윤 대감을 비롯한 집안사람 모두가 숨기고 싶어 했던 출생의 비밀.

"알고 있었습니다."

그런 효원의 고백에도 들려온 사로의 목소리는 담담했다. 오히려 긴장한 기색이 더 역력했던 효원이 사로의 대답에 맥이 풀린 듯 머쓱한 표정을 지어 보였다.

"그렇지. 다들 쉬쉬했지만 자네는 알고 있을 거라 생각했어."

효원이 힘없는 미소를 지으며 말을 이었다.

"어머니가 돌아가신 후 먼 친척 집에서 나를 거두어주었는데, 거기서 지내는 건 그리 녹록지가 않았다네."

"……."

사로는 조용히 이야기를 들어줄 뿐이었다. 누구에게도 쉽사리 털어놓지 못할 이야기였다. 그러니 효원에게도 쏟아낼 곳이 필요했을 터. 서로 얼굴이 보이지 않아 도리어 다행이란 생각이 들었다.

"그 집에 연이라는 여자아이가 있었는데, 연이를 제대로 돌봐줄 이가 없었어. 내 업어주고 놀아주며 친동생처럼 돌보았지."

효원이 아이의 모습을 회상하듯 아련한 눈빛이 되었다. 남의 집에 얹혀살며 눈칫밥을 먹던 어린 효원이 마음을 붙인 건 더 어린 동생 연이였다. 자기 집임에도 저처럼 보살핌을 받지 못하던 불쌍한 아이.

"제 자식도 배를 곯아 피골이 상접했건만 돈이 생겼다 하면 노름질하니 집안 사정이 나아질 리 있었겠는가. 내가 이웃집에 동냥을 다닌 적도 있었다네. 등에는 연이를 업고."

그리 말하는 효원은 보기 드문 표정을 하고 있었다. 괴롭고 슬픈 기억을 떠올리는 표정이었다.

"그러다 권세가인 아버지가 나를 찾으러 온다는 이야기가 돌자 그제야 나를 애지중지 키운 척을 했지. 그때 처음으로 제대로 된 음식을 먹어봤지 뭔가."

"……."

"어차피 보낼 것을 끝까지 간을 보며 아버지를 닦달해 돈을 더 뜯어낸 주제에. 그 돈은 다 어디에 썼는지 거지꼴이 되어 나를 몰래 찾아왔더군."

상종 못 할 인간이다. 그런 생각이 당시 효원의 머릿속을 지배했다. 뒤이어 그가 한 말에 효원의 생각은 더욱 견고해졌다.

"노름질로 연이까지 팔아넘겼다. 그 얘기를 듣고 내 마음속에 엄청난 불길이 이는 것만 같았어."

그 어린것을. 지금도 그 분노가 가시질 않는지 효원의 눈에 힘이 들어갔다. 사실 이전에도 그에게 몇 푼 쥐어준 적이 있었다. 안일한 제 처사가 원인이었는지 저를 돈 나오는 항아리 정도로 여기는 게 훤히 보였다.

"한 번만 더 내 눈앞에 나타나면 아버지께 내가 그간 당한 수모를 말하겠다 했지. 그랬더니 금세 꽁무니를 빼더군."

더 이상은 효원도 참을 수가 없었다. 전과 다른 효원의 태도에 남자는 재빨리 모습을 감추었고 효원은 연이에 대한 걱정으로 아이를 찾아 나섰다.

"연이를 수소문해 우리 집 하인으로 데려왔고……."

이야기가 막바지에 다다르자 분노에 차 있던 효원의 목소리에서도 힘이 빠졌다.

"그게 다일세."

도련님다운 싱거운 결말이었다. 효원 또한 제가 뱉어놓고도 그런 생각이 들었는지 가만히 앉아 있을 뿐이었다. 사로의 대답을 기다리는 듯도 했다.

"그 후로 어찌 됐는지는 모르십니까?"

"그 후? 돌아가서 어찌저찌 살고 있지 않겠는가. 예전처럼. 솔직히 다시 떠올리고 싶지도 않은 사람일세."

효원은 답지 않게 차가운 표정을 지으며 말했다.

"아버지 같은 분을 만나 정말 다행이라 생각하고 있네."

효원의 말에 사로는 슬며시 미소를 지었다. 그 미소를 알 리 없는 효원이 민망한 듯 이야기를 마무리했다.

사실 사로는 그 이후의 이야기를 알고 있었다. 윤 대감에게 효원은 집안을 살릴 소중한 막내아들이었다. 그러니 효원을 찾아온 막돼먹은 친척 나부랭이를 더 이상 좌시할 수 없었다. 그래서 사람을 고용해 효원에게 바람을 맞고 돌아가던 그를 몰래 처리했다. 이런 상것들은 말로 해선 들어먹질 않는다는 걸 윤 대감은 익히 알고 있던 탓이었다.

효원은 영원히 몰라도 될, 숨겨진 이야기였다.

이판사판이다. 오밤중 잠자리에서 눈을 부릅뜬 덕춘이 벌떡 몸을 일으켰다. 누구 하나라도 눈치채선 안 됐다. 더욱 각별히 신경 쓰며 덕춘은 살금살금 방을 나섰다. 단단히 각오한 얼굴로 걸어가는 덕춘의 한 손엔 작은 초롱이, 다른 한 손엔 망치가 들려 있었다. 이번에도 열리지 않는다면 이 망치로 때려 부술 각오를 한 상태였다. 사람 하나 잡으러 가는 악귀처럼 보였을지도 모른다.

별당 앞에 선 덕춘이 초롱을 바닥에 내려놓은 뒤 문고리를 잡아뺐다. 역시나 열리지 않는 문. 더 이상 방법이 없었다. 한 손에 비녀 못을, 다른 손엔 망치를 든 덕춘이 망치를 높게 들어 올린 바로 그때였다.

"도움이 필요하신지요?"

"엄마야!"

뒤에서 갑자기 들려온 남자의 목소리에 놀란 덕춘이 빽 소리를 지르며 주저앉았다. 그런 덕춘의 위로 남자의 그림자가 드리웠다.

"괜찮으십니까?"

덕춘이 온몸을 덜덜 떨며 겨우 고개를 들어 남자를 바라보았다. 어둠 속 남자의 눈동자가 순간 금빛으로 빛난 것만 같았다. 믿을 수 없는 광경에 덕춘이 정신을 차리려는 듯 고개를 흔들고는 다시 남자를 바라보자 그제야 얼굴이 제대로 눈에 들어왔다.

"사로 님……."

언제 그랬냐는 듯 사로의 눈동자는 멀쩡했다. 자신을 내려다보며 내민 사로의 손을 멍하니 바라보다 덕춘이 허둥대며 자리에서 일어났다.

"방에선 어떻게……."

그러고 보니 스스로 방에 갇힌 뒤 어찌 밖으로 나왔는지 알 수 없는 노릇이었다. 효원의 도움이라도 받았나 싶어 주변을 둘러보았지만 효원은 보이지 않았다. 덕춘의 의문 섞인 눈빛이 사로를 향했다.

거기다 제 손에 들려 있던 망치는 어디로 갔는지 사라진 채였다. 덕춘이 두리번거리며 무언가를 찾자 사로가 슬며시 덕춘에게 망치를 내밀었다.

"이걸 찾으십니까?"

"예에."

망치를 받아 들면서도 덕춘은 사로를 향한 의구심을 지우지 못한 표정이었다.

"그런데 이 망치로 무얼 하실 생각이셨습니까?"

사로의 질문에 덕춘은 꿀 먹은 벙어리처럼 입을 다물었다. 이자에게 비밀을 털어놓아도 될지 고민이 되는 모양이었다. 도련님의 친우라곤 하지만 어찌 됐든 외부인이었다. 무엇보다 이 남자, 매우 수상하다. 신분도 불확실, 정체도 불확실. 처음 봤을 때부터 그리 생각했기에 가까이하고 싶지 않았다.

"도움이 필요하신 거라면 얼마든지 도와드릴 수 있습니다."

사로의 한마디에 덕춘이 흠칫 놀라며 비녀못을 내려다보았다. 지금 이 열리지 않는 문보다도 이상한 것이 또 있을까. 이에 비하면 사로의 수상함 정도야 평범한 수준일지 몰랐다. 그리고 이미 제 손으로 해결할 수 없다는 사실도 알고 있었다. 다른 수가 없으니 애써 외면했을 뿐. 하지만……

덕춘이 사로의 눈동자를 빤히 쳐다보았다. 가만히 들여다보자 아까 보였던 금빛을 머금은 것만 같았다. 이상했다. 이상한 일일수록 마찬가지로 이상한 자가 나서야 하는 법이라고. 덕춘의 머릿속 목소리가 그리 외치고 있었다.

"저……"

겨우 입을 뗀 덕춘이 머뭇대며 말을 이었다.

"이 문을 열어야 합니다."

그러자 사로가 기다렸다는 듯 고개를 끄덕였다. 이미 그 방법을 알고 있다는 듯 여유 만만한 얼굴이었다.

"꼭 이래야만 했는가."

얼마 뒤, 여인의 옷을 어정쩡하게 입은 효원이 굳은 얼굴로 별당 문 앞에 섰다. 옷을 입었다기보다는 걸쳤다는 표현이 정확했다. 효원의 장대한 기골에 여인의 옷이 들어갈 리 만무했으니, 팽팽하게 늘어난 어깻죽지가 찢어질 것처럼 아슬아슬했다. 거기다 둘레가 한참은 모자른 치마에 끈을 덧대 겨우 허리에 두른 채였다.

"비녀못은 저 문을 지키고 있는 겁니다. 방 주인의 뜻대로 말입니다."

"문을 지키고 있다?"

"아무나 문을 열 수 없도록 지키고 있는 셈이지요."

"저 방 안에 있는 게 그토록 소중하단 뜻이겠구먼."

"예에, 방의 주인에겐 말이지요. 그러니 문을 여는 사람이 이 방의 주인이라 여기게 해야 합니다."

"그게 이 방법이란 말인가."

효원이 겨우 껴입은 여인의 옷은 다름 아닌 이 방의 주인, 막내 아씨의 옷이었다. 옆에 선 덕춘은 아씨의 고운 옷이 찢어질세라 아이고, 아이고 하며 안절부절못했다.

"이 방의 주인이 오래 몸에 지닌 물건이라면 거기에 주인의 사념이 깃들기 마련입니다. 그것이 옷뿐이라는 사실은 좀 아쉽게 됐습니다만."

"아씨가 시집가시면서 필요한 건 다 가지고 가신 터라. 그나마 있는 건 방 안에 있으니 꺼낼 수가 없었습니다."

덕춘이 안타까운 목소리로 연신 고개를 숙여가며 말했다. 다행히 남겨진 게 몇 벌 있다며 헐레벌떡 가져온 옷은 효원이 입자 마치 아이의 것처럼 작아 보였다.

"그러고 보니 왜 내가 입어야 하는 겐가. 여기 덕춘이도 있거늘 나보단 여인네가 입는 게 더 말이 되지 않는가."

듣고 보니 일리가 있었다. 효원의 말에 덕춘 또한 고개를 끄덕이며 사로를 바라보았다. 그러자 사로는 엄숙한 표정으로 입을 열었다.

"이 방의 주인은 귀한 아씨입니다. 문을 열어주지 않을 정도의 비녀못이라면 기운만으로도 그 귀천(貴賤)을 알아차릴 수 있을 겁니다. 그러니."

"저보다는 귀하신 도련님이 하시는 게 맞겠군요."

덕춘이 이제야 이해했다는 듯 두 손을 모으고 눈을 크게 뜨며 말했다. 사로는 예, 하고 대답하고는 효원을 올려다보았다. 효원은 고개를 끄덕이고는 있었으나 완벽히 납득한 표정은 아니었다. 하지만 문이 열리고 무슨 일이 벌어질지 모르니 아무래도 건장한 제가 이 일을 맡는 게 맞다는 생각이 들어 순순히 문 앞에 다가섰다.

"도련님, 이것도."

아씨가 어려서 갖고 놀았다던 인형이었다. 사로가 건네준 인형을 받아 든 효원은 자신을 놀리려는 건가 하는 생각에 잠시 빠졌으나, 우선은 지금 눈앞의 일에 집중하기로 했다. 한밤중 손에 낡은 인형을 들고 여인의 옷을 겨우 입은 채로 문 앞에 선 효원의 모습은 누가 보면 혼비백산하기 딱 좋은 모습이었다. 그러니 누구라도 마주치기 전에 빨리 끝내야만 했다.

효원이 비녀못에 손을 가져다 대자 그동안 꿈쩍도 하지 않던 그것이 스르르 문고리에서 빠져나왔다.

"세상에."

옆에서 그를 보던 덕춘이 감탄했다. 그간 그렇게 애를 써도 아무 소용없던 것이 저리 간단히 빠지다니. 덕춘의 입장에선 허무하기도, 또 놀랍기도 할 터였다. 비녀못을 뺀 효원이 문고리를 잡고 천천히 문을 열었다. 그간 닫혀 있던 문이 끼익 소리를 내며 열리자 방 안의 모습이 보였다.

아씨가 쓰던 방 그대로의 모습이었다. 단지 물건이 조금 빠지고 아무도 쓰지 않아서 휑한 느낌이 들 뿐.

"별다른 건 없어 보이네만."

조심스레 방 안으로 발을 들여놓은 효원이 주변을 둘러보며 말했다. 그 뒤를 사로와 덕춘이 따랐다. 귀신이라도 튀어나올세라 몸을 한껏 수그리고 걷는 덕춘과 달리 사로는 평소와 다를 바 없이 꼿꼿이 몸을 세운 채 방 안을 둘러보았다.

"흐음, 확실히 그래 보입니다."

사로의 말에 그제야 안심한 듯 덕춘의 허리가 조금 펴졌다.

"그나저나 찾아야 한다던 건……."

"아아, 그것이."

효원의 말에 덕춘은 대답을 하다 말고 잠시 고민에 빠졌다. 그것까지 말해도 되는 것일지. 하지만 여기까지 함께해 준 이상 더 숨길 것도 없었다. 어차피 상자 안의 물건이 무엇인지만 모르면 되는 일 아닌가.

"붉은 상자라고 하셨습니다. 반드시 태워달라고."

"붉은 상자라……."

덕춘의 대답에 효원과 사로가 부지런히 이곳저곳을 들여다보았다. 빈방이기는 하나 여인이 쓰던 방이라 최대한 조심스레 행동하고 있었다.

그렇게 얼마가 지났을까. 효원이 몸을 수그려 책장 아래에 손을 넣자 걸리는 것이 있었다.

"혹시 이것 아닌가?"

덕춘이 얼른 뒤를 돌아 효원의 손에 들린 붉은 상자를 쳐다보았다. 두 뼘 정도 되는 크기의 특별할 것 없는 상자였다. 하지만 보는 순간 덕춘은 저것이 아씨가 말한 상자라는 것을 알 수 있었다. 그동안 별당을 정리하면서도 본 적 없었다. 그러니 아씨가 고이고이 숨겨둔 상자임에 틀림없었다.

사로가 상자 옆으로 다가와 흥미로운 표정을 했다. 그와 동시에 사로의 눈동자가 순간 금빛으로 빛났다.

"호오, 맞는 것으로 보입니다."

순식간에 원래 눈동자로 돌아온 사로가 입을 열었다. 사로의 말이 떨어지자마자 자연스레 효원이 상자의 뚜껑을 열어보려 한 그때였다.

"안 됩니다!"

그런 효원의 손을 덕춘이 잡으며 외쳤다. 갑작스런 덕춘의 행동에 효원이 화들짝 놀라며 손을 거두었다.

"왜, 왜 그러는가 자네."

"절대 열지 말라는 아씨의 전언이 있었습니다. 열어보지 말고 통째로 태워달라고요."

덕춘의 대답에 효원이 놀란 듯 눈을 부릅뜨며 옆에 있던 사로의 팔을 잡아끌었다. 그러고는 사로의 귀에 대고 조용히 속삭였다.

"열지 말고 태워달라니. 안에 무언가 삿된 것이라도 들어 있는 게 아닌가. 이미 상자를 만져버렸는데 이를 어찌하면 좋은가."

효원이 사로의 소매를 붙잡고 우는소리를 하자 사로는 효원을 올려다보며 조용히 고개를 끄덕였다. 괜찮을 테니 조용히 하라는 뜻이었으나 효원은 은근슬쩍 사로에게 상자를 넘겼다. 호기심이 차고 넘치면서도 이런 겁은 많았다. 사로가 헛웃음을 지으며 상자를 받아들었다.

"생각보다 겁이 많으시군요."

"아닐세."

사로의 입에서 '겁'이라는 단어가 나오기가 무섭게 효원은 그 말을 부정했다. 그러면서도 제가 무사할 것이란 사로의 확답을 듣기 전까지 효원은 계속해서 사로를 닦달했다.

결국 상자를 덕춘의 손에 맡긴 채 별당에서 나오던 그때, 예상치도 못한 상황이 벌어졌다. 별당 옆 광에서 나오던 행랑아범을 맞닥뜨린 것이다.

"어이쿠. 귀신이다!"

기괴한 효원의 모습에 행랑아범이 소스라치게 놀라며 엉덩방아를 찧었다.

"쉿, 쉿. 나일세. 놀라지 말게나."

행랑아범의 소리에 다른 이들이 뛰쳐나올까 두려워진 효원이 필사적으로 그를 진정시켰다.

"효원 도련님?"

효원의 정체를 확인하고도 행랑아범의 일그러진 표정은 여전히 펴질 줄을 몰랐다. 그도 그럴 것이 효원의 꼴이 말이 아니었다.

"대체 그 차림은 뭡니까. 또 인형은 왜 들고 계시고요."

"아, 이건 사정이 있어 그런 것이네. 괘념치 말게."

태연한 척 대답하면서도 효원의 얼굴은 새빨갛게 달아올라 있었다. 그러고는 걸치고 있던 옷이며 손에 들고 있던 인형을 덕춘에게 건넸다.

원래 효원의 모습으로 돌아오자 행랑아범은 그제야 좀 안심이 되었는지 제 가슴을 부여잡고 긴 한숨을 내뱉었다.

"하이고, 정말 간 떨어지는 줄 알았습니다. 오밤중에 그런 차림으로……"

행랑아범의 말에 효원이 민망한 듯 허허 웃어넘기려던 그때였다.

"그건 그렇고."

사로가 행랑아범의 말을 잘랐다.

"행랑아범이야말로 이런 오밤중에 여기 어쩐 일이십니까."

"……"

사로의 말에 행랑아범은 순간 입을 꾹 다물었다. 그러고는 날선 눈빛으로 사로를 보며 대답했다.

"워낙 챙겨야 할 게 많다 보니 밤에도 이리 움직이곤 합니다."

그리 말하는 행랑아범의 대답은 어딘가 석연치 않았다. 거기다

찔리는 구석이 있는지 불안하게 흔들리는 눈동자며 어색한 행동거지가 더욱 의심스러워 보였다. 그 자리에 있는 모두가 느끼고 있었다.

"이쪽 광은 쓸 일이 없다 하시지 않았습니까?"

이어진 덕춘의 질문에 행랑아범의 입은 더욱 꾹 다물렸다. 수상함을 느낀 효원의 머릿속을 스쳐가는 생각이 있었다. 어느새 여인의 옷을 벗고 평소의 모습이 된 효원이 진지한 표정으로 입을 열었다.

"이 광에 무엇이 있는지 봐도 되겠는가."

"집 안은 모두 대감마님 뜻 아래 제가 관리합니다. 함부로……."

"자네에게 허락을 구하는 게 아니야."

효원의 표정이 보기 드물게 어두웠다. 행랑아범을 믿고 싶었다. 하지만 그러면서도 설마설마하는 의심이 효원의 마음속에 자리 잡고 있었다. 그러니 황 대감의 말이 틀렸음을 스스로에게 입증하고 싶었던 것일지도 몰랐다.

"예에."

상대가 효원이니만큼 행랑아범은 순순히 물러났다. 문에 달린 자물쇠에 열쇠를 끼우자 철컥 소리가 나며 자물쇠가 열렸다. 효원은 사로와 눈빛을 교환한 뒤 광으로 다가가 문을 열었다. 사라진 황 대감의 물건들이 부디 이곳엔 없기를 바라며.

그러나 문을 열자마자 느껴지는 음습한 기운에 효원은 멈춰 섰다. 그러고는 서서히 그 안을 살펴보기 시작했다.

"이건……."

뒤이어 들어온 사로는 효원과 달리 크게 놀라는 기색 없이 안으로 들어가 주변을 둘러볼 뿐이었다. 덕춘은 들어오려다 놀라 자빠지며 뒷걸음질을 쳤다.

"자네, 이게 뭔가."

효원의 눈이 휘둥그레졌다. 놀란 입은 다물어지지 않았다. 황 대감의 사라진 물건이 문제가 아니었다.

열린 광 안의 벽은 온갖 부적으로 빼곡했다. 뭐라 쓰인 것인지 알 수 없는 붉은 글씨의 부적들. 거기다 안쪽에는 제단 같은 게 있었다. 그 제단 앞에 놓인 죽은 동물이 눈에 들어오자 효원은 애써 시선을 피했다. 문을 연 순간부터 나던 퀴퀴한 냄새의 근원이 저것이었나. 효원이 코를 틀어막았다.

이 좁고 어두침침한 곳에서 대체 무슨 제사를 드린 것인가. 아무리 봐도 도무지 멀쩡한 제사라고는 생각되지 않았다. 가만히 서 있기만 해도 몸이 덜덜 떨려오는 으스스한 한기에 효원이 식겁한 표정으로 행랑아범을 다그쳤다.

"여기서 대체 무얼 한 겐가!"

그리 말하면서도 행랑아범의 입에서 나올 대답이 되레 두려웠다. 잠깐의 침묵이 흐른 뒤 대답은 사로의 입에서 나왔다.

"저주의 부적입니다. 거기다."

벽을 살피던 사로가 안쪽으로 발걸음을 저벅저벅 옮겼다. 그러고는 제단 앞에 놓인 죽은 동물들의 몸을 천천히 쓰다듬었다.

"다른 생명을 앗아가면서까지 그리 간절히 바라던 것이 대체 무엇이었을까요."

겨우 뒤따라온 덕춘이 그 제단을 보고는 구역질을 하기 시작했다. 그러고는 더 이상 참지 못하겠는지 입을 틀어막고 잰걸음으로 광을 빠져나갔다.

말을 마친 사로가 이번엔 그 옆에 있던 제웅﹡ 하나를 덥석 집어 들었다. 손바닥 크기의 제웅은 황 대감의 사라진 옷과 같은 천을 두르고 있었다. 황 대감의 이름 석 자가 적힌 종이와 바늘을 여럿 꽂은 채.

"바라던 것이 제대로 맞아 들어간 모양입니다."

효원은 자신의 믿음이 배반당했다는 생각에 분노와 슬픔의 감정에 휩싸였다. 기가 차 말도 나오지 않았다. 결국 황 대감의 의심이 옳았던 셈이었다.

거기다 제가 생각한 것보다도 더 좋지 않았다. 단순히 물건을 훔치기만 했다면 오히려 다행인 노릇이었다. 그러나 절도의 목적이 저주인 데다 그 과정에서 동물의 목숨을 빼앗고, 또 그 결과로 황 대감이 고통을 받기까지 했다.

"어떻게 이런……."

효원은 행랑아범을 손가락으로 가리켰으나 도저히 말이 더 나오질 않았다. 겨우 광 안으로 다시 들어온 덕춘 또한 눈앞의 풍경에 턱이 덜덜 떨릴 정도로 두려워하며 뭐라 말조차 꺼내지 못하고 있었다.

﹡ 짚으로 만든 사람 모양의 물건.

"첫 도둑질은 제가 아니었습니다!"

모든 걸 들켜버린 행랑아범은 억울함을 토해내듯 바닥에 엎드리며 소리쳤다.

"저는 이곳에서 평생을 성실하게 일해왔습니다. 그 아비에 그 아들이란 소리 듣기 싫어서 남의 물건엔 손 한 번 갖다 댄 적도 없었습니다. 나는 아비와 다르다. 그걸 증명하기 위해 지금까지 버텨온 셈입니다. 그런데……."

말을 잇는 행랑아범의 목소리가 떨리기 시작했다. 그러던 어느 날, 그런 행랑아범의 마음이 뒤틀리는 계기가 생겼다고 한다. 창고에서 물건들이 사라지기 시작한 때였다.

"그런데 그날 저는 보고야 말았습니다. 저를 의심하던 대감마님의 눈빛을요."

저를 좀도둑으로 의심한 그 찰나의 눈빛에 불길이 이는 것만 같았다고. 평생을 몸 바쳐 모셔온 존경스러운 대감마님이었기에 그 배신감은 더욱 컸다. 그리고 동시에 그 눈빛은 마음속에 날카로운 상처를 남겼다. 힘들게 버텨온 만큼 쉽사리 아물지 않는 상처였다.

"고작 그런 이유로 저주를……."

"고작이라고?"

광으로 돌아온 덕춘의 말에 행랑아범이 벌떡 일어서 눈을 부릅뜨며 되물었다.

"자네는 몰라. 내가 어떤 마음으로 이 집에서 버텨왔는지. 아니, 아무도 모를 걸세. 내 아비처럼 되진 않을지 하루하루 전전긍긍하며 살아왔네. 무엇 하나 손가락질 받지 않으려 애쓴 내 세월이 그 눈빛 하나로 무너졌어."

아무리 애써도 의심에서 벗어날 수 없다. 그 절망과 좌절이 황 대감을 향한 분노로까지 이어진 셈이었다.

"그 눈빛을 본 순간부터 나는 결심했네. 나를 의심한 벌을 톡톡히 치르게 해줄 거라고.

"그래서 이런 일을 벌인 겐가."

효원이 허탈한 표정으로 광을 둘러보며 말했다. 찰나의 의심치고는 그 대가가 너무나도 컸다. 온몸이 딱딱해진 채 앓아누운 황 대감을 떠올리며 효원이 말을 이으려던 때였다.

"내 아비처럼 되지 않겠다, 나는 다르다."

사로가 입을 열었다. 그 목소리에 행랑아범은 흠칫 놀라 사로를 돌아보았다.

"그래서 결국 달랐습니까?"

분노에 차 있던 행랑아범은 머리를 한 대 얻어맞은 듯 멍한 표정을 지었다. 그러고는 두 다리에 힘이 풀려 땅바닥에 털썩 주저앉았다. 제가 다짐해 온 것이 무색하게 결국 저 또한 남의 물건에 손을 대고만 셈이다. 그것도 저주를 위해.

"황 대감은 이리 말하더군요. 이 집에 행랑아범이 있어 지금 잘 살고 있는 것이라고."

"예……?"

이어진 사로의 말에 행랑아범은 그 어느 때보다도 놀란 표정이었다. 그도 그럴 것이 자신을 좀도둑으로 의심한다고 틀림없이 확신하고 있었다. 그래서 이런 판까지 벌여가며 황 대감을 저주했던 것 아닌가.

처음 듣는 사로의 말에 놀란 이는 행랑아범뿐만이 아니었다. 분명 황 대감의 입에서 행랑아범을 의심하는 말을 들었던 효원은 더욱 놀라 눈을 크게 뜬 채 사로를 쳐다보았다.

"당시에도 물건이 없어질 수도 있다, 그러니 괜한 사람을 의심하지 말자며 조용히 덮었다 들었습니다."

"그런……."

그러고 보면 그때 황 대감은 절도 사건에 대해 특별히 대처하지 않고 유야무야 넘어갔었다. 제가 의심받는다는 생각에 사로잡혀 다른 생각이 들지 않았더랬다. 당시 상황을 떠올린 행랑아범의 눈동자가 크게 흔들렸다.

"아버지의 업보에서 벗어나는 일에만 골몰해 대감의 눈빛을 착각한 게 아닙니까? 의심의 말을 대감의 입에서 직접 들은 적이 있습니까?"

"아, 아니야. 설마……."

그러고 보면 저를 향한 의심을 직접 확인한 바는 없었다. 오로지 그 눈빛을 저 스스로 추측한 것일 뿐.

사로의 말대로라면 자신은 피해의식에 빠져 황 대감의 눈빛을 혼자 착각하고 분노하며 그를 저주한 셈이 된다. 그것도 자신을 믿어준 제 주인을. 거기까지 생각이 미친 행랑아범이 죄책감에 빠져 온몸을 덜덜 떨기 시작했다.

"아이고, 아이고. 대감마님."

그러고는 바닥에 엎드려 엉엉 울음을 터뜨렸다. 대감마님을 뵐

면목이 없다며 그렇게 한참을 울부짖었은 행랑아범은 동이 트기 전 이른 새벽에 죄송하다는 편지만 남긴 채 모습을 감추었다.

❦

행랑아범이 떠난 뒤 며칠 만에 황 대감의 상태가 거짓말처럼 좋아졌다. 자리에서 일어나 행랑아범이 사라졌다는 이야기를 듣자마자 황 대감은 혀를 끌끌 차며 말했다.

"하여간 이래서 천것들은."

그간의 소동은 물론이고 행랑아범의 사정 따위 알 리 없던 그의 목소리에선 경멸이 느껴졌다. 사라졌던 황 대감의 물건은 제자리로 돌아왔고 행랑아범은 사라졌다. 황 대감의 의심이 결국 맞아떨어진 격이었다.

시끌벅적한 시간이 지나고 방 안에 사로와 둘만 남겨진 효원은 잠시 생각에 잠겼다. 행랑아범의 사정도 모른 채 그를 비난하는 황 대감의 목소리가 방 안에까지 들려왔다.

"뭔가 마음에 걸리십니까?"

그러자 효원은 끄응 하고 잠시 앓는 소리를 냈다.

"영 찜찜하단 말일세. 행랑아범은 진실도 모른 채 스스로를 탓하며 떠난 격이 되질 않나."

"그대로 두었으면 더 큰일이 날 수도 있었습니다. 어찌 그리 저주를 쉽게 여기는지……."

사로가 작게 중얼거렸다. 광에 있던 제단이며 알 수 없는 것들을 모두 불태워 없애버린 뒤였다. 하지만 여전히 찜찜한 기분을 지울 수 없는지 효원이 미간을 찌푸리며 말을 이었다.

"그토록 벗어나고자 했던 아비의 업보가 황 대감님의 의심으로 인해 결국 진실이 되지 않았는가. 그런데 행랑아범은 황 대감님에 대한 미안함을 가진 채 사라졌고. 그리 생각하면 조금 안타깝기도 하네."

"황 대감 또한 괜한 의심으로 수족처럼 부리던 자를 잃었으니 피차 좋은 결과는 아닌 셈입니다."

"그건 그렇네만."

"저런 성실한 일꾼마저 의심했으니 평소 다른 하인들에겐 어떨지 안 봐도 뻔합니다."

사로의 말에 효원은 저도 모르게 동의하듯 고개를 끄덕였다. 며칠 이곳에 머물면서 본 황 대감의 행실은 행랑아범이 그토록 칭송하던 것과는 거리가 멀었다. 그렇기에 효원은 행랑아범이 실은 황 대감의 본모습을 알면서도 애써 존경하는 척했던 게 아닐까 하는 생각이 들었다. 제 아비와는 다르다는 것을 증명하기 위해서.

어쨌거나 행랑아범은 결국 자신만의 생각에 빠져 누군가를 저주했다. 안타까운 마음과는 별개로 무시할 수 없는 사실이었다.

"자신이 의심받아 그리했다는 건 결국 핑계에 지나지 않습니다. 황 대감을 저주하고 싶은 마음은 행랑아범 그 자신이 만들어낸 마음일 테니. 이유가 무엇이 됐든 결국 행랑아범은 황 대감이 저주하고 싶을 정도로 미웠던 것이지요."

애써 눌러왔던 증오가 찰나의 의심을 내비친 황 대감으로 인해 행랑아범을 덮친 셈이다. 효원은 생각에 빠진 얼굴로 천천히 고개를 끄덕였다.

"저주라는 건 기본적으로 본인의 업보가 됩니다. 저주를 내려 마음속 증오를 해소하는 것처럼 보여도 그렇지가 않지요. 오히려 자신을 해하게 됩니다."

"……."

"그러니 황 대감을 향한 증오 속에서 사느니 오해일지언정 미안한 마음을 가지고 사는 게 낫습니다. 다시 저주하거나 돌아올 일은 없겠지요."

"그렇구먼."

사로의 말을 천천히 곱씹던 효원이 이제야 대충 납득이 된 듯 대답했다.

"그리고 도련님의 마음을 편하게 해줄 말씀을 더 드리자면."

효원은 고개를 들어 사로를 바라보았다.

"첫 도둑질이 행랑아범이 아니었다는 증거도 없지 않습니까."

"설마."

생각지도 못한 발상에 효원이 입을 떡 벌렸다.

"행랑아범이 그것마저 거짓을 말했단 겐가?"

"그거야 모를 일이지요."

"아아……."

더 이상 사람의 바닥을 보고 싶지 않다는 생각에 효원은 양손으로 제 머리를 감싸며 괴로워했다. 그런 효원의 모습을 사로가 가만히 지켜보며 말했다.

"도련님 마음이 편해지시라 드린 말씀인데 오히려 더 괴로워하시는군요."

그러고는 작게 웃는 모습에 효원은 억울한 듯 입술을 삐죽 내밀었다. 아무래도 사로에게 사람을 괴롭히는 취미가 있는 것이 아닌가 하는 생각이 들었다.

"확실한 건 행랑아범은 황 대감을 저주했고, 그 업보가 더 쌓이기 전 다행히 이곳을 떠났다는 겁니다. 그거면 됐지요."

효원과 달리 사로는 후련한 표정으로 부채를 펄럭였다. 진심으로 개운한 눈치였다. 버릇처럼 말하는 '업보'라는 단어에 효원은 머리에서 손을 떼고 고개를 번쩍 들며 물었다.

"혹시 그럼 나 또한 나도 모르는 사이에 업보를 쌓고 있는 건 아닌가."

"찔리는 일이라도 있으십니까?"

"혹시나 싶어서 말일세."

효원은 머쓱한 얼굴로 대답하며 이마를 긁적였다. 그간 도움이란 명목 아래 제가 부렸던 오지랖들이 떠올라서였다. 그런 효원의 마음을 읽은 듯 사로가 말했다.

"누군가에게 도움이 되려는 마음은 우선 나쁜 게 아닙니다."

"그렇겠지?"

제 생각에 골몰해 사로에게 마음을 읽힌 줄도 모른 채 효원이 밝은 얼굴로 대답했다. '우선'이라는 말이 마음에 다소 걸리기는 했으나, 금세 진중한 표정이 되어 사로에게 물었다.

"자네에게도 그런 업보가 있는가?"

생각지 못한 효원의 질문에 사로가 잠시 입을 다물었다. 그러다 고개를 갸웃하고는 마찬가지로 진지하게 대답했다.

"아무래도 그런 모양입니다. 그러니 이리 전국 팔도를 돌아다니며 그 업보를 풀고 있는 것이겠지요."

"남일 말하듯 하는구먼."

효원이 황당하다는 표정으로 대답하자 사로가 어깨를 으쓱했다.

"누군들 속사정이야 알 수 없는 노릇 아니겠습니까."

어려 보이는 얼굴과 달리 세상 다 산 것 같은 말투였다.

"그거야 그렇네만."

"하지만 사람이란 무엇이든 숨기는 것이 참 어려운 모양입니다."

사로가 말을 이으며 작게 미소를 지었다.

"이 커다란 집에서조차 황 대감의 의심도, 행랑아범의 증오도 결국 숨기지 못했으니 말입니다."

아무리 숨기려 한들 결국 그 어떤 비밀도 어떻게든 새어 나오는 셈이다. 사람이란 그런 존재였다. 효원이 씁쓸한 웃음을 지으며 천천히 고개를 끄덕였다.

연이은 사건 사고로 집안이 뒤숭숭했다. 이런 분위기 속에 더 머무는 것도 마음이 편치 않았다. 오랜만에 만난 편안한 잠자리를 나흘도 채 되지 않아 떠나게 된 효원은 시원섭섭한 얼굴이었다.

"아, 그러고 보니 그 붉은 상자를 불태우려는데 함께 있어달라는 부탁을 받았습니다."

"그 막내 아씨의?"

"예, 아무래도 단단히 문을 걸어 잠글 정도로 염이 차 있던 물건이니까요. 태워달란 말은 있었지만 혼자 하기엔 무서웠던 모양입니다."

"흠, 그럼 떠나기 전에 들르는 것도 나쁘지 않겠구먼."

효원은 그리 답하면서도 마음속 깊은 곳에서 끓어오르는 호기심을 누를 길이 없었다. 열어보지 말라고 하니 더 열어보고 싶은 마음이 들었다. 하지만 행여나 삿된 것이 들어 있을지 모른다는 두려움이 그 호기심을 겨우 억누르고 있었다.

집안사람들의 눈을 피해 덕춘이 향한 곳은 넓게 트인 강가였다. 예전에 한번 아씨와 이곳을 온 적이 있었는데 인적이 드문 데다 널찍해 무엇을 해도 문제가 생기지 않을 것이라 생각했다.

"아무래도 불을 써야 해서요."

집 아궁이에서 몰래 불씨를 가져온 덕춘이 쌓아 올린 장작으로 불씨를 옮겼다. 그러자 장작 틈에서 작게 붉은 빛이 타오르기 시작했다. 그를 본 덕춘이 결심한 듯 보따리에서 붉은 상자를 꺼내 들었다. 사로가 안전하다는 확인을 해주었음에도 여전히 손대는 것조차 두려운 모양인지 덕춘은 손을 덜덜 떨고 있었다.

"태워도 되는 것이겠지요?"

손에 든 상자를 불로 가져가면서도 덕춘의 시선은 사로를 향해 있었다. 사로는 예, 하고 무심하게 대답할 뿐이었다. 덕춘의 불안한 마음을 가라앉히기엔 역부족인 반응이었다.

"너무 겁내지 마시게. 괜찮다지 않은가."

하지만 그리 말하는 효원 또한 움직임이 경직되어 있었다. 아무래도 상자의 정체도 정체이거니와 이 상자를 얻기까지 그 일련의 과정 또한 이래저래 심상치 않았던 것이 사실이었다. 게다가 절대 열어봐서는 안 된다는 조건이 붙은 상자였다. 이 모든 사실이 두 사람을 계속해서 불안하게 했다. 옆에 선 사로는 팔짱을 낀 채 흥미로운 표정으로 그 둘의 모습을 바라보고 있을 뿐이었다.

"그럼 태우겠습니다?"

여전히 불안한지 허가를 구하듯 덕춘의 말꼬리가 올라갔다. 사로는 당연하단 표정으로 고개를 끄덕였고, 효원 또한 불안한 마음을 달래려는 듯 사로의 왼팔을 슬며시 잡았다. 그렇게 상자가 덕춘의 손을 떠나려던 바로 그때였다.

일순간 불어온 강풍에 상자 뚜껑이 날아가더니 그 속에 있던 것들이 순식간에 위로 날아올랐다. 무언가가 그려진 여러 장의 종이였다.

"아이고, 이를 어째!"

아씨의 부탁을 어긴 셈이 되어버린 덕춘이 한참 위로 날아오른 종이들을 바라보며 발을 동동 굴렀다. 덕춘의 작은 키로는 도저히 손이 닿을 수 없는 높이였다.

"내가 잡겠네!"

효원이 호기롭게 외치고는 날아다니는 종이를 향해 펄쩍 뛰며 손을 뻗었다. 낱장으로 나풀거리는 것이 좀처럼 손에 잡히지가 않았다. 그 탓에 한참 애를 먹다 겨우 하나를 잡아챈 효원이 환한 웃음과 함께 소리쳤다.

"잡았네!"

그러고는 효원은 저도 모르게 종이를 확인했다가 놀라 억 소리를 내며 뒤로 나자빠졌다.

"아, 아니 이게 뭔가! 이게, 이게 맞는가?"

효원은 마치 불결한 것을 만지기라도 한 듯 종이를 냅다 손에서 던져버리고서 파드득 몸을 떨었다. 놀라 자빠진 건 효원만이 아니었다. 땅바닥에 떨어진 종이 한 장을 확인한 덕춘 또한 입을 떡 벌리고는 천천히 고개를 가로저었다. 도저히 믿을 수가 없다는 표정이었다.

"우리 아씨가, 우리 아기씨가 이럴 리가 없어요. 이런 숭한……."

"춘화(春畫)군요."

뒤에 서 있던 사로가 바닥에 던져진 종이를 들어 그림을 확인하고는 덤덤한 말투로 말했다. 종이엔 벌거벗은 채 뒤엉킨 남녀의 모습이 그려져 있었다.

"남녀의 교접이 뭐 그리 흉한 일이라고들 그러십니까."

어안이 벙벙해진 효원과 덕춘의 머리 위로 춘화가 나풀나풀 날아다녔다. 유독 새파란 하늘 아래 새하얀 종이가 흩날리는 것이 마치 그림과도 같은 풍경이었다.

"아가씨의 음심(淫心)도 결국 숨기지 못한 모양입니다."

사로는 그 풍경을 바라보며 안타까운 표정으로 읊조리듯 말했다.

六.

푸른 불꽃

무서운 얼굴을 한 커다란 두 장승과 그 주변에 쌓인 돌무더기. 그리고 이곳저곳에 널린 오색의 화려한 천들. 밤에 보았을 때는 스산한 느낌이 들었던 것들이 날이 밝고 보니 이리 화사하고 따스할 수가 없었다. 커다란 돌 위에 앉아 웅크리고 있던 앳된 얼굴의 여자아이가 천천히 고개를 들었다. 그러고는 그 풍경을 가만히 바라보았다.

마구잡이로 자란 무성한 풀들 사이로 나비와 벌이 날아다니고, 널따랗게 자리 잡은 노란 은행나무 잎이 바람에 흔들리며 햇빛을 반사시켰다. 그와 대비되듯 자잘한 상처와 먼지가 내려앉은 수척한 얼굴. 그리고 지금은 더럽지만 원래는 고왔을 옷차림이 여자아이가 처한 상황을 말해주는 듯했다.

열 살이라는 어린 나이에 팔려 가듯 시집을 갔다. 어머니는 몇 해 전 병으로 세상을 떠났고 다섯 살 위 오라버니마저 연이어 유명을 달리했다. 제 아래로만 어린 동생이 셋. 그러다 아버지마저 몸을 다처 생계를 책임질 형편이 안 되자 결국 남은 건 저뿐이었다.

젖살도 채 빠지지 않은 통통한 얼굴에 아직은 부모의 손길이 필요한 나이였다. 하지만 그런 건 가난 앞에서 아무런 핑계가 되지 못했다.

"그 집에 더 있어봐야 무엇 하겠니. 우리 집에 와 미리 집안일도 배우고 해라."

시어머니의 한마디에 여자아이는 생각보다 일찍 제 집을 떠나게 되었다. 시댁도 그리 넉넉지 않던 터라, 하루 종일 정신없이 일을 하다 쓰러져 잠드는 게 일상이었다. 남편의 나이는 한창때인 열일곱. 열 살밖에 안 된 저를 남편은 본체만체하며 외면했다. 그러다 밖에서 바람이 나더니만 저를 눈엣가시 취급하기 시작했다.

한번은 시어머니에게 저 못난이를 언제까지 데리고 살아야 하냐며 험담하는 것을 들었다. 제게 애정이 없던 건 시어머니도 마찬가지라, 우선은 일손이 필요하니 어쩔 수 없다는 대답이 나왔다. 그 대화를 들은 여자아이는 더욱 마음이 무거워졌다. 일꾼 외의 효용은 없는, 허울뿐인 부부이자 가족. 그것이 제가 처한 현실이었다.

저를 향한 남편의 미움은 점점 심해져 밥을 굶기거나 손찌검하는 등 직접적인 괴롭힘이 시작됐다. 제가 없어야 새로운 부인을 맞을 수 있다는 게 그 이유였다. 저도 남편의 뜻대로 해주고 싶었지만.

'나도 갈 곳이 없는걸.'

그럴 때마다 여자아이는 눈물을 훔치며 제가 해야 할 집안일을 계속했다. 이것마저 제대로 해내지 못하면 저는 정말로 쫓겨날지도 몰랐기에.

그러던 어느 날, 남편이 웬일로 옷을 선물해 주었다. 시집올 때도 입어본 적 없는 옷이었다. 처음 입어보는 예쁜 옷에 조금 설레는 마음이 들어 퉁퉁 부은 얼굴로 겨우 웃어 보였다. 서방님, 하고 목소리를 내며 고개를 들었지만 남편은 끝까지 시선을 외면했다.

"이제 여한은 없겠지. 날 너무 원망 말거라."

제게 옷을 입혀준 남편이 혼자 중얼거렸다. 그러고는 어두컴컴한 밤, 알 수 없는 곳에 저를 버리고 가버렸다. 결국 소박맞았구나. 여자아이의 눈에서 눈물이 흘렀다. 그렇다고 본가로 돌아갈 자신도 없었다. 어디서든 환영받을 존재가 아니라는 생각에 더욱 슬퍼졌다. 밤이 더 깊을수록 더해지는 추위와 공포에 몸이 덜덜 떨려왔다.

소박맞고 서낭당*에 가 있으면 새 서방을 만나게 된다더라.

바로 그때, 어디선가 들었던 말이 떠올랐다. 마침 저 멀리 산 위에 있는 서낭당이 눈에 들어왔다. 다른 방법이 없어 여자아이는 결국 서낭당으로 발걸음을 옮겼다. 제대로 먹지도 못해 힘이 없는 몸은 무거웠다.

하지만 걷다 보니 어느새 발걸음이 가벼워졌다. 마치 모든 걸 훌훌 벗어버린 것처럼 이상한 가벼움. 급기야는 발이 땅에 닿는다는 느낌조차 없이 서낭당에 올랐다. 그렇게 그곳을 찾아올 누군가를 하염없이 기다리기 시작했다.

✦   마을을 수호하는 서낭신을 모셔놓은 신당.

홀로 기다린 지 몇 달이 지났을까. 여자아이는 오늘도 누군가가 쌓아둔 돌탑을 가만히 바라보았다. 다들 소원이 있어 여기까지 와 돌을 쌓아 올렸겠지. 그 소원은 다 이루어졌을까? 만약 그렇다면 돌을 하나라도 올리고 싶었다.

화사한 날씨와 대비되는 제 신세가 처량해 아이의 눈에 눈물이 차올랐다. 여자아이는 결국 작은 돌 하나를 들어 돌탑에 올렸다. 이미 높이 쌓인 돌탑이 쓰러질 듯 흔들리자 질끈 눈을 감고는 소원을 빌듯 중얼거렸다.

"제발 새 서방님을 만나게 해주세요, 제발······."

말이 끝나자마자 돌탑이 와르르 무너져 내렸다. 그럼 그렇지. 여자아이가 자조 섞인 얼굴로 다시 자리에 털썩 주저앉았다. 그렇게 힘없이 바닥만 바라보다가, 어디선가 시선이 느껴져 주위를 둘러보았다. 하지만 보이는 건 커다란 눈을 한 두 장승뿐. 눈을 부릅뜨고 입을 크게 벌리고 있는 모습이 마치 저를 혼내는 것만 같아 여자아이는 괜히 더 마음이 쪼그라들었다. 두 무릎을 감싸안고 몸을 웅크리자 조금이나마 마음이 편해지는 것 같았다.

바로 그때였다. 제 발치에 누군가의 그림자가 드리웠다. 설마······. 여자아이가 천천히 고개를 들었다. 그러자 그 앞에는 꿈에만 그리던 멋진 남자가 서 있었다. 긴 머리에 하얗고 서늘한 얼굴. 남자의 뒤로 후광이 비추는 것만 같았다. 하늘이 내려준 제 서방님이 분명했다. 여자아이는 너무나 기뻐서 눈물을 흘리기 시작했다.

"서방님?"

그 한마디에 저를 내려다보던 남자의 표정이 일그러졌다.

어느덧 여름을 지나 가을에 접어들었다. 더위에 약한 효원의 미간 주름이 펴지고, 선선한 바람에 절로 미소가 지어지는 날씨. 그토록 힘겨웠던 것이 거짓말같이 느껴질 정도로 걷기만 해도 마음이 너그러워지는 기분이 들었다.

"오늘은 이 마을에 머물기로 하지요."

그러니 사로의 이 말에 별달리 토를 달지 않고 흔쾌히 동의한 것도 당연했다.

"좋네!"

애초에 제겐 결정권이 없음에도 세차게 고개를 끄덕이는 효원의 눈이 반짝였다.

도깨비불이 떠돈다는 소문이 난 마을이었다. 마을 사람들의 말에 따르면 1년 전부터 나타나기 시작했다고. 때마침 이런 마을을 방문하다니, 효원은 새로운 경험을 할지도 모른다는 설렘에 들뜨면서도 으스스한 기분을 지울 수 없었다. 선선하던 바람이 순간 싸늘하게 느껴져 효원은 사로에게 찰싹 달라붙었다. 저보다 두 뼘은 작은 사로에게 의지해 조심스레 발걸음을 옮기는 모습이 꽤나 볼만했다.

"좀 떨어지십시오."

사로가 제게 붙은 커다란 몸을 슬쩍 밀어냈다. 그러자 효원은 사로의 팔이 생명 줄이라도 되는 듯 다시 바짝 붙으며 대답했다.

"아니, 도깨비불이 나온다지 않는가."

"벌건 대낮부터 나올 리 없지 않습니까."

"그, 그런가."

효원은 민망했는지 조금씩 사로에게서 떨어졌다. 그러면서도 끝까지 마음을 놓지 못해 여전히 사로에게 몸을 붙인 채 이동했다. 그런 효원의 모습에 사로는 대낮에도 도깨비불이 나올 수 있다는 사실을 말하지 않아 다행이라 생각했다.

"안 그래도 어젯밤에 말일세, 도깨비불 꿈을 꾸었다네."

사로가 흥미로운 표정으로 효원을 쳐다보았다.

"그런데 마침 자네가 데려온 마을에 도깨비불이 나온다 하질 않는가. 이것 참, 이런 우연이 다 있나."

사로가 눈썹을 위로 움직이며 흐음, 소리와 함께 고개를 끄덕였다. 그러자 효원이 미심쩍은 듯 미간을 찌푸렸다.

"무슨 표정인가, 그건?"

"무엇이 말입니까?"

"자네 표정 말이야. 그래, 그 표정. 아주 흥미로운 걸 발견한 표정 아닌가."

"그렇습니까?"

사로의 입가에 슬며시 웃음까지 걸리자 효원이 허어, 하고는 사로에게서 슬며시 떨어졌다.

"묘하게 불쾌하구먼."

효원이 고개를 저으며 턱을 매만졌다. 그에 비해 사로는 여전히 즐거운 듯 다시 입을 열었다.

"꿈을 자주 꾸십니까?"

"자주는 아닐세. 어렸을 적에는 매일같이 꾸었던 때도 잠시 있었네만."

효원이 잠시 고민에 빠진 듯 앓는 소리를 내고는 말을 이었다.

"사실은 꿈 얘기만 꺼내면 아버지께서 기겁을 하셔서 말일세. 이 야기를 안 하다 보니 점점 안 꾸게 된 것 같네."

옛날 일을 떠올리던 효원이 다시 고개를 홱 돌려 사로를 향했다.

"그나저나 도깨비불이라니, 자네는 본 적⋯⋯."

있겠지. 왠지 더 말하지 않아도 그럴 것 같아 효원은 말을 멈추었다.

"도깨비불뿐이겠습니까. 산에 있다 보면 별의별 것을 다 만나게 된답니다."

별의별 것이라니. 그 말에 효원의 눈이 번뜩였다.

"그럼 도깨비불은 어찌 생겼는가? 반딧불이처럼 반짝거리는가?"

효원의 말에 사로의 입에선 저도 모르게 헛웃음이 새어 나왔다. 참 아름다운 세상을 살아가는 도련님이었다.

"도깨비불은 죽은 자의 원혼이라고도 하지요."

"원혼!?"

효원이 화들짝 놀라며 큰 소리를 내자 지나가던 마을 사람들이 그 둘을 흘끗댔다. 가뜩이나 범상치 않은 제 생김새가 사람들의 이목을 끄는 마당에 효원의 목청까지. 사로는 약간의 피로감이 들었다.

"세상에 원한이 남아 성불하지 못한 채 떠돌고 있으니, 그 모습이 반딧불이처럼 아름답겠습니까. 딱 봐도 시퍼렇고 음침한 것이."

사로는 여기까지 말을 끊고 효원을 쳐다보았다. 제 말에 완전히 집중한 채로 다음 말을 기다리는 모습이 마치 어린아이 같아 보였다. 웃음이 나올 뻔한 것을 겨우 참았다.

"어찌나 으스스한지…… 도련님께서 보시면 놀라 쓰러지실지도 모릅니다."

효원이 긴장한 얼굴로 침을 꼴깍 삼켰다. 그때였다.

"자!"

사로가 갑자기 외치자 놀란 효원이 으악, 하고 소리를 내며 사로의 왼팔에 다시 찰싹 들러붙었다.

"갑자기 왜 큰 소리를 내는 겐가!"

"백문이 불여일견 아니겠습니까."

"그, 그 말은……."

효원이 놀라 눈을 크게 떴다. 설마.

"도깨비불을 직접 찾으러 가자는 얘깁니다."

사로의 말에 효원의 커다란 몸이 더욱 움츠러들었다. 하지만 호기심이라면 둘째가라면 서러운 게 바로 효원이었다. 도깨비불에 대한 기대감이 두려움을 조금씩 앞서기 시작했다.

이야기가 모이는 곳이라면 역시 주막이었다. 둘은 주막에 들러 국밥 두 그릇에 국수 하나를 시키고 자리에 앉았다. 도깨비불이라는 공포와 설렘에 가득 찬 탓인지 효원은 평소보다 더한 허기를 느꼈다.

효원 앞에 펄펄 끓는 국밥 두 그릇이 놓였다. 하얀 국수 한 그릇은 자연스레 사로의 앞에. 배고픔에 무서움은 싹 잊은 모양인지 효원은 숟가락을 들어 부지런히 국밥을 먹기 시작했다. 사로 또한 젓가락을 들어 국수를 뜨려던 바로 그때였다.

"어제도 나왔다지?"

"그러니께 말이여. 어디 무서워서 살것나."

옆자리 남정네들의 대화를 들은 사로와 효원의 수저질이 동시에 멈추었다. 그리고 둘은 눈빛을 교환했다. 도깨비불 이야기임을 본능적으로 느꼈기 때문이었다.

사로가 옆으로 몸을 쭉 빼고는 남정네들에게 말을 걸었다.

"혹시 도깨비불 이야깁니까?"

사로의 범상치 않은 행색에 남정네들은 잠시 주춤했으나, 말을 안 하고는 못 배기겠는지 금세 입이 터진 듯 줄줄 이야기하기 시작했다.

"말도 마쇼. 밤만 되면 저쪽 산에서 시퍼렇게 둥둥 떠다니는 것이 어찌나 소름이 돋는지."

"관가에 얘길 하면 뭘 허나. 자기들도 무서우니 내빼기 바쁜걸."

점점 커지는 남정네들의 목소리에 다른 사람들까지 귀를 기울이기 시작했다. 효원도 질문에 합세했다.

"그러니까, 저쪽 산에서 주로 보인단 말인가?"

"예에, 산에서도 보이고. 요즘엔 건돌이네서 자주 보인다지 않았나? 어이, 건돌이네!"

남자가 맞은편에서 술을 마시고 있던 젊은 청년을 불렀다. 그러자 건돌이라는 이름의 남자는 술잔을 내려놓고는 마뜩잖은 표정으로 예에, 하고 대충 대꾸했다. 그다지 크지 않은 체구에 나이는 많아 보이지 않았으나, 어두운 얼굴이 더 나이 들어 보이게 했다.

"여기 나리들이 도깨비불에 대해 물으시는디. 건돌이네서 요새 자주 보인다지 않았는감?"

옆에 있던 또 다른 남자가 말하자 건돌이는 사로와 효원을 흘끗 보며 대답했다.

"예에, 뭐. 산에서 가까워서 그런지⋯⋯."

"그놈의 도깨비불은 왜 갑자기 나오는가 몰러. 볼 때마다 아주 깜짝깜짝 놀란다니께."

남자들은 건돌이의 대답을 다 듣기도 전에 흥분하며 역정을 내기 시작했다. 아무래도 망조인 것 같다며 남자들의 목소리가 더욱 커질 때쯤 사로가 건돌이에게 말을 걸었다.

"실례가 안 된다면 댁이 어디신지 알 수 있겠습니까?"

건돌이가 눈을 들어 빤히 사로를 쳐다보다 앞에 놓인 사발을 들고 술을 벌컥벌컥 들이켰다. 그렇게 한 사발을 단번에 마신 후 건돌이는 사발을 소리 나게 내려놓으며 대답했다.

"알려드리면, 그 기분 나쁜 걸 없애주기라도 하신답니까?"

건돌이의 공격적인 대답에 효원은 잠시 당황했으나, 사로는 그다지 신경 쓰이지 않는다는 말투로 대답했다.

"예에, 그럴지도요."

큰 의지는 느껴지지 않는 애매한 대답이었지만 딱 보기에도 사로는 보통 인물 같지가 않았다. 그래서인지 건돌이는 사로를 쳐다보던 시선을 거두고 자리에서 천천히 일어났다.

"그렇다면 모셔다드려야지요. 마침 돌아가려던 길이니 따라오십쇼."

그러고는 벌떡 일어나 저벅저벅 걸어가는 건돌이를 사로와 효원이 뒤따랐다.

집으로 돌아가는 길에 조금씩 어둠이 몰려왔다. 계절이 바뀌며 짧아지기 시작한 해가 이상하게도 오늘따라 더욱 짧게 느껴졌다. 산과 가까워져서 그런지 어둑한 산속 여기저기서 짐승의 울음소리가 들려왔다.

"저 앞에 보이는 집입니다."

건돌이가 가리키는 방향에 작은 초가집이 보였다. 결코 크다고는 할 수 없는 아담한 크기였다. 집 안에서 불을 밝힌 모양인지 희미한 불빛이 아른거렸다.

"임자, 나 왔소."

건돌이가 마당으로 들어서며 큰 소리로 외치자 방문이 끼익, 낡은 소리를 내며 천천히 열렸다. 마치 누가 왔는지 확인이라도 하듯 안에 있던 여자는 조심히 한쪽 눈만 빼꼼 내밀었다.

"혹여나 내 목소리를 흉내 낸 도깨비불일까 싶어 늘 저럽니다."

건돌이가 사로와 효원에게 설명하고는 "찢어 죽일 도깨비불" 하고 소리쳤다. 그것이 둘만의 암호인지 여자는 안심하며 문을 열고 모습을 드러냈다.

"누구……."

"도깨비불을 없애주신다는 도사님일세."

당황한 효원이 사레가 들린 듯 컥컥대며 기침을 했다.

"저, 도사……라고는 한 마디도 한 적 없네만."

"옆에 분은 딱 봐도 도사 아닙니까? 양반님은 아니겠지요. 게다가 아까 도깨비불을 없애주신다지 않았습니까."

건돌이가 고갯짓으로 사로를 가리키며 말했다. 아무래도 비범한 사로의 모습이 여러모로 오해를 산 것 같았다. 하지만 그렇다고 완전히 부정할 만한 이야기도 아니라, 효원은 뭐라 답해야 할지 진땀을 빼고 있었다.

사로는 평소와 다름없는 서늘한 표정으로 입을 열었다.

"도깨비불이 사라질지 아닐지는 제가 정할 수 있는 게 아닙니다."

"없애주시는 게 아니라면 저희도 볼일 없습니다. 괜히 집사람 신경 쓰이게 하지 말고 나가주십시오."

꽤나 단호한 건돌이의 반응에 사로가 흐음 하고 작게 소리를 냈다. 여기까지 온 마당에 아무것도 듣지도, 보지도 못한 채 돌아갈 수는 없다. 무엇보다 제 옆에서 눈을 반짝이고 있는 효원 또한 그러할 터였다.

"없애드린다 하면, 더 머무를 수 있겠습니까."

"정말로 없애주신다면 몇 날 며칠이고 계셔도 됩니다."

사로의 말에 건돌이는 아까와는 달리 호의적인 말투로 잽싸게 대답했다. 아무래도 도깨비불로 인해 많이 곤란한 모양이었다. 건돌이는 망설이다 입을 열었다.

"어머니는 작년에 돌아가셨습니다. 망할 도깨비불 때문에."

효원이 놀라 눈을 크게 떴다.

"사람을 공격하기까지 한단 말인가?"

"그건 아니지만…… 밤중에 뒷간에 다녀오시다 저 흉한 것이 눈앞에 둥둥 떠다니니 놀라 쓰러지시고는 그 후로 일어나질 못하셨습니다."

"아이고, 저런."

듣는 것만으로도 마음이 아파 죽겠다는 표정을 한 효원이 사로를 설득하려는 듯 사로의 옆구리를 쿡 찔렀다. 하지만 사로는 모르는 척 시치미를 떼고는 건돌이의 이야기에 다시 귀를 기울였다.

"꽤 작은 집이지요. 이래 봬도 어머니가 돌아가시기 전까지는 나쁘지 않게 살았습니다. 지금 마누라도 저놈의 도깨비불만 보면 혼비백산을 하니……. 이러다 마누라도 도망가게 생겼습니다."

방문 앞에 앉아 저희들의 이야기를 가만히 듣고 있는 여자의 얼굴이 효원의 눈에 들어왔다. 그야말로 피골이 상접한 상태였다. 몸의 문제가 아닌, 마음의 문제가 있는 듯싶었다. 아마도 그 원인은 도깨비불이리라. 효원은 더더욱 건돌이네를 도와주고 싶은 마음이 커졌다.

"지금 형편에 이사를 가는 것도 말이 안 되고……. 그러니 제발 도사님, 도깨비불 좀 없애주십시오."

"사로, 도와주는 게 어떻겠나. 설마 그냥 도깨비불 구경만 하러 온 건 아닐 테지."

사로가 도와주리라고 철석같이 믿는 말투였다. 저런 효원의 오지랖에 응해주는 것도 제 역할이라, 사로는 잠시 고민하는 척하다 고개를 끄덕이며 말했다.

"나쁘지 않겠지요."

사로의 한마디에 효원이 건돌이의 두 손을 맞잡고 마치 제 일처럼 기뻐하기 시작했다. 여전한 그 모습을 지켜보던 사로가 곧이어 입을 열었다.

"하지만 제가 도울 사람은 이 사람이 아닙니다."

효원과 건돌이가 어리둥절해져 시선을 교환하던 바로 그때였다. 저 멀리서 둥둥 떠다니는 푸른 불꽃이 보이기 시작했다.

"저, 저겁니다. 도사님! 저기, 저 망할 것이."

건돌이가 크게 흥분하며 마당에 있던 부지깽이를 들고 공중에 휘두르기 시작했다. 애초에 닿을 거리도 아니건만 그래야만 안심이 되는 모양이었다. 다행히 도깨비불은 계속해서 그 근처를 맴돌 뿐 가까이 다가오거나 해코지를 하지는 않았다.

"매번 저렇게 떠다닙니다. 기분 나쁘게."

부지깽이를 내려놓고 숨을 고르며 건돌이가 말했다. 도깨비불이 나타나자마자 여자는 하얗게 질린 얼굴로 방으로 들어가 문을 걸어 잠갔다. 듣는 것만으로도 무서워 견딜 수가 없다는 표정이었으니 그럴 만도 했다.

"혹시 직접적으로 해코지를 하거나 한 적은 없나?"

"그랬으면 벌써 어떻게든 하지 않았겠습니까."

건돌이가 한숨을 내쉬며 대답했다.

"하는 거라곤 저렇게 기분 나쁘게 떠다닐 뿐이니. 누굴 감시하는 것도 아니고. 여하튼 기분이 나빠 몸서리가 쳐집니다."

"그렇군요."

사로가 건돌이의 말을 들으며 저 멀리 떠 있는 도깨비불을 가만히 쳐다보았다. 푸른 몸뚱이가 일렁이며 마치 물결처럼 보였다. 무언가를 말하려 움찔대는 입 모양 같기도 했다. 효원 또한 사로의 옷소매를 붙들고는 고개만 쭉 내어 도깨비불을 살펴보고 있었다.

"생각보다 음침해 보이지는 않는구먼."

효원이 도깨비불을 바라보다 입을 열었다.

"그런데."

말을 잠시 멈춘 효원이 긴장한 듯 침을 꼴깍 삼켰다.

"왠지 점점 가까워지는 것 같지 않은가."

효원은 슬그머니 사로의 뒤로 몸을 숨겼다. 그래봐야 그 커다란 몸이 숨겨질 리가 없을 터인데, 그렇게 해야만 안심이 되는 모양이었다.

바로 그때였다.

"으아악!"

도깨비불은 순식간에 건돌이의 앞으로 날아왔다. 제 눈앞에서 일렁이는 시퍼런 도깨비불에 건돌이는 외마디 비명을 지르고는 정신을 잃었다. 덩달아 놀란 효원이 허둥대다 건돌이의 쓰러지는 몸을 겨우 받아 들었다. 그러자 도깨비불도 마치 놀란 것처럼 금세 산 쪽으로 다시 멀어져 갔다.

"사로, 들었는가?"

건돌이를 안은 효원이 겁에 질린 표정으로 사로를 돌아보았다.

"도련님께도 들린 모양이군요."

"내, 내가 들은 그게 맞는 건지. 분명……."

말을 멈춘 효원을 사로가 마주 보았다. 그러고는 고개를 끄덕였다. 그 반응에 확신을 얻은 효원이 말을 이었다.

"서방님이라고……."

❧

"서방님이라니, 징그러운 소리 마."

여자아이의 말에 남자는 짐짓 무서운 표정으로 말했다. 차가운 얼굴과 달리 말투는 어린아이를 달래듯 따뜻했다. 그래서인지 외모는 이전 서방님보다도 어려 보였지만 오히려 더 어른 같은 느낌이 들었다.

"내가 장가만 일찍 갔어도 너만 한 딸이 있고도 남았을걸."

말도 안 되는 소리에 여자아이는 남자의 얼굴을 빤히 올려다보았다. 자세히 보자 재작년 세상을 뜬 큰오라비와 닮은 것도 같아 여자아이는 더욱 남자가 좋아졌다.

"그럼 뭐라고 불러야……."

"오라버니."

남자가 엄격한 말투로 답했다.

"오라버니……."

여자아이는 반가운 듯 몇 번이고 소리 내어 말했다. 다시 오라버니라는 말을 입에 담을 수 있게 되어 기쁜 모양이었다. 다행히 남자는 별다른 제지를 하지 않았다. 그 반응에 용기를 얻어 여자아이는 눈을 부릅뜨며 남자에게 물었다.

"오라버니는 첩을 들이실 생각은 없으신가요?"

"첩?"

여자아이의 질문에 남자는 헛웃음을 지었다. 많아야 열둘이나
되었을까 싶은 어린 얼굴. 그런 입에서 첩이라는 단어가 나오는 것
조차 기가 차다는 반응이었다.

"애초에 혼인할 생각도 없거니와……."

"하지만 여기서 기다리면 새 서방님을 만날 수 있다고 했는
데요."

남자의 말이 끝나기도 전에 여자아이가 말을 쏟아냈다. 남자의
한쪽 눈썹이 올라갔다.

"누가?"

"그냥. 어디서 들었어요."

남자의 반응에 여자아이는 풀이 죽어 다시 고개를 푹 숙였다. 남
자는 한숨을 내쉬었다. 처음 봤던 매몰찬 첫인상과는 달리 혼자 있
는 여자아이가 신경이 쓰이는 듯한 표정이었다.

"당분간은 함께 지내줄 수 있지만, 나는 떠나야 할 몸이야."

"왜요?"

"해야 할 일이 많아. 만나야 할 사람도 많고."

여자아이의 표정이 더욱 어두워졌다. 결국 저는 새 서방님도 찾
지 못한 채 여기 혼자 남아야 하는 걸까. 언제쯤 여기서 벗어날 수
있을까. 그런 생각에 빠져든 여자아이를 건져낸 건 남자의 한마디
였다.

"그러니 그동안 네가 원하는 게 있다면 들어주마. 하고 싶은 일이 있다면 뭐든."

여자아이의 표정이 금세 밝아졌다. 그것만으로도 괜찮다고 생각했다. 저와 잠시나마 지내주는 것만으로도. 여자아이는 남자를 바라보며 환하게 웃었다. 그러자 남자는 여자아이를 내려다보며 머리를 쓰다듬어 주었다. 그 모습이 진짜 제 오라비 같아서 여자아이는 웃으면서도 눈물이 날 것 같았다.

"그럼 오라버니, 우리 비사치기해요."

그렇게 말하며 여자아이가 서낭당에 켜켜이 쌓인 돌들을 가져와 남자의 앞에 늘어놓았다. 남자는 못 말린다는 듯 고개를 가로저었다.

"남의 소원이 담긴 걸 그리 쉽게 무너뜨리면 쓰나."

"오라버니, 말하는 게 할아버지 같아."

할아버지라는 말에 타격을 크게 입었는지 남자는 금세 눈을 가늘게 뜨고는 여자아이에게 꿀밤을 먹였다.

"아야야. 진짜 할아버지 같은데."

끝까지 기가 죽지 않고 종알거리는 게 여자아이의 원래 성격인 듯했다.

결국 둘은 여자아이의 소원대로 비사치기를 하기로 했다. 하지만 넓적한 돌멩이 여러 개를 앞에 둔 채 멀뚱히 서 있기만 하는 남자의 모습에 여자아이는 잠시 고개를 갸웃했다. 설마.

"오라버니 비사치기 몰라요?"

"……."

남자가 민망한 듯 뒤통수를 긁적였다. 저도 저지만 이 오라버니도 대체 어떤 삶을 살아온 것인지. 아무래도 친구가 한 명도 없었던 게 분명하다. 여자아이의 짠한 시선이 남자를 향했다. 비사치기를 모른다는 사실 하나만으로 남자는 고고한 첫인상과 달리 어딘가 얼빠진 오라버니라는 심증이 굳어져버렸다.

"자, 오라버니. 보세요. 이 돌을 이렇게 세워두고."

작은 손으로 야무지게 돌을 잡고 설명해 주는 여자아이의 눈빛이 영민하게 빛났다.

"다른 돌을 들어서 이렇게."

여자아이가 던진 돌이 힘없이 날아가 중간에 떨어졌다.

"아, 이게 왜 이러지. 잘 맞혔는데."

여자아이는 분한 듯 씩씩대며 몇 번이고 돌을 던졌으나, 돌은 제대로 맞히기도 전에 족족 힘없이 떨어졌다.

"이상해요. 나 진짜 잘했는데."

"내가 해보마."

씩씩대다 못해 눈에 눈물이 고이려던 때에 남자가 돌을 집어 들었다.

"이렇게 던지면 된다는 거지?"

처음 해보는 솜씨라고는 믿을 수 없을 정도로 신묘하게 들어맞은 돌에 여자아이가 놀라 눈을 크게 떴다.

"마, 맞아요. 오라버니 잘하는데요?"

그러고는 점점 신이 나는 듯 박수를 쳤다. 아까의 시무룩한 표정은 어느새 사라지고, 여자아이의 얼굴엔 아이다운 웃음이 가득했다. 조용하던 서낭당에 여자아이의 웃음소리가 종일 끊이질 않았다.

그렇게 해가 지기 전까지 즐거운 시간을 보낸 뒤였다. 여자아이는 제 옆에 앉아 있는 남자를 바라보았다. 언젠가는 떠나야 할 사람이라 생각하니 지금의 즐거움이 더욱 소중했다.

"그런데 오라버니는 어디를 가시던 길이서요?"

"나야 모르지."

남 일인 듯 말하는 남자의 대답에 여자아이는 얼빠진 표정을 지었다. 아무래도 저를 놀리는 것 같다는 생각이 들었다.

"오라버니가 모르면 누가 알아요?"

타박하는 듯한 말투에 남자는 그게 아니라며 두 손을 휘저으며 말했다.

"내가 정할 수 있는 게 아니라서 그래. 내 도움이 필요한 곳이 있다면 나는 가야 해."

"그럼 누가 도움이 필요한지는 어찌 알아요?"

"글쎄……."

남자는 여자아이의 얼굴을 빤히 쳐다보았다.

"자연스레 알게 되더라고."

그리 말하는 남자의 눈동자가 순간 밝게 빛났다. 무슨 사연이 있는 듯한 남자에게 여자아이는 동질감이 들었다. 비사치기가 뭔지도 모르고 무슨 이유에서인지 이곳저곳을 떠도는 나그네 오라버니. 남자에 대해 아는 건 그것뿐이었지만 점점 그 누구보다 가깝게 느껴지기 시작했다.

"이 꽃은 뭐라 해요?"

"민들레."

"민들레는 노란 꽃이잖아요. 이렇게요."

여자아이는 옆에 있던 노란 민들레를 가리키며 말했다.

"꽃이 지고 나면 이제 씨앗이 되어 날아갈 준비를 하는 거야."

"날아가요?"

"그래."

여자아이는 골똘히 하얀 민들레를 쳐다보았다.

"날아갈 수 있다니, 좋겠다. 어디든 갈 수 있는 거잖아요."

여자아이는 흥분된 목소리로 말했다. 지금의 제 신세와 반대인 민들레씨가 부러운 모양이었다.

"그런가."

그와 달리 남자는 가만히 민들레씨를 매만질 뿐이었다.

"어디로 갈지도 모른 채 날아가는 게 좋은가."

혼잣말처럼 떠드는 말이었다.

"가끔은 한곳에 머무르고 싶을지도 모르지. 떠도는 생활은 그만 두고……."

마치 민들레씨의 마음을 읽기라도 한 듯 쓸쓸한 얼굴로 말하는 남자의 얼굴을 여자아이가 빤히 바라보다 슬쩍 웃었다.

"제가 듣기엔 우선 지금 여기 있는 것만으로도 좋다는데요."

여자아이의 말에 남자가 고개를 돌려 얼굴을 마주 보았다.

"그러니 너무 슬퍼하지 말라셔요."

떠나고 싶은 자와 머물고 싶은 자. 정반대의 상황이었지만 외롭고 쓸쓸한 마음은 같았다. 남자는 저를 보며 웃는 여자아이의 모습에 잠시 멈칫했다. 숨기고 싶던 제 마음을 들킨 탓이었다. 그 누구에게도 내비친 적 없는 속마음이었다.

하지만 다음 날.

"오라버니, 민들레가. 민들레가 다 날아가 버렸어요. 어떡해요."

여자아이는 민머리가 된 민들레를 바라보며 주저앉아 엉엉 울었다. 너무 슬퍼하지 말라던 주제에. 마치 남자와의 이별을 예감한 듯, 벌써 다시 혼자 남겨지기라도 한 듯 서러운 울음이었다.

"오라버니는 떠나지 마세요. 저랑 여기 있어요."

눈물 섞인 절박한 그 말에도 남자가 할 수 있는 일이라곤 그 옆에 앉아 한참 동안 그 울음소리를 들어주는 것뿐이었다. 저는 어쨌거나 떠날 수밖에 없는 사람이었기에. 그 후로도 남자는 며칠을 더 머물렀다.

여자아이는 풀밭에 누워 하늘을 바라보았다. 당장이라도 떠날 듯 굴었던 남자와 함께 지낸 지도 나흘이나 되었다. 여자아이는 그간의 시간을 떠올렸다. 걱정 없이 즐겁기만 한 나날. 곁에서 나를 돌봐주는 상냥한 오라버니. 가난에, 시집살이에, 눈칫밥에 쉴 새 없이 몸을 움직여야 했던 외롭고 힘들던 제 지난 시절과 대조되는 평화로운 나흘이었다. 이런 날들이 계속된다면 얼마나 좋을까.

어느새 여자아이의 얼굴엔 희미한 미소가 걸려 있었다. 손을 들어 햇빛을 가리자 제 손이 투명하게 비치었다.

"죽어도 여한이 없을 것 같아."

여자아이의 혼잣말에 남자가 슬며시 웃음을 지었다.

"여한이 없다니, 그거 좋구나."

남자의 목소리와 따뜻한 햇살에 절로 졸음이 몰려왔다. 누워 있
는 제 옆으로 남자가 다가와 앉았다.

"아, 맞다. 오라버니의 이름, 가르쳐주세요."

"내 이름?"

남자는 잠시 망설이다 입을 열었다.

"이름은 다음에 알려주마."

기대했던 대답이 아니라 여자아이는 불퉁한 표정을 지었다. 그
러자 남자는 귀엽다는 듯 살짝 웃어 보이고는 한 손으로 여자아이
의 눈을 가려주었다. 눈부시던 햇살마저 사라지자 정말로 졸음이
쏟아졌다. 그러고는 완전한 어둠이었다.

다음 날, 남자는 소리 소문 없이 자취를 감추었다. 민머리가 된 민
들레만을 남긴 채.

❦

"그럼 오늘 밤 신세 좀 지겠습니다."

아까 도깨비불과의 일로 건돌이 부부는 안색이 하얗게 질린 채
였다. 그런 둘의 옆에서 사로는 묵묵히 짐을 풀었다.

"보, 보셨지요 도사님. 도깨비불이 이번엔 저를 죽이려 했습니
다. 어머니에 이어 저까지……."

그 말에 건돌이의 아내는 상상도 하기 싫다는 듯 그의 팔에 몸을
붙인 채 고개를 푹 숙였다. 아무래도 금실이 좋은 모양이었다. 효원

이 그런 둘을 보며 안타까워했다.

"도깨비불은 원혼입니다."

사로의 말투에는 아무런 감정도 없었다. 제 앞에서 눈물을 흘리며 비통해하는 두 사람의 모습 따위 보이지도 않는다는 듯한 덤덤한 말투였다.

"혹시 원한을 살 일을 했다거나……."

사로의 말에 부부는 울음을 그치고 서로를 마주 보았다. 그러더니 서둘러 시선을 돌렸다.

"그런 일은 없습니다. 이 마을 사람들한테 물어보셔도 됩니다."

아내도 건돌이의 말에 동의하는 듯 힘없이 고개를 끄덕였다.

"이 사람도 이 집에 시집와선 아픈 어머니를 모시고 고생만 했습니다."

갑자기 목소리를 높여 아내를 옹호하는 모습에도 사로는 그렇군요, 대답하고는 천천히 눈을 깜빡일 뿐이었다.

"이제 아이도 가지려던 판인데 저놈의 도깨비불 때문에 아이는커녕 몸져눕게 생겼습니다, 도사님. 제발, 도와주십시오."

간절한 건돌이의 말에 효원이 마음 깊이 탄복하던 그때였다.

"여자와 관련된 문제도 없습니까?"

효원은 순간 제가 들었던 그 한마디를 떠올렸다.

"맞네, 아까 분명 서방님이라고……."

그 말에 건돌이는 소스라치게 놀라며 뒤로 나가떨어졌다. 건돌이의 팔에 매달려 있던 아내도 덩달아 나자빠졌다.

"서, 서방은 무슨! 내가 인정한 집사람은 이 여편네 하납니다!

어머니가 마음대로. 일손이 부족하다고 들여와선. 그 못난이가
무슨……!"

갑자기 터져 나오는 영문 모를 소리에 효원은 눈이 휘둥그레졌
다. 그와 달리 사로는 전혀 놀란 기색 없이 건돌이를 쳐다볼 뿐이었
다. 마치 모든 사연을 알고 있기라도 한 듯이.

너무 흥분한 나머지 게거품을 물고 앓아누운 건돌이를 살피는
건 여전히 하얗게 질려 있는 아내의 몫이었다. 더 말을 붙일 상황이
아니라 효원은 사로를 따라 집 밖으로 나섰다.

완전히 새까매진 밤하늘에 오늘따라 별이 쏟아질 듯 더 밝게 빛
나고 있었다. 별을 보고 있었나 싶던 사로의 시선은 다른 곳을 향해
있었다. 도깨비불이 나왔던 산속이었다. 아까 도망가듯 자취를 감
춘 뒤 도깨비불은 아직 그 모습을 드러내지 않고 있었다.

"사로."

효원의 부름에 사로가 천천히 고개를 돌렸다. 어딘가 서글픈 표
정에 효원은 하려던 말을 멈추었다.

"맞습니다."

"뭐가 말인가?"

"지금 도련님이 생각하고 있는 것 말입니다."

"건돌이네 말인가? 그렇지. 아까 놀라는 모양새가 보통 수상한
게 아니었네."

사로의 말에 효원이 잠시 신이 난 듯 목소리가 높아졌다. 그러다
잠시 생각에 잠긴 듯 입을 다물었다. 그러고는 다시 차분해진 목소
리로 말을 이었다.

"그런데 원혼이란 게 말일세. 원한을 가진 거라 무서울 줄 알았는데…… 슬퍼 보였다네. 이상하지 않은가?"

사로는 대답 없이 효원의 말을 가만히 듣고만 있었다.

"원한이 있다면 보통 그런 걸 하지 않는가. 제웅에 못을 박아 저주를 내린다든지."

효원은 황 대감댁 일을 떠올리며 말했다.

"그저 주위를 맴돌기만 하는 원혼이라니 들어본 적이 없네."

"원한에도 여러 가지가 있으니 말입니다."

"여러 가지?"

"원망스럽고 한스러운 마음. 이승에 미련이 남을 정도라면 어지간히 분하고 슬픈 일이었겠지요."

효원은 그렇지, 하고 추임새를 넣듯 대답했다.

"그것이 분노나 원망으로 발현되는 경우가 있는가 하면, 또 슬픔으로 발현되는 경우도 있습니다."

"슬픔으로?"

"예에, 아마 저 도깨비불은 후자일 겁니다."

평범한 사람인 저에게조차 느껴질 정도의 슬픔이라면 어떤 한이 남은 걸까. 효원은 그 마음이 저에게까지 전달되는 것만 같아서 덩달아 울컥했다.

그때 저 멀리 산속에서 다시 푸른 불꽃이 모습을 드러냈다. 아까처럼 가까이 다가올 기색은 없어 보였다. 그저 그곳에서 자신을 알아달라는 듯 희미하게나마 제 존재를 알리고 있었다.

서방님, 서방님—

새까만 어둠 속 시퍼렇게 일렁이는 그 모습은 마치 온몸으로 울고 있는 것만 같았다.

다음 날 아침이 되어서야 정신을 차린 건돌이는 허연 얼굴로 두리번대며 도깨비불을 찾았다. 지난밤 자신이 실신했다는 사실조차 잊은 모양이었다.

"그, 그럼 이제 다시 나오지 않는 겁니까?"

건돌이의 질문에 사로는 제 머리를 매만지다 대충 대답했다.

"글쎄요."

"도사님!"

시큰둥한 사로의 대답에 다급해진 건돌이가 버럭 소리를 질렀다. 또다시 공격적인 태도가 된 건돌이를 보자 효원은 몸이 앞으로 나갈 뻔했다. 하지만 사로가 그런 효원에게 눈짓을 하더니 말을 이었다.

"어제 보아하니 도저히 제가 대적할 만한 상대가 아닙니다. 솔직히 말씀을 해주셔야 해결할 방도가 보일 듯싶은데……."

"소, 솔직히라니. 대체 무슨 말씀이신지……."

순식간에 건돌이의 태도가 다시 쪼그라들었다. 효원은 사로의 말뜻을 알면서도 모르는 척하는 게 빤히 보이는 건돌이가 얄미웠다. 분명 뭔가가 있다. 효원은 눈을 부릅떴다.

"어제 말씀드린 원한 말입니다. 여자아이와 관련된."

"아무 일도 없다고 했잖아!"

건돌이가 버럭 소리를 내질렀다. 그러고는 화풀이하듯 사로에게

오른 주먹을 내리꽂으려 한 그때였다. 효원이 빠른 몸놀림으로 사로의 앞에 와서 건돌이의 오른팔을 세게 쥐었다. 이런 와중에도 사로는 미동조차 하지 않은 채 그 자리에 그대로 서 있었다.

"그러시군요."

사로의 눈동자가 금빛으로 빛나기 시작했다. 그와 동시에 건돌이가 축 늘어지더니 바닥에 무릎을 꿇고 앉았다. 어떻게든 다시 일어서려 했으나 제 의지대로 움직일 수 없었다.

사로가 천천히 건돌이에게 다가갔다. 그러자 씩씩대며 자리에서 일어나려던 건돌이의 움직임이 멈췄다. 정확히는 움직일 수 없는 듯했다. 사로에게서 뿜어져 나오는 기이한 기운에 건돌이의 아내가 다리에 힘이 풀려 주저앉았다. 사로가 금빛 눈을 크게 뜨고는 몸을 숙여 건돌이의 눈동자를 똑바로 쳐다보며 말했다.

"앞으로 평생 도깨비불에 시달리며 살아라. 그게 네 업보다."

마치 저주를 내리는 듯한 형형한 눈빛과 기세에 건돌이와 아내가 온몸을 덜덜 떨었다. 이번엔 아내가 실신했으나, 그런 아내를 돌볼 정신도 없이 건돌이는 그저 두려움에 떨고 있을 뿐이었다. 그러면서도 끝까지 자기 잘못이 아니라며 중얼거리는 건돌이의 모습은 이미 제정신이 아닌 것처럼 보였다.

그런 둘에게 신경도 쓰지 않은 채 사로는 그 자리를 박차고 집 밖으로 나왔다. 일말의 자비도 없는 모습. 이전에 지형을 대하던 사로의 모습이 떠올랐다.

"사로, 사로!"

짐을 챙긴 효원이 헐레벌떡 그 뒤를 따랐다. 사로가 걸음을 멈추자 효원 또한 숨을 고르며 멈춰 섰다.

"건돌이네는 저리 두어도 되는 겐가."

"어떤 이야기를 한들 반성할 사람이 아닙니다. 그랬다면 진작에 사실을 이야기했겠지요."

아무래도 제가 모르는 사정을 사로는 알고 있다는 생각이 들었다. 저 또한 건돌이가 의심스러웠기에 더 이상 그를 옹호해 줄 마음은 들지 않았다.

"도깨비불이 또 나올지도 모른다는 불안감으로 평생 살아가야지요."

사로의 눈동자에 아직도 형형한 기운이 맴돌고 있었다.

"그래야 공평하지 않겠습니까."

그리 말하는 사로의 얼굴엔 웃음기마저 감돌고 있었다. 그런 사로가 오늘따라 더욱 오싹하게 느껴져 효원은 입을 꾹 다물었다. 사로 또한 더 말을 잇지 않은 채 빠른 발걸음으로 산을 향해 걸어갔다. 효원은 말없이 그 뒤를 따랐다.

푸른 불꽃이 일렁이는 곳으로.

❦

남자가 떠나고 얼마가 지났는지도 이젠 까마득했다. 한 달까지는 날을 세었던 것 같은데, 그마저도 넘어가니 이제는 모든 게 무의미해졌다.

"나는 왜 여기에 있는 걸까?"

여자아이는 풀숲에 누워 중얼거렸다. 제 마음도 모른 채 날은 눈이 부실 정도로 쾌청했다. 하늘의 구름도, 풀숲의 민들레도 다 언젠가는 이곳을 떠난다. 그리고 오라버니도. 오라버니를 떠올리던 여자아이가 울컥했다. 멈춘 줄 알았던 눈물이 다시 흐르기 시작했다.

"너무해. 왜 나만, 왜……."

누워 있는 여자아이의 양 볼에 눈물이 흘렀다. 손을 움직여 눈물을 닦아낼 기력조차 없어 그대로 두었다. 그럴 의지도 사라진 지 오래였다.

그리 울고 있는 저를 지켜보는 시선이 있었다. 기다란 몸을 쭉 뻗고 서 있는 두 장승. 여자아이가 위로 고개를 젖히자 장승과 눈동자가 마주쳤다. 부릅뜬 눈도, 크게 벌린 입도 이젠 더 이상 무섭지가 않았다.

"왜 나만 여기 있냐구요! 나 혼자……."

여자아이는 팔다리를 휘두르며 장승을 탓하듯 울부짖었다. 그 모습을 내려다보는 장승은 아무런 답이 없었다.

그렇게 한참 울고 있던 여자아이의 머리 위로 어둑한 그림자가 드리웠다. 설마……. 여자아이는 감기려던 눈을 번쩍 떴다.

"서방님?"

강한 햇빛에 눈이 부셔 눈을 가늘게 뜨고 상대를 쳐다보려 애썼다. 얼굴을 알아보기도 전에 먼저 익숙한 목소리가 들려왔다.

"서방님이라니."

"오라버니!"

여자아이가 기쁨에 차 자리에서 벌떡 일어나 소리쳤다. 언제 울었냐는 듯 만면에 웃음이 가득했다. 이제야 얼굴이 눈에 제대로 들어왔다. 꿈에도 그리던 그 얼굴. 오라버니가 맞았다.

"어디 갔다 이제 오는 거예요. 제가, 내가 얼마나 기다렸는데."

여자아이의 눈엔 다시 눈물이 차올랐다. 그러고는 남자의 앞에 풀썩 주저앉아 엉엉 울기 시작했다.

"미안하다, 미안해."

남자가 제 앞에 마주 앉아 다정한 목소리로 위로해 주자 여자아이는 더욱 큰 소리로 울어젖혔다. 그렇게 한참을 울다 지친 여자아이가 다시 입을 열었다.

"이름, 알려준다 해놓고……."

울음을 삼키며 겨우 뱉어낸 여자아이의 말에 남자의 얼굴이 슬프게 일그러졌다. 떠나기 직전에 했던 약속이었다. 잊을 만도 하건만.

"그걸 아직도 기억하고 있어."

남자가 놀랍다는 듯 웃으며 말했다. 잠시 숙인 그 얼굴에서 고심하는 표정이 엿보였다. 그러고는 결심한 듯 고개를 들었다.

"사로."

겨우 울음을 멈췄던 여자아이의 눈에 다시 작게 눈물이 고였다. 이름을 알기까지 너무나 오랜 시간이 걸렸다.

"사로……."

여자아이가 그 이름을 작게 되뇌었다.

"사로 오라버니."

처음 오라버니라고 불렀을 때보다 더한 기쁨이 몰려와 여자아이는 소리 내어 웃었다. 바로 그때였다.

"자네."

어디선가 또 다른 목소리가 들려왔다. 여자아이는 그제야 사로
의 뒤를 확인했다. 그곳엔 커다란 남자가 서 있었다. 처음 보는 사람
이라 여자아이는 경계했으나, 아무래도 사로와 아는 사이인 듯싶
었다.

"대체 누구와 얘기하는 겐가."

커다란 남자의 말에 여자아이는 놀란 눈으로 그를 쳐다보았다.
남자는 저를 바라보고 있지 않았다. 마치 제가 보이지 않는다는 듯
주변을 두리번거릴 뿐이었다.

그러자 사로가 커다란 남자의 눈앞에 무언가를 씌우듯 손바닥을
잠시 갖다 대었다. 손을 치우자 그제야 큰 남자는 화들짝 놀라며 저
를 쳐다보았다.

"누, 누구냐! 귀신이면 물러가고 사람이면……."

"서방님?"

효원의 말이 끝나기도 전에 여자아이는 사로를 보며 물었다.

"자네, 혼인했나?"

"말도 안 되는 소리 마십시오."

얼빠진 표정의 효원에게 사로는 이제껏 본 것 중 가장 한심하다
는 얼굴로 대답했다.

"여기는 효원 도련님이고, 나와는……."

사로가 효원을 소개하려다 멈칫했다. 무어라 소개해야 할까. 사
로의 망설임을 느낀 효원이 사로의 말을 받았다.

"함께 다니는 벗이지."

그러고는 효원이 시원한 미소를 지어 보였다. 하지만 효원의 마음과 달리 여자아이의 눈빛은 그다지 호의적이지 않았다.

"오라버니 혼자 다니는 줄 알았는데……."

혼자가 아니라 누군가와 함께라는 것. 그것이 못내 서운하다는 말투였다. 효원은 민망한 마음에 괜히 헛기침을 했다.

"나를 버리고 그렇게 헐레벌떡 떠나시더니. 벗님과 함께 여행을 다니려 한 거였군요."

"버리다니."

여자아이가 뾰로통한 표정을 하자, 사로는 보기 드문 얼굴로 안절부절못하며 말했다.

"나는 단지 그쯤이면 되었다 생각했을 뿐이다. 버릴 생각은 없었어."

제가 모르는 사로의 과거사에 효원은 귀를 쫑긋 세우고 흥미로운 얼굴을 했다. 그러고는 고개를 돌려 주변을 둘러보았다. 수풀이 우거진 서낭당. 이곳에서 저 작은 여자아이 혼자서 살아왔다니 신기한 일이었다. 하늘이 도왔다고나 할까.

효원이 생각에 빠진 사이 여자아이는 새침한 얼굴로 사로에게 눈을 흘기다 금세 다시 히히 웃었다.

"그래도 다시 와줬으니 한 번 봐줄게요."

효원이 아이에게 물었다.

"혹시 도깨비불을 본 적이 있느냐. 이 근처에서 계속 맴돈다던데."

"도깨비불?"

"시퍼런 불꽃 말이다."

효원의 답에 여자아이는 아아, 하고 뭔가 생각난 듯 대답했다.

"아직 본 적은 없지만 저번에 사람들이 얘기하는 걸 들었어요."

여자아이의 대답이 이어질수록 사로의 표정이 미묘해졌다. 무언가 말하는 것을 망설이듯 입을 떼었다 다물기를 반복했다.

"도깨비불이라니, 으스스하고 무서워요."

여자아이는 양팔로 어깨를 감싸고는 몸을 부르르 떨었다.

"산 아래 건돌이라는 작자가 도깨비불이라면 치를 떨더구나."

"건돌이……."

여자아이가 무언가를 떠올리듯 괴로운 표정이 되었다. 그러더니 고개를 가로젓고는 눈을 반짝이며 사로를 올려다보았다.

"오라버니, 이번엔 오래 있어줄 거죠?"

더욱 어두워진 표정의 사로는 여자아이의 질문에 답은 하지 않은 채 다른 이야기를 꺼냈다.

"여기에서 날 처음 만나기 전까지 얼마나 있었는지 기억해?"

"오라버니를 만나기 전에요? 음…… 모르겠어요."

"마지막으로 음식을 먹은 건?"

"음식……."

"네 이름은?"

"……."

어딘가 이상했다. 나는 언제부터 여기 있었던 거지? 새 서방님을 기다리다 오라버니를 만나고 헤어지고 다시 만나고. 무언가를 먹지도, 마시지도 않은 채로. 그리고.

"내 이름……."

아무것도 기억나지 않았다. 아이의 눈동자가 크게 흔들렸다.

"저는, 저는 소박맞은 뒤에 여기 앉아서 새 서방님을 기다리고 있었어요. 오라버니도 알잖아요."

"여기까지는 어떻게 왔는지 기억하니?"

그러고 보니 어떻게 여기까지 왔더라. 여자아이는 필사적으로 기억을 더듬어보았다.

"그러니까, 저기! 저 아래에서부터 올라왔어요."

사로와 효원이 여자아이의 손가락이 가리킨 방향을 바라보았다. 가파르게 경사진 비탈길이 보였다. 열 살밖에 안 된, 게다가 비쩍 곯은 여자아이의 몸으로 오를 수 있는 길이 아니었다. 아이 또한 그 사실을 깨달았는지 입을 꾹 다물었다.

"저는, 저는……."

여자아이는 말을 더 잇지 못하고 울음을 삼켰다.

"작년 이맘때쯤 나와 처음 만났을 때……."

사로가 잠시 말을 멈추었다. 그러고는 안타까운 표정으로 다시 말을 이었다.

"너는 이미 혼령 상태였어."

예상치 못한 이야기에 여자아이는 할 말을 잃은 채 멍하니 서 있었다. 당연하게도 자신의 상태를 전혀 알지 못했던 터였다. 효원 또한 여자아이 못지않게 놀란 얼굴이었다.

"혼령이라니……."

"몸은 이미 죽었으나 혼이 완전히 떠나지 못했던 것이지요."

사로가 굳어 있는 효원에게 설명했다.

"내가 떠난 뒤 성불할 줄 알았건만. 아직 남은 한이 있는 건가……."

사로가 여자아이를 내려다보며 중얼거렸다.

효원이 산 중턱에서 발견한 작은 무덤을 떠올렸다. 성인의 것이라기엔 너무 작았고 제대로 장례를 치렀다기엔 그 모양이 어설펐다. 그곳을 지나치던 사로는 복잡미묘한 표정으로 다가가 그 앞에 앉아 기도를 올리듯 작게 중얼거리고는 다시 발걸음을 옮겼었다. 설마 그 무덤이. 효원이 여전히 멍한 얼굴로 눈만 껌뻑이는 여자아이를 쳐다보았다.

"혼령 상태인 네가 그 무엇에게도 뜯어 먹히지 않고 멀쩡한 건 다 서낭신 덕분이야."

"서낭신?"

여자아이가 고개를 갸웃하며 묻자 장승의 몸에 붙어 있던 흰 나비가 날개를 팔랑이며 날아와 어깨에 앉았다. 여자아이의 시선이 나비를 향했다. 그러고는 고개를 들어 제 주변을 바라보았다.

언젠가부터 무성히 자라 포근히 저를 감싸주던 풀과 나무, 그리고 저를 향해 피어난 꽃들. 또 제 주위를 맴돌던 나비와 지저귀던 새들이 눈에 들어오기 시작했다. 슬픔과 외로움이라는 자신만의 깊은 수렁에 빠져 돌아보지 못했던 것들이었다.

사로와 효원은 나란히 서서 이제야 눈이 뜨인 듯 주변을 새로이 살펴보는 여자아이를 바라보았다.

"산에 있는 무언가들은 사람만을 노리지 않습니다. 갈 곳을 잃은 혼령들 또한 그 먹잇감이 되지요."

"먹잇감이라니?"

"예에, 성불하지 못하고 날뛰는 혼령의 한이란 그것들에게 훌륭한 먹잇감이지요. 그래서 저는 정말로 아이가 그것들에 먹혀 원혼이 되어버린 줄로만 알았습니다."

사로의 시선은 여전히 여자아이를 향해 있었다.

"괜한 걱정이었군요."

사로의 눈에 들어온 건 풀과 나무, 꽃과 새들에 둘러싸여 행복한 웃음을 짓고 있는, 서낭신의 보호를 받는 여자아이의 모습이었다.

"그럼 저는 이제 어찌해야 해요?"

다시 현실로 돌아온 듯 웃음기를 지운 아이의 질문에 사로가 대답했다.

"내가 여기 온 건 네 성불을 돕기 위해서였어."

"지금은 성불하고 싶지 않아요. 아니, 할 수 없어요. 사로 오라버니와 더 함께 있고 싶어요."

여자아이의 말에 사로가 골치 아프다는 듯 이마를 짚었다. 처음 보는 표정이었다. 사로가 밀리는 모습에 효원은 흥미롭게 둘을 번갈아 보았다.

"나는 떠돌아야 하는 운명이야. 게다가 지박령은 죽은 곳에서 멀리 떠나지 못해. 이곳을 떠나려면 성불하는 길뿐이다."

사로의 말에 여자아이는 더 반박할 거리를 찾지 못했는지 불퉁한 얼굴로 입술을 꾹 다물고 있었다. 사로는 그런 아이를 가만히 내려다보았다. 서낭당은 간절한 바람이 있는 사람들이 찾아오는 곳이었다. 이 아이처럼.

"여기에 남고 싶다면 방법이 있어."

여자아이가 눈을 반짝이며 달려들었다.

"뭘 하면 되는데요?"

"이곳에 남아 사람들을 돕는 일을 하거라."

"사람들을요?"

"그래. 너처럼 간절한 마음으로 이곳에 찾아오는 사람들을 도와
주렴."

잠시 고민하던 여자아이는 번쩍 고개를 들며 되물었다.

"그러면 오라버니가 다시 와주는 거예요?"

"다시?"

예상치 못한 말에 조금 당황한 사로에게 아이는 고개를 끄덕이
며 이야기했다.

"다시 오지 않으면 사람들을 도와주기는커녕 실컷 괴롭힐 테니
그런 줄 아세요."

그러고는 심술이 난 표정을 해 보이는 것이 딱 그 나이대 아이 같
다는 생각이 들었다.

"그럼 와서 혼쭐을 내주어야겠구나."

장난스레 답하면서도 사로의 말엔 아이를 향한 믿음이 있었다.
제 믿음처럼 아이는 분명 사람들을 도울 것이다. 사로는 그런 확신
이 들었다.

"그런데 사로."

옆에서 둘을 보고 있던 효원이 슬그머니 말을 꺼냈다.

"헤어지기 전에 아이에게 이름을 주면 어떻겠는가."

혼령이 된 아이가 제 이름도 모른다고 하니 마음이 쓰이는 모양이었다.

"이름을 부르면 정이 붙습니다."

"정이 붙으면 어떤가."

어느 부분에서 울컥했는지 효원이 옷소매로 눈물을 훔치기 시작했다. 주책없어 미안하다 연신 사과하면서도 눈물을 멈추지 못했다.

"이미 장래를 약속한 사이 아닌가!"

효원의 대책 없는 말에 사로는 뒷골이 당기는 것 같은 느낌을 받았다.

"장래라니요. 그저 나중에 다시 와보기로 한 것뿐입니다."

"내 말이 그 말일세."

어이없어했지만 사실은 사로도 마음에 걸리던 차였다. 그러나 이름을 부르면 정이 붙는다. 그런 이름을 제가 직접 붙여준다니 더더욱 안 될 일이었다. 하지만.

"청아(靑兒)."

저도 모르게 나온 말이었다. 여자아이의 눈에서 눈물 한 방울이 떨어졌다.

"푸른 불꽃 덕에 다시 만났으니 청아라고 하자."

말이 끝나자마자 청아는 자리에 주저앉은 채 엉엉 소리 내어 울기 시작했다.

"웃어서 보기 좋았는데 또 우는구나."

"이름이, 이름이 너무 예뻐요."

"그러게 말이다. 나도 정말 마음에 드네."

청아의 뒤로 울먹이는 효원의 모습이 보였다. 사로는 눈물바다가 되어버린 이 상황이 황당했지만서도 한편으론 안도감이 들었다. 제 걱정과 달리 청아는 원혼이 되지 않았고, 서낭신의 보호 아래 살아가고 있었다. 그리고 앞으로도 그럴 것이었다.

"다시 한번 서방님이니 뭐니 그런 징그러운 소리를 하면 이름도 도로 빼앗아 갈 줄 알아라."

"알았어요."

사로가 엄포를 놓자 청아는 눈물 맺힌 얼굴로 푸흐흐 바람 빠지는 소리를 내며 웃었다.

"오라버니가 다시 올 때까지 재미있게 놀고 있을게요."

"그래."

"더 이상 서방님은 기다리지 않을 거예요."

이어진 청아의 말에 사로의 눈빛이 더욱 깊어졌다. 청아 또한 장난스럽던 아이의 표정은 사라지고 어느새 진지한 얼굴이 되었다.

"저 같은 사람들이 이곳에 찾아오면 도와줄게요. 그리고."

청아가 떨리는 목소리를 가다듬고는 말을 이었다.

"주변을 더 사랑하고 눈에 담아둘 거예요."

말을 마친 청아의 눈에선 눈물 한 방울이 떨어졌다. 그러고는 겨우 눈물을 삼키며 웃어 보였다. 이를 마지막으로 청아는 더 이상 울지 않았다.

"그래. 또 보자꾸나, 청아야."

사로가 웃는 얼굴로 고개를 끄덕이며 인사를 건넸다. 사로와 효원을 배웅하는 청아 또한 마지막까지 웃는 얼굴이었다.

"아, 그리고."

산을 내려가려던 발을 잠시 멈춘 채 사로가 말했다.

"서낭신께 도깨비불은 이만 거두어달라 말씀드려라. 이미 첫값은 치렀으니."

사로의 말에 청아는 눈을 몇 번 깜빡이다 옆에 있는 장승을 올려다보았다. 그러자 장승에 앉아 있던 흰 나비가 날개를 팔랑였다. 그 모습에 청아가 이제야 알았다는 듯 웃으며 장승을 꼭 껴안아 주었다.

서낭당을 뒤로한 채 산에서 내려온 둘은 건돌이의 아내가 도망갔다는 소식을 들었다. 실성한 건돌이를 내버려둔 채 세간살이를 짊어지고 도망가 버렸다고. 누구 하나 돌봐줄 이 없이 혼자 남은 건 결국 건돌이였다.

자업자득. 그에게 딱 어울리는 말이었다.

더 어두워지기 전에 머물 곳을 찾으려는 둘은 발걸음을 재촉했다. 아까 요기를 했던 주막으로 돌아가거나 또 다른 집을 알아봐야 했다. 그렇지 않으면 꼼짝없이 노숙을 해야 했다. 좁고 지저분한 남의 집까지는 어찌저찌 지내왔지만, 따뜻하고 아늑한 온돌방에서만 지내온 도련님 효원에게 노숙이란 절대 익숙해질 리 없는 경험이었다.

부지런히 길을 걷던 효원이 물었다.

"자네는 산속에서 어찌 지낸 겐가."

사로와 처음 만났던 산을 떠올린 모양이었다. 그곳에서는 집이
라고 할 만한 곳을 본 적이 없던 터라 효원은 궁금증이 일었다.

"영험한 굴속에 들어가 살았습니다."

"굴?"

생각지도 못한 대답에 효원이 눈을 크게 뜨며 되물었다. 영험한
굴이라니. 가뜩이나 대단한 효원의 호기심을 더없이 자극하는 말
이었다.

"예에, 그 안에 들어가면 대궐 같은 집이 있어 그곳에서 먹고 자
고 했습니다."

"아아, 그렇군. 역시."

"창고엔 먹을 것이 저절로 채워지고, 수십 명의 일꾼이 있어 손
하나 까딱 않고 살았습니다. 거기다 문을 열면 바다가 있어 용왕님
과도 친하게 지냈지요."

"세상에……."

"도련님."

저를 보는 사로의 눈이 미묘하게 웃고 있었다.

"그럴 리가 있겠습니까."

입을 떡 벌리며 감탄하던 효원이 입을 꾹 다물었다.

"사로, 자네……."

놀림을 당했다는 생각에 효원의 큰 주먹이 부들부들 떨렸다.

"바닥에 거적때기 하나 깔고 누우면 그게 집이지요."

노숙에도 끄떡없던 사로의 내공은 산속 생활에서 온 것이었나. 놀림받았다는 부끄러움은 어느새 사라진 효원이 사로의 말에 감탄하듯 고개를 끄덕였다.

"사실은 어제도 꿈을 꾸었네. 내 아주 어렸을 적이었는데, 아마 어머니와 살던 때였던 것 같아. 어머니에 대한 기억은 거의 나질 않는데 말일세."

잠시 말을 멈춘 효원이 입가에 힘을 주었다. 그와 동시에 눈가가 따뜻해졌다.

"그런데도 이상하게 포근하고 따뜻한 느낌이 들었지 뭔가. 청아도 그런 따뜻함 속에서 살아가리라 믿네."

효원의 목소리가 먹먹했다.

"그리고 나 또한 누군가에게 그런 따뜻한 이가 되고 싶다는 생각이 들었어."

"되실 겁니다."

감상을 쏟아내는 효원을 사로가 따스한 눈길로 바라보며 말했다. 면박을 줄 줄 알았건만 생각과는 다른 반응에 효원이 부끄러운 듯 시선을 피했다. 그리고는 먹먹해진 목소리를 가다듬었다.

"그러고 보니 자네를 만나고부터 다시 꿈을 자주 꾸는 것 같은 기분이군."

"그렇습니까?"

사로가 만족스러운 미소를 지으며 되물었다. 딱히 대답을 바라고 한 말은 아니었는지 효원은 말없이 고개를 끄덕였다. 한참을 말없이 걷던 효원이 갑자기 커다란 눈으로 사로를 돌아보며 말했다.

"그런데 자네, 같은 곳은 절대 들르지 않는다지 않았는가."

"그랬지요."

"그럼 청아는 자네의 첫 번째 예외가 되는 셈이겠구먼."

효원이 턱을 매만지며 사로를 놀리듯 후후 웃었다.

"사실은 두 번째입니다."

"무엇이 말인가?"

"다시는 들르지 않겠다는 철칙을 어긴 것이요."

"그럼 전에도 그런 적이 있단 말인가?"

효원의 말에 사로는 그를 보며 슬며시 미소를 지었다. 그러고는 고개를 돌려 상념에 잠긴 듯 먼 곳을 바라보았다.

"있었습니다. 그런 인연이."

七.

여우 구슬

대여섯 명이 넘는 아이들이 한 소년을 둘러싸고 있었다. 그 안에 있는 소년은 아이들보다 훌쩍 큰 키에도 주눅이 든 듯 어깨를 웅크린 채 바닥만 내려다보고 있었다.

"너 여우 요괴라며?"

"스님이 그랬다던데."

"너 때문에 마을에 이상한 일이 생기는 거래."

아이들의 악의에 찬 말을 받아치지 못하고서 소년은 고개만 더 푹 숙일 뿐이었다. 바로 그때였다.

"애미도 없는 괴물!"

한 아이의 말을 마지막으로 아이들의 입이 단번에 다물렸다. 함께 괴롭힐 때는 언제고, 너무 심한 게 아닌가 싶은 생각이 들어서였다. 그러자 소년의 고개가 서서히 위로 들렸다. 언제 주눅이 들었냐는 듯 소년의 눈빛은 형형했다.

"지, 진짜 괴물이다!"

소년의 얼굴을 본 아이들은 잔뜩 겁에 질린 채 소리를 지르며 줄 행랑쳤다. 빳빳이 고개를 든 소년의 눈동자가 금빛으로 번쩍이고 있었다. 아이들이 모두 도망가고 나서야 주변은 겨우 조용해졌다. 혼자 남겨진 소년이 후우, 길게 숨을 내뱉었다. 그러자 소년의 눈동 자는 차츰 원래의 색으로 돌아왔다.

마음이 진정된 소년은 울적한 표정으로 생각에 잠겼다. 소문처 럼 정말 나는 여우 요괴인 걸까? 저 자신조차 알 수가 없었다. 저 조차 알 수 없는 능력을 남들 앞에서 드러내고 싶지 않았다. 하지 만…….소년의 얼굴이 더욱 침울해졌다.

분명한 건 저 아이들과 자신이 지내온 삶은 매우 다르다는 것이 었다. 시도 때도 없이 변하는 눈동자며 정체를 알 수 없는 능력. 이 래서야 저놈들이 이야기한 괴물과 뭐가 다르단 말인가. 소년이 두 주먹을 꽉 쥐었다. 머릿속에 떠오르는 할머니의 얼굴에 소년은 겨 우 울음을 참아냈다.

"형아, 안녕?"

다 도망간 게 아니었나. 소년이 고개를 들자 눈앞엔 처음 보는 얼 굴이 있었다. 저를 놀린 아이들과 또래로 보이는 어린아이. 아마 제 가 누군지 모르는 모양이었다. 그러니 저리 태연하게 말을 걸겠지.

소년은 고집스레 입을 꾹 다물고만 있었다. 그런 소년의 반응에 도 아이는 아랑곳없이 말을 이어갔다.

"말을 못 해?"

소년은 여전히 입을 다문 채였다. 그러자 아이는 소년을 빤히 쳐 다보다 뒤통수를 긁적였다. 말동무가 필요한 모양인지 소년을 계

속해서 흘끔댔다. 아무래도 자리를 뜰 기미가 보이지 않자 소년은
참지 못하고 입을 열었다.

"나는 여우 요괴니 함부로 말 걸지 마. 너까지 괴물 취급받게
될걸?"

"뭐야, 말할 줄 아네."

소년의 가시 돋친 말투에도 아이는 즐거운 표정이었다.

"여우 요괴라도, 친구는 필요하겠지."

생각지 못한 말이었다.

"난 저 아래 큰 집에 살아. 그저께부터."

"아아."

마을에서 떠도는 이야기를 들은 적이 있었다. 윤 대감이 비천한
첩을 통해 낳은 아이를 본가로 들이기로 했다던가. 정실을 통해 얻
은 아들들이 하나같이 병약하니 건강한 핏줄이 필요한 모양이었
다. 딱 요만한 나이대라 들었으니 이 아이가 맞을 터.

"대궐 같은 집에 살게 됐다고 부러워하는 사람들도 있지만.
나는……."

반응 없는 소년의 모습에도 아이는 제 얘기를 줄줄이 쏟아냈다.

"나는 그냥 엄마가 보고 싶어……."

팔자 좋은 소리. 아이가 살짝 울먹이고 있었음에도 소년은 속으
로 비아냥거렸다. 하지만 제 오랜 기억을 떠올리자 아이의 마음 또
한 아예 이해 못 할 것은 아니란 생각이 들었다. 매번 이런 수모를
겪으면서도 살아갈 수 있는 이유는 그래도 저를 따뜻이 품어준 그
기억 때문이기에.

"형아는 이름이 뭐야?"

제 이름을 묻는 아이의 질문에 소년은 다시 입을 꾹 다물었다. 애초에 처음 만난 상대에게 제 이름을 가르쳐줄 정도로 순순한 성격은 아니었다.

대답을 기다리던 아이는 입술을 내밀고는 말했다.

"안 알려주네. 내 이름은……."

"도련님!"

그때 저 멀리서 누군가 소리치며 달려오는 모습이 보였다. 그러자 아이는 민망한 듯 뒤통수를 긁적이더니 소년에게 인사를 하며 달려갔다.

"또 만나. 여우 형아야!"

결국 서로의 이름은 알지 못한 채였다.

호기심이 너무 넘치는 막내 도련님을 찾으러 간 길. 그곳에서 소년의 얼굴을 본 하인은 못 볼 것이라도 본 듯 화들짝 놀라 헐레벌떡 도련님을 모시고 내려왔다. 발걸음을 재게 놀리며 뒤도 돌아보지 않았다.

"도련님, 앞으로는 저자와 가까이해선 안 됩니다."

하인은 속으로 제 불찰을 탓하며 아이에게 말했다.

"왜?"

"그것이……."

하인이 우물쭈물하자 아이는 순진한 얼굴로 물었다.

"여우 요괴라?"

"도, 도련님! 어디서 그런."

하인은 아이의 말에 놀라 냅다 큰 소리를 내고는 오히려 제가 놀라 주변을 살폈다.

"그 아이에 대해서는 함구하라는 명이 있습니다."

"흐음, 역시 여우 요괴가 맞구나?"

하지만 아이는 그런 하인의 반응을 즐기듯 생글거리며 대답했다. 그 누구보다 흥미롭다는 표정이었다.

"도련님께서는 이곳에 오신 지도 얼마 안 되셨으니 조심해야 할 게 많습니다. 가뜩이나 보는 눈도 많은 데다⋯⋯."

"알았어, 알았다구. 너무 답답해서 나와본 거야."

하인의 잔소리가 길어질 기미가 보이자 아이는 지겹다는 듯 몸서리를 쳤다. 그러면서도 머릿속은 아까 만난 여우 형아에 대한 생각으로 가득했다.

❧

가뜩이나 눈에 띄는 외형이었다. 소년이 개울물에 비친 제 모습을 찬찬히 살펴보았다. 붉은빛이 도는 기다란 머리칼과 때에 따라 황금빛으로 빛나는 눈동자. 그를 제외하면 평범한 소년으로 보일지 모를 얼굴이었다.

저 스스로도 어떻게 이곳에 왔는지 기억나지 않았다. 눈을 떠보니 숲속에 혼자였다. 산 아래 마을로도 몰래 내려가 봤지만 아무것도 알 수 없었다. 확실한 건 그 사람들과 저는 다르다는 것뿐이었다.

애초에 그들에게 속하지 않았으니 그것을 따를 필요도 없다. 그런 생각으로 머리를 풀어 헤친 채 짐승처럼 살아왔다.

그러던 어느 날, 나물을 캐러 민가에서 산으로 올라온 노인을 마주쳤다. 희끗한 머리에 주름이 많은 얼굴. 일상의 고됨이 느껴지는 모습이었지만, 이상하게도 그 기세만큼은 위풍당당했다.

"에그머니, 흉측해라. 그 꼴이 다 뭐다냐."

짐승처럼 으르렁대는 제가 무섭지도 않았는지 노인은 제게 다가와선 머리카락이며 얼굴을 쓰다듬어 주었다. 갑작스러운 노인의 행동에 놀란 소년이 위협하듯 눈에 힘을 주자 노인의 옆으로 칼날처럼 날카로운 바람이 스쳐 갔다.

"니가 한 것이야?"

노인은 신기하다는 듯 중얼거리며 바람에 쏠린 머리카락과 옷매무새를 다듬었다. 그러고는 손에 든 바구니를 뒤적이더니 떡 하나를 꺼내 소년에게 건넸다.

"이거라도 먹어라. 이리 비쩍 말라가지고 얻다 쓰꼬."

불쑥 제게 내민 떡을 가만히 쳐다보자 노인은 소년의 입에 떡을 물려주었다. 떡이 입에 닿는 순간, 그간 느끼지 못했던 허기가 파도처럼 몰려왔다. 허겁지겁 떡을 먹는 소년의 모습을 노인이 아이고, 소리를 내며 안쓰러운 듯이 내려다보았다.

오래전 제 또래의 아들을 병으로 잃었다고 했다. 소년을 집으로 데려온 노인이 자신의 이야기를 들려주었다.

"사람 목숨이 어디 사람 마음대로 된다더냐. 다 하늘의 뜻이지."

스스로를 납득시키듯 그리 말하는 노인의 얼굴엔 아들을 잃은 슬픔을 넘어 체념의 빛이 떠올랐다.

"그러니 너와 내가 이리 만난 것도 하늘의 뜻이다. 그르제?"

그러고는 환히 웃는 노인의 주름진 얼굴을 소년이 가만히 쳐다보았다.

"누가 뭐라 해도 너는 하늘이 내려준 내 손주다. 이렇게 우리 둘이 살자."

소년을 돌봄으로써 아들을 잃은 슬픔을 잊으려는 걸지도 몰랐다. 그런 노인의 행동에도 소년은 거부감이 들지 않았다. 제 기억 속엔 없는 가족이란 존재와 느껴본 적 없는 따스한 보살핌이 어색하면서도 싫지만은 않았기에. 소년은 말없이 고개를 끄덕였다.

"언제까지 이름 없이 살 수도 없구……. 동네 똥개도 이름이 있는디."

슬그머니 소년을 쳐다보며 말하는 노인은 소년이 이름조차 없다는 게 마음이 쓰인 모양이었다.

"내가 이름을 지어주마."

소년은 긴장한 듯 노인의 얼굴을 쳐다보았다.

"사로."

노인의 한마디에 소년의 눈이 번쩍 뜨였다. 누군가가 제 이름을 불러준다는 것은 생각보다도 특별한 경험이었다.

"사로야, 이제 내게 할머니라 해봐라."

"……할머니."

처음 불러보는 할머니란 말에 저도 모르게 울컥하는 마음이 들었다. 그러자 노인은 다 이해한다는 듯 사로의 머리를 쓰다듬어 주었다.

"그래그래, 이렇게 서로 불러야 정이 붙는다."

그렇게 둘은 가족이 되었다. 제가 보통 사람과는 다르다는 것을 알면서도 가족으로 거두어준 노인의 마음을 온전히 이해할 수는 없었다. 하지만 하루아침에 '사로'로 거듭난 이 상황과 주어진 시간이 너무나 소중하다는 사실만은 알 수 있었다.

"그런디 다른 사람들 앞에서는 내게 보였던 것 보여주면 안 돼야."

그런 할머니라 해서 사람을 모르는 건 아니었다. 할머니의 말에 사로는 말없이 고개를 끄덕였다.

"사람이란 게 원래 그렇다. 자기랑 다르면 다르다고 싫어하고, 같으면 또 같은 대로 흠을 잡어."

할머니는 질렸다는 듯 고개를 절레절레 젓다가도 빙그레 미소를 띠었다.

"그래도 가만히 보다 보면 다 이쁜 구석들이 있어야. 그러니 사람을 너무 미워하진 말어."

할머니는 혼잣말처럼 중얼거리고는 사로의 얼굴을 쓰다듬어 주었다.

사람을 너무 미워하진 말어.

무심하게 툭 뱉은 할머니의 그 한마디가 이상하게도 오래도록 사로의 마음속에 자리 잡았다.

나물을 캐 시장에 내다 파는 할머니의 뒤를 졸졸 따라다니며 사로는 마을 사람들에게도 눈도장을 찍었다. 가족을 잃은 노인에게 갑자기 나타난 새로운 손주라니. 마을 사람들은 의아한 눈빛을 보낼 수밖에 없었다.

하지만 원체 오지랖이 넓고 남을 돕길 좋아하는 게 노인의 성정이었다. 시장에 앉아 있다 보면 시장 상인들은 물론이고 오가는 마을 사람들도 노인에게 꼭 한두 마디씩 말을 건넸다.

"할머니, 오늘은 얼른 팔고 들어가셔요."

"지난번 주신 거 맛있게 잘 먹었어요."

그런 사람들의 말에 할머니는 한 명 한 명 모두 반가운 기색으로 화답했다.

"니가 벌써 이렇게 컸어야. 그래그래."

그러니 노인의 새로운 손주에 대해서도 호의적인 게 당연했다. 어딘가 비범하게 생긴 외양도 그다지 문제가 되지 않았다. 오히려 둘을 향한 도움의 손길이 있기도 했다. 계속 이런 삶이라면 꽤나 살아볼 만하다는 생각도 들었다.

문제가 생긴 건 그렇게 몇 달이 지난 뒤였다.

"시주를 부탁드려도 되겠습니까."

어느 날 지나가던 수도승이 목탁을 두드리며 둘의 집 앞에 멈춰 섰다. 평소 불심이 깊던 할머니는 이것저것 먹을 것을 챙겨 수도승에게 다가갔다. 고마움을 표하며 음식을 받은 수도승이 집 안쪽을 빤히 쳐다보더니 어르신, 하고 입을 열었다.

"집에 요괴가 들어앉았습니다."

"스님, 요괴라니 그게 뭔 소리여라."

할머니가 아무렇지 않은 듯 답하자 스님은 때마침 집 안에서 나온 사로를 향해 삿대질을 했다.

"뻔뻔한 낯짝으로 선량한 사람을 꾀는구나."

그러고는 다시 할머니를 향해 말했다.

"여우의 핏줄을 타고난 요괴니 어서 쫓아내야 합니다."

스님의 말에도 할머니는 생글생글 웃는 얼굴로 부엌에서 먹을 것을 조금 더 가져와서는 스님에게 건넸다.

"스님, 우리 집에는 그런 건 없고 저랑 손주만 조용히 살고 있응게요."

"사람이 아닙니다. 여우한테 홀린 겁니다."

스님은 끝까지 할머니를 설득하려 애썼으나 할머니는 단호했다. 그러자 스님도 결국 어찌하진 못하고 돌아서야 했다.

"어르신, 큰 화가 있을 겁니다."

스님의 마지막 한마디에 할머니가 잠시 멈칫했다. 하지만 금세 살펴 가시라며 인사를 건넸다. 그런 할머니를 지켜보는 사로의 마음이 복잡했다.

수도승이 다녀간 뒤로 마을엔 사로가 여우 요괴라는 소문이 퍼졌다. 가족을 잃은 노인의 집에 갑자기 나타난 소년을 의문스럽게 생각했던 마을 사람들에 의해 소문은 확신이 되었고, 뒤에서 자기들끼리 사로를 여우의 자식이라 쑥덕이기 시작했다.

그 비난이 할머니에게까지 이어지는 건 시간문제였다. 종종 베풀던 도움의 손길은 완전히 끊겼고, 여우에게 홀린 할머니를 설득하려는 사람들이 몇몇 찾아오기도 했다. 그럼에도 끝까지 할머니의 뜻을 꺾지 못했던 그들은 사로를 차가운 시선으로 흘겨보고는 발걸음을 돌렸다.

저로 인해 할머니마저 마을에서 배척당하자 사로의 마음은 이전과 비교할 수 없을 정도로 아팠다.

"오늘도 안 나갈 거여?"

"……."

대답 없는 사로의 모습에 할머니는 묵묵히 집을 나섰다. 그 뒷모습에 가슴이 아려왔다.

무성한 소문 속 사로는 사람들의 눈을 피해 틀어박혔다. 할머니를 따라나서던 시장에도 완전히 발걸음을 끊었다. 그러고는 제가 처음 깨어났던 산속을 다시 드나들기 시작했다. 계곡의 시퍼런 물살이며 높다랗게 뻗은 수풀을 바라보며 종일 가만히 누워 있었다. 제 존재의 의미는 무엇일까 하는 생각을 하며.

❦

설마설마했는데 역시나였다. 이사 온 지도 얼마 되지 않았건만 이곳저곳을 들쑤시고 다닌 덕에, 결국 어린아이의 몸에 탈이 나고만 것이다.

"효원은 어떤가."

대감마님의 등장에 아이의 곁을 지키던 하인들이 허둥대며 몸을 일으켰다.

"아까 마신 탕약 덕에 열은 많이 내렸습니다. 내일쯤 되면 괜찮아질 거라 합니다."

윤 대감은 하이고, 앓는 소리를 내고는 말했다.

"제원이가 이제 자리에서 겨우 일어나는가 싶더니만 이번엔 효원인가."

윤 대감은 골치가 아프다는 듯 이마에 손을 짚었다. 그러나 말과 달리 크게 걱정하는 표정은 아니었다. 그간 아들들의 죽을 고비를 몇 번이나 보아왔다. 그러니 가벼운 고뿔 정도야 귀여운 수준일 터였다.

이부자리에 가만히 누워 있는 아이의 통통한 얼굴을 내려다보더니 윤 대감이 슬쩍 웃음을 띠며 말을 이었다.

"그런데 말이야. 효원이 이 녀석 참 재미있지 않은가. 조그만 놈이 빨빨대며 돌아다니는 것이."

말을 마친 윤 대감이 소리를 내며 웃었다.

1년 전, 장남이었던 낙원이 요절한 데 이어 차남인 제원마저 열 살이 되면서부터 하루가 멀다 하고 앓아눕던 상황이었다. 아이 둘을 낳고 먼저 세상을 떠난 연약한 제 아내의 얼굴이 떠올랐다. 그런 아내에 이어 첫째 낙원, 그리고 이제 둘째 제원까지.

"하늘도 무심하시지. 어찌 둘째마저 데려가려 하신단 말이냐."

윤 대감은 손으로 두 눈을 가린 채 남몰래 울부짖었다. 이렇다 할 선행도 해오지 않았지만 그렇다고 대단한 악행을 저지른 적도 없다. 때가 되면 조상님들도 섭섭지 않게 잘 모시고 있거늘 어찌 이런 일이 제게 닥친 건지 도무지 납득할 수가 없었다.

설마 이 가문에 액운이라도 낀 것일까. 이런 생각으로까지 이어지자 윤 대감의 표정과 함께 집안 분위기도 점점 어두워지기 시작했다.

그러던 어느 날이었다. 윤 대감의 근심이 이곳저곳에 소문난 탓인지 누군가 용한 무당이 있다며 귀띔을 해주었다. 평소라면 양반 체면에 굿판이나 벌이는 것은 면이 서질 않는다며 마다했을 윤 대감이었지만, 찬밥 더운밥 가릴 처지가 아니었다.

그렇게 하인을 시켜 남몰래 모셔 온 무당에게서 의외의 말이 흘러나왔다.

"밖에서 아이를 데려오셔야겠습니다."

"아이를?"

"예에, 대감의 핏줄을 이은 아이 가운데 밖에서 낳아 기른 아이를 데려와야 합니다."

"밖에서 낳아 기른 아이……."

"그중에서도 범띠인 아이를 데려오십시오. 이 집안의 기운을 범의 기운으로 정화시켜야 합니다."

무당의 말에 윤 대감은 결연한 얼굴로 고개를 끄덕였다.

"출신에 상관없이 적어도 다섯 해 동안 신줏단지 모시듯 잘 키우십시오. 그래야 이 집안이 삽니다."

무당이 돌아가자마자 윤 대감은 당장 사람을 보내 과거에 연을 맺은 여인들을 찾아 나서기 시작했다. 제원마저 오늘내일하던, 한시가 급한 상황이었다.

그렇게 몇 달 간 수소문 끝에 겨우 찾아낸 아이가 다섯 살 효원이었다. 무당의 말대로 범띠. 어미는 이미 세상을 떠나 친척 집에 맡겨진 상황이었다. 친척 집마저 그다지 여유 있는 상황이 아니었던 터라 효원을 데려가겠다는 말에 슬퍼하기보다는 안도하는 기색이 역력했다.

어린 나이에도 몸이 다부지고 당당해 보이는 것이 정말로 집안의 액운을 눌러줄 것만 같았다. 어린 효원이 오자마자 시름시름 앓던 제원은 금세 자리를 털고 일어났다. 밖에서 낳은 자식이라 한들 무당의 말처럼 효원은 이 집안을 살리는 복덩이가 분명했다.

게다가 활발히 돌아다니는 효원의 모습을 보니 윤 대감은 절로 웃음이 났다. 늘 누워 있거나 가만히 책만 읽던 호리호리한 두 아들과는 상반된 모습이었다. 또 세상을 향한 호기심이 많다는 것도 그 나이대 어린아이다워 윤 대감은 그저 흐뭇한 마음이 들었다.

그러니 효원이 조금이라도 아플 기미가 보이면 윤 대감뿐 아니라 하인들도 불안해졌다. 죽음의 그림자가 드리워진 듯 집 안에 웃음소리 하나 없던 이전으로는 절대 돌아가고 싶지 않은 탓이었다.

잠든 효원을 애정 어린 눈빛으로 내려다보던 윤 대감이 다시 입을 열었다.

"혹시 모르지 않은가. 핏줄을 반만 이었으니 액운이 비껴갈지."

이어진 윤 대감의 말에 분위기가 숙연해졌다. 그 말에서 간절함이 느껴진 탓이었다. 윤 대감의 입가에 머물던 웃음기도 어느덧 사라져 있었다.

❦

산은 참 관대하다. 생김새가 어떻든 출신 성분이 어떻든 모두를 똑같이 품어준다. 산속 수풀에 가만히 누운 채로 사로는 생각했다. 그러니 산에서 할머니를 만난 것도 당연한 일일지도 몰랐다.

저를 품어준 할머니가 제게는 커다란 산과도 같았다. 하지만 그런 할머니가 저 때문에 무너질지도 모른다. 제가 떠나는 것이 할머니에겐 더 좋을지도 모른다는 생각에 사로는 조금 서글퍼졌다.

그렇게 한참 시간을 보내고 있을 때였다. 어디선가 크르릉, 하는 울음소리가 들려왔다. 개나 늑대 같은 것보다는 더 깊고 낮게 울리는 소리. 예감이 좋지 않았다. 사로가 천천히 몸을 일으켜 소리가 나는 쪽을 향해 돌아보았다.

니 호랭이 조심해야.

평소 호랑이를 조심하라는 할머니의 말씀이 있었지만 사로는 그다지 귀담아듣지 않았다. 산을 자주 드나들면서 한 번도 보지 못한 것도 그 이유였겠지만, 이상하게도 두려운 감정이 들지 않았다. 호랑이가 지금 제 눈앞에 서서 형형한 눈빛으로 저를 노리고 있음에도 말이다.

낮은 소리를 내며 천천히 발걸음을 떼는 호랑이가 제게 조금씩 가까워지고 있었다. 금방이라도 집채만 한 그 몸뚱이가 제게 달려들 것만 같았다. 순간 이곳에서 호랑이에게 죽는 것도 나쁘지 않겠다는 생각이 들었다. 하지만.

'이곳을 지나게 해선 안 돼.'

이 길로 산을 내려가면 마을로 이어진다. 사로는 할머니를 비롯한 마을 사람들을 떠올렸다. 제게 그다지 호의적이지 않아도, 아니 저를 싫어하더라도 할머니에겐 평생 살아온 마을의 이웃이었다.

그러니 제가 죽는 한이 있더라도 이 호랑이는 막아야 했다. 결연한 눈빛의 사로가 몸을 낮추며 주변을 살펴 무기가 될 만한 것을 찾았다. 하지만 안타깝게도 그럴 만한 것은 보이지 않았다.

'온다!'

호랑이가 발을 땅에서 떼며 날아오른 그때였다. 사로는 온몸에 힘이 들어가는 것을 느꼈다. 낯설지 않은 감각이었다. 이미 몇 번 겪어본, 저를 괴물로 만드는 것 같은 그런 감각.

사로의 눈동자가 완연한 금빛을 띠었다. 그와 동시에 주변 공기가 무거워지더니 날아오른 호랑이가 철푸덕 바닥에 떨어졌다. 그러고는 사로의 앞에 바짝 몸을 낮추었다. 보이지 않는 기세에 호랑이를 둘러싼 바닥의 풀까지 무언가에 짓눌린 것처럼 납작해졌다. 호랑이는 그 상태에서 벗어나려 고양이처럼 끙끙대는 소리를 내더니만, 겨우 몸을 일으켜 산 위쪽으로 모습을 감추었다.

순식간에 벌어진 일이었다. 할머니의 말처럼 사람들 앞에서 절대 보여서는 안 될 능력이었다. 어쨌거나 이젠 무사하다는 안도감에 다리에 힘이 풀려 주저앉은 사로는 한숨을 내쉬었다.

바로 그때, 누군가의 시선이 느껴졌다. 빠르게 고개를 돌리자 화들짝 놀라는 작은 여자아이가 눈에 들어왔다. 몇 번 마을을 오가며 눈에 익은 얼굴이었다. 대장간네 막내딸이었던가. 제 소문을 듣고서도 저를 예전과 같이 대해준 몇 안 되는 아이이기도 했다. 이름을 부르려 입을 뗀 그때였다.

"괴, 괴물……."

하지만 그런 여자아이의 입에서 나온 한마디에 사로의 입이 꾹 다물렸다.

"가까이 오지 마!"

여자아이는 그렇게 소리치고는 새하얗게 질린 얼굴로 달아났다. 여자아이의 목소리가 울려 퍼진 뒤 사방이 조용해졌다. 그 적막 속에 홀로 남겨진 사로는 발이 땅에 붙은 것처럼 가만히 있었다.

사로의 머리 위로 굵은 빗방울이 하나둘씩 떨어지더니 금세 장대비가 되어 퍼부었다. 온몸이 흠뻑 젖으면서도 사로는 제자리에 그대로 서 있었다. 답답한 제 마음을 씻어주는 듯한 기분에 위안이 되었다. 그렇게 내린 비는 한참 뒤에야 그쳤다. 사로는 젖은 얼굴과 머리를 손으로 대충 닦아냈다.

'할머니가 걱정하시겠지.'

이러니저러니 해도 결국 돌아가야겠다는 생각이 들었다. 사로가 천천히 몸을 움직여 산 아래로 내려가기 시작했다. 그런데 한 걸음 한 걸음 발을 내딛을 때마다 귀에서 묘한 소리가 들렸다.

괴물!

사로는 흠칫 놀라 걸음을 멈췄다. 어디서 들어본 목소리. 다름 아닌 대장간네 막내딸의 목소리였다. 주위를 둘러보았지만 아무도 없었다. 제게 들린 소리가 환청임을 안 사로는 입술을 깨물고 다시 발걸음을 재촉했다.

괴물! 괴물!

처음엔 여자아이의 목소리였던 것이 점점 여러 사람의 목소리로 변해 시끄러울 정도로 저를 둘러쌌다. 사로는 두 손으로 귀를 막은 채 서둘러 산을 내려왔다. 산을 완전히 내려올 때까지 그 소리는 조금도 사라지지 않았다.

돌아간 사로는 집 앞에 모여든 마을 사람들을 발견했다. 하나같이 격앙된 모습으로 사로를 쫓아내라며 소리를 지르고 있었다. 산에서 내려간 여자아이가 말을 전한 모양이었다.

비가 내린 지난밤, 갑작스레 절의 돌탑에 동네 둑까지 무너졌다는 게 그 이유였다. 돌탑이야 그러려니 해도 둑이 무너져 큰 피해를 입을 뻔했다며 사람들은 너도나도 목소리를 모았다. 불안한 마음은 공포가 되어가고 있었다. 사로는 나무 뒤에 몸을 숨긴 채 그 모습을 지켜보았다.

"어서 그 아이를 쫓아내쇼."

"스님께서도 화가 있을 거라 하지 않았습니까!"

스님의 말에 이어 여자아이의 목격담, 밤새 일어난 일까지 할머니를 몰아세우기엔 충분한 근거였다. 그럼에도 할머니는 끝까지 흔들리지 않았다.

"할머니, 손주처럼 생각하는 건 알겠지만 그건 사람이 아닙니다. 할머니를 홀린 귀신이에요."

"너무 그러지들 말어. 그냥 갈 곳 없는 아이야. 요괴니 귀신이니 가당치도 않어."

할머니는 마을 사람들을 설득하려 애썼으나 분위기는 점점 험악해졌다.

"지금 그놈 하나 때문에 온 마을이 망할지도 모르는데 그게 할 소립니까!"

"누구 하나 죽어나가야 인정하시겠소?"

점점 험악해지는 분위기에 누군가의 입에서는 막말도 나오기 시작했다. 그 모습을 멀리서 지켜보던 사로는 할머니를 향해 뛰어가려다 멈칫했다. 지금 상황에서 제가 나서는 건 불에 기름을 붓는 격이 될지 몰랐다. 사로는 모습을 감춘 채 상황이 진정되기를 기다렸다.

"할매요."

그중 한 명이 나서더니 진중한 목소리로 할머니를 불렀다. 평소 몇십 년을 허물없이 지내던 짚신가게 할머니였다.

"아이가 똑똑히 보았다잖여. 그놈 눈에서 빛이 나고 호랑이를 부렸다니께!"

"……."

"나중에 마을에 호랑이라도 불러오면 어쩌려고 그려."

"아이고……."

계속되는 마을 사람들의 닦달에 할머니는 가슴께를 손으로 붙잡으며 주저앉았다. 그런 할머니를 부축하려는 이들과 할머니의 팔을 잡아채려는 이들이 서로 엉켜 엉망이 되기 시작했다. 그 가운데서 할머니의 연약한 몸은 이리저리 부딪히며 흔들리고 있었다.

참을 수 없는 광경에 사로는 제 속에서 무언가가 끓어오르는 것을 느꼈다. 금빛 눈이 번뜩였다.

"엄마야!"

"으악!"

순간 날카로운 바람이 불었다. 할머니에게 들러붙은 이들의 옷이며 머리가 엉망이 될 정도로 강한 바람이었다. 사람들은 그 바람

의 세기보다 귓가를 스쳐 가는 소리에 기겁하며 할머니에게서 떨어
져 나갔다. 평범한 바람 소리가 아니라 마치 귀신처럼 히이이, 하는
소리를 내는 바람이었다. 이게 대체 무슨 일인가 싶어 주위를 둘러
봤지만 모두 익숙한 얼굴들만 보였다.

"여, 여튼 빨리 쫓아내시든가 하쇼. 우리도 가만히 있지만은 않을
거니께."

제 눈에 보이지 않는 무언가가 있다는 사실에 오싹함을 느낀 마
을 사람들은 할머니의 팔을 놓고 서둘러 자리를 떴다. 홀로 남은 할
머니는 욱신거리는 팔을 부여잡고 숨을 몰아쉬었다. 집 앞이 조용
해지자 사로는 그제야 모습을 드러냈다.

"왔냐."

할머니는 평소와 다를 바 없는 말을 건넸다. 방금 있었던 마을 사
람들의 소동 따위는 존재하지 않았다는 듯 평온한 얼굴이었다.

하지만 사로는 느낄 수 있었다. 할머니의 이마에 맺힌 땀이며 창
백해진 얼굴. 작게 떨리는 몸과 거칠어진 숨소리. 아무렇지 않은 게
아니었다. 할머니도 힘겨워하고 있었다. 그 모습을 가만히 바라보
던 사로가 결연한 표정으로 눈을 내리깔았다.

❧

정월대보름을 앞둔 마을이 떠들썩했다. 그해 풍흉을 점치는 달
집태우기와 복을 부르는 지신밟기는 마을의 연례행사였지만 아이
들에겐 축제와 다름없었다. 이런 성대한 행사를 처음 겪는 효원에

겐 말할 것도 없었다. 거기다 사자놀음까지 한다는 소리에 다섯 살
효원의 마음은 그 어느 때보다 들썩이고 있었다.

"귀신아 물럿거라!"

"아이고, 누구야!"

작은 사자탈을 쓰고 신이 난 효원이 위아래로 날뛰다 행랑어멈
의 턱을 들이받았다. 행랑어멈이 두 손으로 턱을 감싼 채 버럭 소리
를 질렀다. 하지만 상대를 확인하자마자 금세 목소리를 가다듬고
는 꾸벅 고개를 숙였다.

"마, 막내 도련님. 이러다 다치시면 큰일 납니다."

"언제 시작하는 거야?"

신이 난 나머지 행랑어멈의 이야기는 들리지도 않는 모양이었
다. 안 그래도 큰 목소리가 평소보다 배는 커진 효원이, 집 안 이곳
저곳을 들쑤시기 시작했다.

그런 효원의 모습을 윤 대감이 흐뭇하게 바라보았다. 그러고는
허겁지겁 효원의 뒤를 따라다니는 하인을 향해 말했다.

"놔두어라. 다치지만 않으면 되지."

그럼에도 하인은 효원이 다칠세라 빠르게 몸을 움직여 뒤를 따
랐다. 윤 대감은 이 모든 소란이 그저 즐거웠다. 그도 그럴 것이 오
래도록 아이의 웃음소리가 없던 집안이었다.

"어쩜 저리 막내 도련님께만 무르신지 몰라, 대감마님은."

이 집에 온 지 얼마 되지 않은 여종이 종알거리자 다른 여종이 혀
를 차며 말했다.

"모르면 말을 말어. 막내 도련님이 건강하셔야 이 집도 무사한 거

니께."

그게 무슨 말이냐는 여종의 질문에 또 다른 여종이 입 다물고 일어나 하자며 그를 달랬다.

날이 조금씩 어두워지고 효원이 그토록 기다렸던 시간이 다가왔다. 바로 사자놀음이었다. 윤씨 집안의 명성에 걸맞게 사자놀음 패는 다른 곳보다도 효원의 집부터 들러 그 재주를 뽐냈다. 여전히 작은 사자탈을 쓴 효원은 들뜬 마음을 감추지 못하고 있었다.

두 사람이 커다란 사자탈을 쓰고 마치 한 몸처럼 움직이기 시작했다. 거기에 북이며 장구를 두드리는 풍물패들이 곁들여져 신명 나는 분위기가 연출됐다. 그를 지켜보는 마을 사람들은 물론, 효원 또한 어린아이답게 방방 뛰고 박수 치며 사자놀이를 즐기고 있었다.

"엄마야!"

그러다 커다란 눈과 입을 벌린 사자가 코앞에 나타나자 효원은 놀라 엉덩방아를 찧었다. 뒤에서 그를 보고 있던 행랑어멈이 깔깔 웃고는 효원을 번쩍 들어 사자의 등에 태웠다.

"이리하면 오래 사신다 합니다요."

넘어질 뻔한 효원은 겨우 중심을 잡고 사자의 머리털을 붙잡았다. 진짜 사자 같은 노련한 움직임에 효원은 감탄하며 크게 즐거워했다. 멀리서 그 모습을 지켜보는 윤 대감이야 말할 것도 없었다.

신명 나는 사자놀음에 만족한 윤 대감은 놀음 패에게 사례금을 두둑히 챙겨주었다. 놀음 패는 묵직한 주머니를 받아들고는 만족한 얼굴로 윤 대감 댁을 떠났다. 효원은 아쉬운 듯 그 뒷모습을 바라보았다. 하지만 아직 즐거운 시간은 남아 있었다. 효원이 하인을 부르며 갈 길을 재촉하자 하인은 허겁지겁 그 뒤를 따랐다.

밤이 되자 사람들은 달집태우기를 하기 위해 들판에 모여들었다. 효원은 설레면서도 한편으로는 쓸쓸한 마음이 들었다.

"형님도 왔으면 좋았을 텐데……."

아직 몸이 완전히 회복되지 않은 제원이 함께하지 못한 것이 못내 아쉬운 모양이었다. 남들이 보기엔 반쪽짜리 혈육이었지만 그간 형제의 정이란 걸 맛본 적 없는 어린 효원에겐 하나뿐인 소중한 형이었다.

"도련님, 이제 시작한답니다."

하인의 한마디에 효원의 관심은 금세 돌아왔다. 볏짚을 쌓아 올린 달집에 불을 붙이자 불은 순식간에 타올랐다. 눈앞에서 형형하게 솟아오른 불꽃에 효원은 곧장 눈길을 빼앗겼다. 그와 동시에 풍물패들이 신명 나게 소리를 연주하기 시작했다. 마을 사람들이 달집 주위를 빙빙 돌며 액운이 없기를 빌자 효원 또한 냉큼 그 뒤에 따라붙었다.

"형님이 이젠 아프지 않게 해주세요."

그 한마디를 중얼거리며 작은 두 손을 모아 열심히 기도했다. 간절한 제 바람을 누군가 들어줄 거라는 기대와 함께.

"하아암, 아이고 도련님. 슬슬 돌아가시는 게 어떻겠습니까?"

여섯 살 아이의 기력은 엄청났다. 한창이던 달집태우기도 슬슬 끝이 날 무렵, 행랑어멈은 피곤한 얼굴로 효원을 달래기 시작했다. 지치기는 하인들 또한 마찬가지였다. 하지만 효원은 아직 흥이 가시지 않은 상기된 얼굴로 고개를 가로저었다.

"조금만 더."

그러고는 시선을 위로 돌려 감탄하며 말했다.

"우와, 달이 엄청 커."

효원이 입을 벌린 채 커다랗고 둥근 달을 올려다보았다. 하인들은 그런 효원을 못 말린다는 듯 쳐다보고는 아이고, 앓는 소리를 냈다. 안타깝게도 효원의 귀에 그런 소리는 전혀 들어오지 않았다.

달을 향해 한 걸음씩 가까이 다가갈수록 오히려 멀어지는 기분이 들었다. 조금씩 다가가다 정신을 차려보니 효원은 어느새 달집으로부터 멀어져 무성한 수풀 속에 서 있었다. 타오르던 불꽃이며 신명 나던 풍물 소리가 저 너머로 사라지자 깜깜하고 조용해져 순간 다른 세상에 온 것만 같았다. 하얀 달빛과 쏟아지는 별빛, 그리고 벌레 소리만이 들려왔다. 왠지 효원은 신비로운 느낌이 들어 멍한 얼굴로 주위를 둘러보았다. 그러다 수풀 안에 웅크리고 앉아 있던 누군가를 발견했다.

"어?"

익숙한 얼굴이었다. 반가운 마음에 효원은 상대를 손가락질했다.

"여우 형아다!"

그러자 상대가 고개를 들어 효원과 마주 보았다. 어둠 속 금빛 눈동자가 번쩍였다.

도무지 발걸음이 떨어지지 않았다. 떠나야 한다는 걸 알고 있으면서도 쉽지가 않았다. 사로의 눈시울이 뜨거워졌다. 떠나기로 마음먹은 후 걱정되는 건 할머니뿐이었다. 제가 없으면 외롭지 않을까.

떠들썩한 마을을 한 번 뒤돌아보고, 다시 걸어가다 또 한 번 뒤돌아보는 일을 계속하다 사로는 수풀 사이에 주저앉았다. 잠시만 숨을 돌리는 것 정도는 괜찮겠지. 그렇게 마을 풍경을 바라보고 있었다.

할머니에게 그리 해코지하고서 저렇게나 신이 나 있다니. 순간 저조차도 어쩌지 못할 분노가 일었다. 지금이라도 박차고 일어나 저 사람들 틈으로 달려 나가고 싶다는 생각에 몸이 들썩이던 바로 그때였다.

"어?"

어디선가 저벅저벅 걸어오는 소리가 들리더니 낯익은 얼굴이 불쑥 나타났다. 지난번 아이들에게 놀림을 받을 때 끝까지 남아 인사를 하던 아이였다.

"여우 형아다!"

그러고는 저를 향해 반가운 얼굴로 손가락질을 했다. 예상치 못한 상황에 사로는 굳은 얼굴로 아이를 바라보고만 있었다. 신기하게도 아이의 얼굴을 보자 끓어오르던 분노가 잠잠해졌다.

"내 이름 효원이. 형아는?"

"……."

전에 이름을 알려주지 못한 것이 마음이 쓰였는지 아이는 대뜸
제 이름부터 내뱉었다. 하지만 답이 없자 뾰로통한 표정이 되었다
가 금세 얼굴을 풀었다.

"알려주기 싫구나. 알았어."

알려달라 떼를 쓸 만도 하건만 어린아이답지 않은 관대함이라고
사로는 속으로 생각했다.

"형아, 있잖아. 저 아래서 엄청 재미있는 거 한다?"

빤히 보이는 사실을 마치 자랑하듯 이야기했다.

"사람들이 많아서 즐거워. 형님도 같이 오면 좋았을 텐데."

효원은 순진무구한 얼굴로 즐거움을 말하다 금세 시무룩해졌다.

"곧 나을 수 있을 거야."

사로는 저도 모르게 효원의 말에 대답했다. 그러자 효원이 눈을
커다랗게 뜨고는 사로에게 되물었다.

"진짜? 우리 형을 어떻게 알아?"

"……."

네가 집에 온 덕에 형님의 건강이 좋아질 거라는 사실을 어찌 설
명해야 할까. 사로가 망설이는 사이 효원은 답을 기다리지 않고 다
음 질문으로 넘어갔다.

"그런데 형아는 왜 저기 구경 안 해?"

"나는 사람들 앞에 나서면 안 돼."

"왜?"

사로가 고개를 돌려 아이의 얼굴을 빤히 쳐다보았다. 아이의 귀

에는 제 소문이 들어가지 않은 모양이었다. 아무래도 저잣거리에
서나 떠도는 소문이 귀한 양반집 자제에게까지 들어가려면 시간이
걸리는 법이니.

"사람들이 싫어하니까."

"사람들이랑 싸웠어?"

어린아이다운 발상에 사로의 입에서 헛웃음이 새어 나왔다. 그
모습에 효원은 사로의 마음이 풀렸다고 생각했는지 함께 달집 태우
기를 구경 가자며 졸랐다. 역시 어린아이는 어린아이였다.

계속되는 거절에 효원은 사로가 사람들과 마주치기 싫어한다는
걸 드디어 이해했는지 새로운 방안을 내놓았다.

"이거 빌려줄게."

그러고는 제가 쓰고 있던 작은 사자탈을 벗어 사로의 얼굴에 씌
워주었다.

"이렇게 하면 싸운 사람들이 봐도 형아인지 모를 거야."

사로가 제 얼굴을 덮은 사자탈을 손으로 더듬대며 만져보았다.
울퉁불퉁한 탈의 감촉이 느껴졌다.

"그럼 됐지?"

효원이 허리에 두 손을 얹고는 자신만만한 얼굴로 씨익 웃었다.
나쁘지 않은 방법이었다. 사로가 더 이상 거절할 기색이 없어 보이
자 효원은 사로의 손을 잡아끌었다.

"곧 있으면 끝날지도 몰라, 형아. 빨리 보러 가자."

다행히 달집 태우기는 아직 한창이었다. 활활 타오르는 불꽃을
사로가 멍하니 바라보았다.

"이거 봐. 대단하지? 그치?"

마치 제가 한 것처럼 자랑스러워하는 모습이 귀여웠다. 사로는 효원을 보며 고개를 끄덕이고는 다시 불꽃으로 시선을 돌렸다.

그런 둘에게 효원의 하인들이 다가왔다.

"도련님, 어딜 다녀오신 거예요."

하인의 얼굴이 울상이었다. 갑자기 사라진 효원 때문에 한바탕 난리가 날 뻔했던 모양이었다.

"응, 친구 만났어."

효원은 해맑게 대답하고는 사자탈을 쓴 사로를 제 옆으로 잡아 끌었다. 사로는 저도 모르게 그를 피하려다 자신이 사자탈을 쓰고 있다는 사실을 깨닫고는 어색한 몸짓으로 꾸벅 인사를 했다. 그러자 하인들은 우선 인사를 하면서도 수상쩍어했다. 이 마을에 온 후 아직 막내 도련님에겐 친구랄 게 없다는 걸 누구보다 잘 알고 있었기 때문이다.

"그런데 도련님께 친구가 계신 줄은……."

"나도 친구 있어!"

치부를 들키기라도 한 듯 바락 소리를 지르는 효원의 모습에 하인들은 서로 눈치만 살폈다.

"형아, 우리 친구 맞지?"

"친구?"

효원이 눈을 반짝이며 묻자 사로는 머뭇거리다 고개를 끄덕였다. 그러자 효원이 만족스러운 미소를 지었다. 사자탈을 쓴 덕에 제 곤란한 얼굴이 보이지 않아 다행이었다.

달집 앞에서 소원을 빌고 한참을 뛰어놀던 효원은 그제야 힘이 다했는지 땅바닥에 벌렁 드러누웠다. 사로는 그런 효원을 보고는 따라 누웠다. 탈 너머로 밤하늘에 걸린 둥그런 달과 쏟아지는 별들이 눈에 들어왔다.

사로가 가만히 생각에 잠겼다. 그러자 효원이 옆에서 보채듯 물었다.

"형아, 무슨 생각 해?"

"그냥."

사로가 슬며시 사자탈을 벗으며 대답했다.

"사람이란 참 알 수 없다는 생각."

제가 뱉어놓고도 아이에게 할 말은 아닌 것 같다는 생각에 대충 얼버무리려 했으나 효원은 그냥 넘어가지 않았다. 도리어 눈을 더 반짝이며 되물었다.

"왜?"

"왜냐면……."

사람은 참 나약하여 서로 돕고 의지하려 한다. 우연한 만남에 의미를 부여해 인연을 이야기하며, 묻지도 않은 마음속 진실을 나눈다. 하지만 그러다가도 서로를 물어뜯기도 한다. 사람이란 참 알 수가 없다.

이런 제 생각을 이야기하자 효원은 흐음, 하고 잠시 생각에 잠겨 있다가 입을 열었다.

"엄마가 그랬는데 원래 누구든 혼자 살아갈 수 없는 거랬어."

효원은 답지 않게 진지한 얼굴로 말을 이었다.

"혼자가 되기 싫어 서로 붙어 있다가도 또 혼자 있고 싶어 서로를 밀어낸대."

효원의 말을 잠잠히 듣고 있던 사로는 효원의 어미 또한 할머니처럼 지혜로운 사람이었을 거란 생각이 들었다. 사로의 시선에도 효원은 계속해서 눈을 반짝거리며 말을 이어나갔다.

"그래도 영영 혼자 있는 건 좋지 않아. 그러니까 형아도 싸운 사람들이랑 화해해."

마지막 한마디에 사로는 웃음이 터져 나왔다. 뭣 모르는 어린아이의 말이었지만, 아이의 순수함 덕에 제 문제가 가벼워진 느낌이 들었다. 사로는 효원을 마주 보며 작게 미소를 지었다.

효원은 하인들에 이끌려 집으로 돌아가면서도 사로에게 크게 손을 흔들어주었다.

"탈은 형 가져! 친구 된 기념으로 주는 내 선물이야!"

마지막까지 외치는 저다운 말에 사로 또한 탈을 쓴 채로 효원에게 작게 손을 흔들어주었다.

스스로도 제가 무엇인지 아직 알 수 없다. 저를 요괴나 귀신 취급하는 이들도 있었지만 가족이, 그리고 친구가 되어준 이들 덕분에 평범한 길에서 크게 벗어나지 않은 것일지도 몰랐다. 생각이 정리되자 뒤늦게 할머니의 얼굴이 떠올랐다. 그러고 보니 집에 들어가지 않은 지 며칠이 지난 상태였다.

집으로 돌아간 어둑한 새벽, 사로는 방문을 열고 조심히 들어갔다. 평소라면 왔냐, 하고 말해줄 할머니의 목소리가 들리지 않았다.

벽을 향해 돌아누운 할머니의 모습이 희미하게 보였다. 이리 곤히 잠드시다니, 피곤하셨나.

방 안에 놓인 작은 상 위엔 떡이 놓여 있었다. 할머니와 처음 만났을 때 허겁지겁 먹어치웠던 새하얀 떡. 아마 제가 오리란 걸 짐작하고 놔둔 게 틀림없었다. 사로의 눈가가 촉촉해졌다. 다시 할머니에게 시선을 돌린 사로가 순간 멈칫했다.

"할머니?"

숨소리가 들리지 않았다. 모로 누운 몸에도 미동조차 없었다. 사로는 할머니의 어깨를 잡고 몸을 돌아 눕혔다. 차갑고 딱딱했다. 마치 오래전 이미 명을 다한 것처럼.

"할머니!"

할머니의 몸을 바로 돌리자 평온히 잠든 얼굴이 눈에 들어왔다. 입가에는 슬며시 웃음마저 띠우고 있는 것만 같았다. 이제 왔냐는 듯이.

"죄송, 죄송해요……."

사로는 할머니의 몸을 붙잡고 오열했다. 제 마음이 불편한 것을 피하려 저를 거두어준 할머니에게서 도망쳤다. 그렇게 제가 집을 비운 사이 다시 혼자 남은 할머니는 어떤 마음이었을까.

제가 집을 나가지 않았더라면 할머니를 살릴 수 있었을지도 모른다. 아니, 조금이라도 내가 빨리 돌아왔더라면, 그 사람들이 할머니에게 해코지하지 않았더라면. 아니…….

'애초에 나를 만나지 않았더라면.'

진한 후회가 꼬리에 꼬리를 물어 사로를 잠식해 갔다. 희미한 불빛 속, 평온히 눈을 감은 할머니의 얼굴을 오래오래 기억하고 싶어서 한참을 바라보고 계속해서 쓰다듬었다.

너와 내가 이리 만난 것도 하늘의 뜻이다. 그르제?

그리 말하던 할머니의 목소리가 들려오는 것만 같았다.

"하늘의 뜻이란 뭘까요, 할머니."

그 누구에게도 닿지 못할 질문이었다.

🌿

정월대보름이 지나고 마을에도 이른 봄이 찾아왔다. 얼어붙은 계곡물이 녹고 앞산에도 녹음이 우거지니 효원은 엉덩이가 들썩이기 시작했다. 제원은 그런 동생을 위해 가까운 곳에 나들이라도 가야겠다는 생각이 들었다. 아버지의 허락을 받은 제원은 여러 하인을 거닐고 앞산 계곡으로 길을 나섰다. 제원과 처음 나가는 외출인지라 효원은 그 어느 때보다도 들떠 보였다.

"형님, 몸은 괜찮으세요?"

제원은 저를 걱정하는 효원의 동그란 머리통을 내려다보았다. 어느 날 갑자기 나타난 네 살 어린 동생. 처음에 만났을 땐 '형아'라며 어리광 섞인 목소리를 내더니만 아버지께 한 소리를 들었는지 금세 '형님'이라며 어울리지 않게 존댓말을 쓰기 시작했다. 어색한 건 오히려 제원 쪽이라 말없이 고개를 끄덕이는 것으로 대답을 대신했다.

두 살 위였던 낙원과는 함께한 기억이랄 게 없었다. 그도 그럴 것이 낙원은 늘 몸이 아파 늘 방에 누워 있어야만 했다. 1년 전 낙원이 세상을 떠난 후부터는 제원이 앓아눕기 시작했다.

'아무래도 내 차례가 온 모양이지.'

입 밖으로 내지는 못했으나 아마도 집안사람들도 그리 생각하리라. 제원은 점점 쇠약해지는 몸에 죽을지도 모른다는 공포감을 넘어 제 운명을 체념하기 시작했다. 그랬던 마음도 효원이 온 후 달라졌다. 죽음에 대한 공포를 너무 오래 지녀온 탓에 한순간에 떨치기는 어려웠지만, 전에 비하면 확실히 깃털처럼 가벼워졌다.

이런저런 생각에 잠겨 계곡에 도착한 제원은 탁 트인 풍경에 감탄했다. 크게 숨을 들이쉬고 내쉬자 숨통도 트이는 기분이 들었다. 그렇게 노래를 부르던 형님과의 첫 외출이니 효원의 기분은 더 말할 것도 없었다. 평소보다 배는 들뜬 얼굴로 또 이곳저곳을 들쑤시고 있었다.

자리를 잡고 앉아 풍경을 구경하던 제원은 아까부터 신경 쓰이는 것이 있었다. 계곡물 속 무언가 엉킨 듯 시커멓게 덩어리진 것. 물이 찰랑일 때마다 그것은 마치 누군가를 부르듯 꿀렁이고 있었다. 그러다가 간간이 나뭇가지 같은 것이 불쑥 나오기도 했는데 역시나 저만 보이는 모양이었다. 지금까지의 경험상 저런 것은 좋은 게 아니었다.

언젠가부터 제게 묘한 것들이 보였다. 낙원 형님이 세상을 떠나기 전에 보았던 시커먼 옷을 입은 남자나 효원이 오기 전까지 이 집안에 잔잔하게 깔려 있던 어둡고 끈적끈적한 것. 신기하게도 효원이 오자마자 그런 것들이 싹 가셨으니 아버지가 효원을 아끼는 것도 이해할 만했다. 무엇보다 효원 덕에 제가 살았으니 효원을 질투하고 말 것도 없었다.

"효원아."

효원을 불러 계곡에 대해 주의를 줄 셈이었다. 하지만 재빠른 속도로 움직이던 효원은 어느새 사라져 찾을 수 없었다. 조급해진 제원이 몸을 일으켜 주위를 둘러보았다. 그러자 저 멀리 효원의 모습이 보였다. 어느새 효원 앞으로 옮겨 간 시커먼 덩어리를 빤히 바라보고 있었다.

"효원아!"

제원의 목소리가 들리지 않는지 효원이 고개를 쭉 빼고 더 가까이에서 그것을 들여다보았다. 바로 그때였다. 시커먼 덩어리에서 기다란 팔이 쑥 나오더니 효원의 몸을 확 잡아끌었다. 효원은 순식간에 그 시커먼 물살에 빨려 들어갔다.

"효원, 효, 효원. 게 누구 없느냐!"

그 현장을 목격한 제원이 소리 높여 사람을 불렀으나 놀란 마음에 목소리조차 제대로 나오지 않았다. 벌떡 일어서다 다리에 힘이 풀려 다시 주저앉았다. 각자 할 일로 이리저리 흩어져 있던 하인들은 제원이 몇 번을 소리치고서야 겨우 모여들었다.

"효원 도련님이, 아이고 이를 어째."

허겁지겁 달려온 행랑어멈의 명으로 건장한 장정 몇이 물속에 뛰어들었으나 좀처럼 효원을 끌어 올리지 못했다. 오히려 저들이 무언가에 묶인 것처럼 자꾸만 빨려 들어갔다. 그 시커먼 것은 효원을 삼킨 채 빠르게 자리를 옮기고 있었다. 제원은 손가락질을 하며 그것의 위치를 알리려 애썼으나, 하인들은 처음 효원이 빠진 자리에서 여전히 허우적거리고 있었다. 그야말로 난장판이었다.

"어서 살려내라, 어서! 어떻게든!"

이 와중에 제가 할 수 있는 일이라곤 소리치는 것밖에 없었다. 제원은 제 무능에 환멸을 느끼면서도 쉬지 않고 소리를 질렀다. 눈에 보이면 뭐 하나, 어린 동생 하나 지키지도 못하는걸. 누군가 제 귀에 대고 속삭이는 것만 같아 제원은 이를 악물었다. 그러고는 더 큰 소리로 고함쳤다.

"이 나쁜 것들아, 내 차례가 아니냐. 그 어린애가 아니라!"

제원은 하인들을 뒤로한 채 그 시커먼 것을 따라나서기 시작했다. 다리에 힘이 풀려 몇 번이고 넘어질 뻔하며 한참 쫓아가서야 겨우 따라잡을 수 있었다.

멈춰 있는 그것 앞에 제원 또한 멈춰 섰다. 그러고는 서로를 바라보듯 가만히 서 있었다. 제원의 몸에 힘이 빳빳하게 들어갔다. 팽팽한 긴장감에 입이 바싹바싹 말라오는 기분이 들었다.

네가 대신 들어오겠느냐.

마치 제게 말하듯 시커먼 것이 입을 쭉 찢으며 물속에서 일렁였다. 결심한 제원은 말없이 고개를 끄덕였다. 그러고는 발걸음을 옮기려던 바로 그때였다.

저 너머에서 무언가가 물속으로 풍덩 뛰어들더니 그 시커먼 것 속으로 망설임 없이 들어갔다. 순식간에 벌어진 일이었다. 그리고 얼마 뒤, 누군가의 팔에 실려 물 위로 떠오르고 있는 아이의 모습이 보였다.

"효, 효원아!"

효원이 확실했다. 점점 가까워질수록 명확히 보이는 얼굴에 제원이 헐레벌떡 그쪽으로 뛰어갔다. 효원을 꺼내준 건 어느 소년이었다. 붉은색 머리카락과 금빛으로 빛나는 눈동자. 이질적인 모습이었지만, 제원은 당장 눈앞에 누워 있는 동생의 모습에만 온 신경이 곤두서 있었다.

"아, 안 돼……."

소년이 효원을 바닥에 눕혔다. 효원의 몸은 이미 명을 다한 것처럼 시퍼렇게 질려 있었다. 제원은 그 모습을 보고 발이 땅에 붙은 듯 꼼짝할 수가 없었다. 죽음의 그림자에 잠식되어 있던 게 불과 얼마 전이었다. 그런 죽음을 제 눈앞에서 맞닥뜨린 건 제원이 버티기 어려운 현실이었다. 그것도 저를 살리기 위해 집에 온 어린 동생의 죽음이라니. 다리에 힘이 풀려 주저앉은 제원의 앞으로 다시 소년이 나섰다.

소년이 제 입에서 빛나는 구슬 같은 것을 꺼내 들었다. 도저히 믿기 힘든 광경에 제원은 눈을 의심했다. 설마. 놀란 제원의 모습에도 아랑곳 않고 소년은 쓰러져 있는 효원의 몸을 받쳐 든 채 구슬을 효원의 입에 넣었다. 점차 그 빛이 사그라지고 얼마 지나지 않아 효원이 기침을 하며 물을 뱉어내기 시작했다.

"형아……?"

정신을 차린 효원이 게슴츠레 눈을 떴다. 희미하게 보이는 소년의 모습에 효원은 작게 웃어 보였다. 그러자 소년은 효원의 몸을 조심히 내려놓고는 순식간에 모습을 감추었다. 그제야 제원의 몸이 움직였다.

"효, 효원아. 정신이 드느냐."

"형님……."

먹먹한 목소리에 아직 다 뱉어내지 못한 물이 느껴지는 듯했다. 효원의 몸을 받쳐 들고서 제원은 겨우 아이를 달랬다. 사실은 저조차도 아직 떨림이 멈추질 않았다. 시퍼렇게 질렸던 효원의 안색이 돌아왔다. 제원은 고개를 들어 소년의 모습을 좇았으나 아무 데도 보이지 않았다.

"옆에 딱 붙어 살피라 하지 않았느냐!"

나들이를 나간 효원이 다 죽어가는 얼굴로 돌아오자 윤 대감의 불호령이 떨어졌다. 하인들은 벌벌 떨며 연신 잘못했다는 소리만 할 뿐, 어쩌다 일이 이리되었는지 제대로 아는 자가 없었다. 효원을 진찰한 의원의 입에서 괜찮다는 소리가 나오고 나서야 윤 대감의 안색도 돌아오기 시작했다.

그런데 이상하게도 효원은 전보다 배는 더 건강해졌다. 윤 대감의 불호령이 무색할 정도로 다시 온 마을을 뛰어다녔다. 대체 왜 그 물속에 들어갔냐는 말에 효원은 시원스레 대답하지 못했다. 물가에 도착한 후에 누군가 저를 불렀던 건 기억나는데 그 외에는 전혀 기억이 나질 않는다고. 눈을 떠보니 저는 바닥에 누워 있었고 형님이 울고 있었다는 말뿐이었다. 그러니 윤 대감도 더 이상 효원을 추궁하지 못했다.

문제는 제원이었다. 효원을 구하려 몸이 상한 건 물론 마음에도 큰 충격이 있었는지 나흘은 앓아누운 것이다. 전처럼 생사를 오갈 정도의 중태는 아니었으나, 윤 대감은 당분간 물 근처에 가는 행위를 금지시켰다.

몸과 마음이 회복된 후 자리에서 일어난 제원은 윤 대감에게 그날의 사건에 대해 이야기했다. 효원을 구해준 누군가에 대해. 붉은 머리를 한 특이하게 생긴 소년에 대해서였다. 그 말을 들은 윤 대감은 그 소년을 수소문했으나, 그다지 긍정적인 대답이 돌아오진 않았다.

"여우 요괴라 소문이 난 자였다는구나."

"요괴……."

"그를 보살피던 자마저 화를 입어 세상을 떠났다던데."

제원은 생각했다. 그럴 리가 없었다. 요괴가 그리 맑은 기운을 가졌을 리 없고, 또 동생을 대가 없이 구해줬을 리도 없다. 제원은 기운을 알아보는 제 능력에 자신이 있었다. 생각에 잠시 빠져 있던 제원이 그날 효원을 살린 소년의 특별한 점에 대해 이야기하자 윤 대감은 더욱 심각한 표정이 되었다.

"구슬 같은 걸 삼켰단 말이냐? 허어."

윤 대감은 한숨을 내쉬고는 곤란한 표정으로 턱수염을 매만졌다. 그렇게 한참 손가락을 꼼지락대더니 입을 열었다.

"이건 우리 둘만의 비밀로 하자꾸나."

"예?"

"효원이의 출신 성분에 대해 안 그래도 뒷말이 나오는 상황이다. 거기다 여우 구슬을 받아 살아났다고 한다면."

윤 대감은 골치 아픈 얼굴로 이마를 짚었다.

"나쁜 자가 아니었습니다."

"그렇다 할지라도 사람들 이목을 끌게 되는 건 사실이지."

제원은 윤 대감의 말에 발끈했지만 다시 입을 다물었다. 만약 저도 직접 본 일이 아니었다면 그리 생각했을지 모른다. 여우 요괴의 구슬을 받아 살아난 아이라니. 아무래도 문장이 주는 인상이 좋지가 않다.

"여하튼 그 여우 요괴도 마을을 떠났다 하니 더 말할 것은 없겠지. 그를 보살핀 자의 장례나마 몰래 사람을 통해 도와주도록 하자꾸나."

그래야 여우의 화를 피할 수 있을 거라는 듯한 말투였다. 역시 요괴 취급이었다. 만약 저 또한 이상한 것이 눈에 보인다고 하면 어떤 반응을 보일지. 제원은 제 아비를 보며 이를 끝까지 비밀로 가져가기로 마음먹었다.

그런 제원의 마음은 모른 채 윤 대감은 차라리 잘되었다고 생각했다. 어차피 그 여우 요괴는 떠났다. 그러니 무섭고 이상한 일은 잊고, 건강한 몸과 마음으로 살아가는 편이 효원의 앞날에도 더욱 좋을 것이다. 윤 대감은 확신에 찬 얼굴로 고개를 끄덕였다.

그런데 그 후로 가끔 효원이 묘한 말을 꺼내곤 했다. 꿈에서 보았다고. 마을에 일어나는 크고 작은 사건 사고를 미리 꿈속에서 보아 알고 있었다는 것이다. 이쯤 되면 윤 대감도 효원의 몸에 있는 여우 구슬을 떠올릴 수밖에 없었다.

또다시 용한 무당이라도 불러야 하나 고민하던 사이 어느새 효원에게서 꿈 이야기는 쏙 들어갔다. 하지만 마을의 일에 오지랖을 부리는 버릇은 여전히 남았다. 그 정도야 혈기 왕성한 효원의 취미 생활 정도로 너그럽게 이해해 줄 수 있는 수준이었다. 그렇게 윤 대감은 마침내 완전한 평안을 되찾았다.

❦

"여우 놈이 할머니를 죽였다!"

효원을 구한 다음 날이었다. 밤낮으로 할머니 옆을 지키던 사로는 누군가의 외침에 눈을 번쩍 떴다. 변명할 틈도 없었다. 저를 향해 돌을 던지는 사람들을 피해 사로는 허겁지겁 도망쳐 나왔다. 또다시 제 힘을 사용하게 될까봐 스스로가 두려웠다. 정말 제가 할머니를 죽인 요괴인 걸 인정하는 것만 같아서. 사로는 사람들을 피해 다시 산으로 숨어들어 갔다.

산속을 달리던 사로는 순간 어느 굴속으로 굴러 떨어졌다. 한참을 구르고 나서야 몸을 일으킬 수 있을 만큼 기나긴 굴이었다.

"여기는……."

분명 굴속으로 떨어졌건만 그 안은 마치 제가 지내던 할머니의 집과 비슷했다. 아니, 비슷한 수준이 아니라.

"똑같아."

마치 그 집으로 다시 돌아온 것 같았다. 얼빠진 표정으로 주위를 둘러보던 사로의 눈에 낯익은 얼굴이 들어왔다.

"할머니!"

저를 거두어준 할머니가 바닥에 앉아 웃는 얼굴로 사로를 바라
보고 있었다. 그러고는 천천히 입을 열었다.

"왔냐."

그 한마디에 사로는 헐레벌떡 달려가 할머니의 작은 몸을 끌어
안았다.

"할머니, 죄송해요. 저 때문에……."

"뭣이 죄송하냐. 우리가 만난 것도 헤어진 것도 다 하늘의 뜻이
여. 그러니 괜한 생각 말어."

할머니가 사로의 등을 토닥이며 말했다. 사로는 그 말에 눈물이
날 뻔한 것을 꾹 참고 할머니의 어깨에 고개를 기대었다.

"물에 빠진 아이를 구했다지. 잘했다, 잘했어."

할머니의 말에 사로는 효원을 떠올렸다. 저를 친구라 칭하며 마
음을 열고 대해준 유일한 아이였다. 그런 효원을 왜 구하게 된 건지
저도 알 수 없었다. 어떤 생각을 하기도 전에 저도 모르게 몸이 먼저
움직여 행한 일이었기에. 분명한 건 짧은 인연이나마 다시 누군가
를 잃고 싶지 않다는 것이었다. 눈앞에서 스러져가는 생명이라면
더더욱.

"제 친구였어요. 유일한."

떠나기 전 사로는 마지막으로 효원의 집에 들러 그 안위를 확인
했다. 효원의 손을 잡고 있는 윤 대감의 그 손길에 사로는 안심했다.
효원을 길러줄 사람은 따뜻한 사람이다. 저를 잊었어도 앞으로 잘
살아가리라. 제가 처음 사귄 어린 친구와는 그렇게 끝이 났다.

할머니는 그런 사로의 마음을 다 안다는 듯 사로의 머리를 쓰다

듣어 주었다.

"네 구슬은 요력의 결정체다. 그만큼 소중한 것인데 용케 그걸 내놓았구나."

가만히 고개를 끄덕이던 사로는 의아한 생각에 고개를 들어 할머니를 쳐다보았다.

"그걸 어떻게 아셨어요?"

그러자 인자하게 웃고 있던 할머니의 얼굴이 다른 누군가로 변해갔다. 얼굴을 확인하려 했으나 눈이 부셔 제대로 바라볼 수조차 없었다. 사로는 눈을 꾹 감은 채 고개를 돌렸다.

아기 여우야, 너는 더 이상 요괴가 아니다.

빛나는 누군가의 목소리는 할머니의 품처럼 포근하고 따뜻했다. 신기하게도 귀로 들려오지 않고 마음속 깊은 곳에서 울려왔다.

이제 네게 요력이 아닌 특별한 능력을 주마. 남들이 보지 못하는 것을 보고 듣지 못하는 것을 들을 것이다. 또 알지 못하는 것을 알게 되어 누구에게 무엇이 필요한지 스스로 알게 될 것이다.

생각지도 못한 말에 사로는 그저 눈을 감은 채 바닥에 엎드렸다. 이번에도 저절로 몸이 움직였다.

그러니 앞으로도 누군가를 도우며 살아가거라.

그의 마지막 말에 사로는 정신이 번쩍 들었다. 남을 도우며 살아가는 것. 그토록 고민하던 제 존재의 의미를 이제야 깨닫게 된 것이었다.

눈을 떠보자 굴속으로 떨어지기 전 풍경이 눈에 들어왔다. 어느새 날은 밝아 있었다. 굴속에서 얼마나 있었는지 알 수 없었다. 그러나 분명한 건 저는 더 이상 이전의 자신이 아니라는 사실이었다.

누구에게 무엇이 필요한지 스스로 알게 될 것이다.

제게 들린 그 말처럼 보이는 풍경, 들려오는 소리, 그리고 느껴지는 모든 감각이 새로웠다. 그리고 자연스레 이끌리는 발걸음. 이 산 너머에 저를 필요로 하는 누군가가 있다. 그것만으로도 사로의 발걸음이 가벼워졌다.

사로가 고개를 들어 하늘을 올려다보았다. 그러고는 크게 숨을 내쉬었다. 더 이상 마음속에 미움도 분노도 미련도 남아 있지 않았다. 깨달음을 얻은 듯 마음속이 깨끗해졌다. 저를 거두어준 할머니처럼 그저 누군가를 도우며 살아가고 싶었다.

사로는 마을을 향해 큰절을 올렸다. 인연이 되면 언젠가 또 만날 수 있으리라. 그런 생각이 들었다.

❧

좀처럼 떠올리지 않던 기억이었다. 개울가에 가만히 앉은 채 사로는 생각에 잠겨 있었다. 그러고는 고개를 돌려 옆에 앉은 효원을 바라보았다. 웃고 있는 얼굴에서 어렸을 적 모습이 보이는 것만 같았다. 어려서 제가 목숨을 구한 아이와 이리 함께 길을 떠나게 된 것도 할머니가 말하던 '하늘이 내려준 인연'일지 몰랐다.

한때는 찰나의 우연을 인연이라 착각한다며 사람들을 바보 취급한 적도 있었다. 하지만 틀린 건 저였다. 찰나의 우연일망정 그 또한 짧은 생에 가느다랗게 이어진 인연일 것이라고, 사로는 생각했다.

"사로, 저기 좀 보게."

눈싸움하는 아이들을 보며 효원이 감탄하듯 말했다. 아이들은 양 볼이 빨개져서는 까르르 웃으며 눈을 던지고 있었다. 새하얀 눈이 휘날리며 햇빛을 반사했다. 그리고 아이들의 뒤를 쫓아 강아지가 이리저리 뛰어다녔다. 보기만 해도 마음이 따스해지는 기분이었다. 거기다 청명한 하늘과 따뜻한 햇볕까지, 그야말로 그림 같은 풍경이었다.

"뭐 저런 걸 가지고."

그렇게 말하는 사로 또한 그 풍경에서 시선을 뗄 줄 몰랐다. 사로의 입가에 어느새 흐뭇한 미소가 지어졌다.

그 와중에 햇빛을 받아 붉게 빛나는 사로의 머리카락을 효원이 빤히 바라보았다. 그러더니 무언가 생각난 듯 아, 소리를 내고는 말을 꺼냈다.

"그러고 보니 말일세. 내 예전에 물에 빠져 죽을 뻔한 적이 있었다 하는데."

"……"

"기억이 잘 나지 않아. 아직도 가끔 꿈에 나오는데 말일세. 말했다시피 꿈 이야기를 꺼낼 때면 아버지께서 기겁을 하셔서 내 더 여쭙지는 못했네만."

사로는 별다른 말 없이 효원의 기억 속 이야기를 덤덤히 들어주었다. 효원이 계속해서 기억을 더듬으며 말을 이었다.

"그 시커먼 물속에서 자네 머리처럼 이렇게 벌건 무언가를 봤던 것도 같네."

"미역 아닙니까?"

"마을 계곡이었네. 미역이라니."

불퉁한 효원의 얼굴에 사로가 참지 못하고 웃음을 터뜨렸다. 처음 보는 큰 웃음에 새삼 사로가 제 나이처럼 보여 효원이 신기한 듯 그 얼굴을 쳐다보았다.

"그게 그리도 재미있는가?"

사로는 그렇게 한참을 웃다 다시 눈앞의 광경으로 시선을 옮겼다. 어느새 아이들은 강아지와 함께 눈밭에서 뒹굴고 있었다.

"전에 말씀드린 받아낼 것, 기억하십니까?"

"기억하다마다."

말을 마친 효원의 표정이 어두워졌다.

"설마, 지금 받아내려는 겐가? 아무리 나라도 지금은 빈털터리나 마찬가지일세. 돌아간 후라면 아버지께 말씀드릴 수는 있네만."

제가 받아낼 것이 여전히 돈이라고 생각하는 모양이었다. 사로는 슬며시 미소를 지었다.

"괜찮습니다. 보아하니 도련님이 쭉 가지고 있는 편이 나을 것 같으니."

"정말인가?"

"예에."

사로의 대답을 듣고서도 효원은 여전히 미심쩍은 기색이었다.

"무르기 없기일세."

사로가 고개를 끄덕이자 효원은 그제야 안심한 듯 기지개를 쭉 켰다.

"자, 이제 또 일어나십시다."

"벌써?"

곧장 일어서 길을 떠나려는 사로를 효원이 겨우 뒤따랐다. 자네는 운치가 없다며 툴툴대는 목소리까지 덤으로 따라왔다.

"또 가야 할 곳이 있습니다."

그리 말하며 앞장서 걸어가는 사로의 발걸음이 더없이 가벼웠다.

이리저리 얽히고설킨 세상 속에서 각자의 생을 살아내고 있는 사람들. 그 안에서 엉켜버린 크고 작은 매듭을 자신이 조금이나마 풀어줄 수 있기를. 그것이 자신의 사명이자 살아가는 의미일 것이라는, 그런 생각이 들었다.

기기묘묘 방랑길

초판 1쇄 인쇄 2025년 4월 8일
초판 1쇄 발행 2025년 4월 23일

지은이 박혜연
펴낸이 김선식

부사장 김은영
콘텐츠사업2본부장 박현미
책임편집 이한민 **디자인** 이현진 **책임마케터** 권오권
콘텐츠사업6팀장 임경섭 **콘텐츠사업6팀** 정지혜, 곽수빈, 조용우, 이한민, 이현진
마케팅1팀 박태준, 권오권, 오서영, 문서희
미디어홍보본부장 정명찬 **브랜드홍보팀** 오수미, 서가을, 김은지, 이소영, 박장미, 박주현
채널홍보팀 김민정, 정세림, 고나연, 변승주, 홍수경
영상홍보팀 이수인, 염아라, 김혜원, 이지연
편집관리팀 조세현, 김호주, 백설희 **저작권팀** 성민경, 이슬, 윤제희
재무관리팀 하미선, 임혜정, 이슬기, 김주영, 오지수
인사총무팀 강미숙, 이정환, 김혜진, 황종원
제작관리팀 이소현, 김소영, 김진경, 이지우, 황인우
물류관리팀 김형기, 김선진, 주정훈, 양문현, 채원석, 박재연, 이준희, 이민운

펴낸곳 다산북스 **출판등록** 2005년 12월 23일 제313-2005-00277호
주소 경기도 파주시 회동길 490
전화 02-704-1724 **팩스** 02-703-2219
이메일 dasanbooks@dasanbooks.com
홈페이지 www.dasan.group **블로그** blog.naver.com/dasan_books
용지 스마일몬스터 **인쇄** 민언프린텍 **코팅 및 후가공** 평창피앤지 **제본** 국일문화사

ISBN 979-11-306-6542-9 (03810)